AMORES EXPRESSOS

O FILHO MAIS VELHO DE DEUS
E/OU
LIVRO IV

Lourenço Mutarelli

O FILHO MAIS VELHO DE DEUS
E/OU
LIVRO IV

Este livro é dedicado a Antonio Prata e Kurt Vonnegut.

E ao Google, Google Maps, Google Tradutor,
à Wikipedia e à Murderpedia.

Vida longa e www

Eu sou aquela serpente que você ouviu falar

Na voz de Marcelo Pretto
"Justino Grande", coco cantado por Chico Antonio
Das notas de Mário de Andrade, 1929

Sumário

LIVRO I A MAÇÃZONA

1. De cada dez e/ou Na manteiga, 12

2. Três e/ou Répteis, 26

3. A voz medonha e/ou Medicina, 39

4. Em inúmeras mentes e/ou Nostalgia, 58

5. Com a cabeça coberta e/ou Lírios-de-um-dia, 77

6. A cadela no cio e/ou Tetas compridas, 99

7. Os olhos se abrem e/ou Abanando o rabo, 112

8. Uma nota arbitrária e/ou O Diabo entra em cena, 132

LIVRO II O GANCHO VERMELHO

9. A inveja dos deuses e/ou Aquela que viu a profundidade, 154

10. Osíris e/ou Eu sou tão pequenino, 191

11. O esquecimento será lembrado e/ou Nasce o Senhor de toda a Terra, 206

12. As águas da amargura e/ou A lei, 226

13. Malditos eles e/ou Vênus, Astarot e Asmodeus, 243

LIVRO III E/OU QUA'KA NAAT

14. Brazil e/ou A tua consciência é o teu obstáculo, 274

15. Agora, Lúcifer caminha sobre a Babilônia e/ou O jogo mais perverso, 288

16. Tristeza e/ou Aquilo que te assombra, 308

17. O cajado não guia o rebanho e/ou O palácio, 317

18. Satan, Deliptorae, Thot e Leviathan e/ou O Sol, 321

19. A grande Deusa e/ou Uma breve nota, 326

LIVRO I
A MAÇÃZONA

1

De cada dez

e/ou

Na manteiga

Quinta-feira, 23 de agosto de 2007

Ele aterrissou no JFK, depois de um voo de duas horas e seis minutos, como Albert Arthur Jones. Não foi um pouso tranquilo. O piloto quase arremeteu a aeronave por causa de um vento instável que soprava do sudeste.

Mas Ele não era Albert Arthur Jones.

Na verdade houve outro Albert Arthur Jones, que foi sentenciado à prisão perpétua em 1961 em Heston, Inglaterra, mas Ele não sabe disso.

Mesmo assim os documentos com o nome desse cara que matou uma menina de doze anos em 20 de outubro de 1960 estampam a sua foto.

Se alguém tivesse acesso à agenda que Ele traz na bagagem de mão, veria que várias páginas foram arrancadas. Já faz mais de um ano que vem arrancando páginas de sua agenda.

Além da agenda, Ele carrega cinco mil dólares em espécie, fora os trinta mil que arriscou despachar, sem declarar, numa das malas.

São duzentas notas de cem e duzentas de cinquenta.

Ele, provisoriamente Albert Arthur Jones, não gosta de voar.

Desembarca com tanto pesar e desconforto que algumas pessoas, ao olharem para Ele, riem achando que está fazendo graça. Mas não é só pelo desconforto que Ele faz careta. Isso tem a ver com o fato dele usar esse nome falso e com as várias páginas arrancadas de sua agenda e com a manteiga e com o estrangulamento do baixo-ventre.

E, talvez, principalmente com o fato de seu cérebro estar frio.

Albert apanha o resto de suas coisas na esteira e com dificuldade empilha tudo no carrinho de bagagem.

Quando Ele desponta no saguão, um gorducho zarolho

com bigode mal aparado se aproxima e lhe estende a mão. O gorducho o cumprimenta com os olhos tortos baixos e se oferece para carregar a mala. Albert resiste.

O gorducho insiste e Albert acaba deixando que ele leve. Pedaço de bolo.

O gorducho guarda um pacote de Doritos no bolso da jaqueta, apesar do calor o gorducho veste jaqueta, e apanha a pesada mala sem rodinhas. Albert não se importa com todo o dinheiro ali dentro. No fundo, ultimamente Ele não se importa com nada.

Albert segue com a bagagem de mão e uma mala de porte médio com rodinhas e um livro do Kurt Vonnegut. *Galápagos.*

Foi justamente no voo que Ele chegou à parte em que *Siegfried grita: "Eu tenho a doença do papai…".

Não posso negar que isso acentuou sua careta, porque Albert chorou e riu ao mesmo tempo ao ler esse trecho.

Porque Vonnegut é assim.

Nos faz rir quando a coisa aperta.

Então Ele repete mentalmente: Albert Arthur Jones, Albert Arthur Jones, Albert Arthur Jones.

Ele também tem a doença do pai.

O gorducho parece ter dormido vestido, pois toda a sua roupa está extremamente amassada. Spok também não gostava de passar roupa.

Isso passa rapidamente pela cabeça de Albert.

O gorducho anda de um jeito engraçado, balançando os ombros excessivamente de um lado para outro. Mesmo sem o peso da mala o gorducho se movia assim. Como reflexo desse movimento, a cabeça do gorducho dança tal qual a de um camaleão quando vai apanhar uma mosca. Um camaleão de bigodes mal aparados. E Albert Arthur Jones faz aquela careta. Os camaleões chiam.

Todos que olham para eles riem.

Parecem figuras saídas de um filme preto e branco.

Até o ritmo deles destoa daquele da multidão.

E o cérebro de Albert está frio.

Dizem que, enquanto o assassino Albert Arthur Jones executava a pobre garotinha, o ar que escapou do pulmãozinho dela a fez grasnar feito um abutre.

Com tremendo esforço o gorducho põe as coisas no porta-malas.

Ao dar a partida no carro, o gorducho novamente estende a mão para Albert.

— É bom ter você aqui com a gente. Eu sou Bennett. E agora você está seguro.

Bennett, Bennett Clark Hyde, segundo seus documentos.

O gorducho desconhece ser homônimo de um assassino condenado à prisão perpétua em 16 de maio de 1910 por matar a família da esposa.

Ele sorri para Albert e pergunta:

— Como foi a viagem?

Albert diz que foi tudo bem.

Estava cansado. Não queria dar detalhes de toda a turbulência, nem falar que não gosta de voar. De qualquer forma sempre achou estranha essa pergunta.

Quando Ele não era Albert, quando vivia sua vida real, costumava viajar e, sempre ao chegar a um aeroporto, quem o recepcionava perguntava isso. Para Ele toda viagem era igual. Embora essa fosse diferente.

Mesmo assim, para Ele, a pergunta não fazia sentido.

Havia em sua mente algo que diferenciava viagem de deslocamento.

O voo era apenas isso. Deslocamento.

Essa pergunta só faria sentido quando o viajante voltasse para casa.

Ele parecia não entender que aquilo era pro forma.

Albert reclama do clima. Diz que fazia muito tempo que não vinha a Nova York e que não se lembrava de um dia tão quente como aquele. Albert não está se referindo a um calor daqueles em Nova York.

Fala de toda a vida. Nunca viveu um dia tão quente.

Ele só esteve em Nova York quando era garoto, com os pais. Nas férias. Passaram uns dias visitando cartões-postais. Subiram no Empire State. Foram à Estátua da Liberdade, ao Central Park, à Times Square, seu pai até orou na St. Patrick's.

Seu pai registrou todo o passeio em três filmes de trinta e seis poses cada. Embora as fotos ainda existam, estão perdidas em alguma caixa. Se as olhássemos hoje, pareceria que o pai aplicou algum filtro do Instagram nas imagens.

O pai de nosso, agora, Albert foi Henry Newton Brown. E Henry era homônimo de um pistoleiro do bando de Billy the Kid. Esse Henry, pistoleiro, matou seis homens. A última vítima do pistoleiro foi o presidente do banco Medicine Valley, no Kansas.

Ah, Medicine, Medicine.

Mas Henry, o assassino, foi capturado e, escapando de uma tentativa de linchamento, acabou levando um tiro de uma espingarda de cano duplo que quase o cortou ao meio. Henry nasceu em Rolla, Missouri; só para constar.

Voltemos à viagem de Albert com os pais a Nova York. Foi curiosamente no Metropolitan que Ele teve seu primeiro contato com a noção de morte.

Foi uma experiência perturbadora.

Ele estava com dez anos, e aquelas coisas do Egito e de antigas civilizações lhe causaram uma epifania. Ele entendeu sua mortalidade olhando aquelas relíquias. Foi a mesma sensação que teve ao folhear um livro de medicina legal dois anos depois da visita ao museu. Para o garoto, aquelas esculturas, múmias, sarcófagos e artefatos eram como cadáveres. E toda a arte em si passou a lhe trazer esse sentimento.

Para Ele a arte é prima da morte.

Isso o distanciou de qualquer forma de arte em geral.

O único contato que tem com a arte são os filmes que assiste na TV a cabo e Vonnegut. Mas, para Ele, Vonnegut não é literatura, é um amigo.

Um amigo que o faz rir e chorar ao mesmo tempo.

De qualquer forma Albert jamais gostou de Nova York.

Albert Arthur Jones, Albert Arthur Jones, Albert Arthur Jones.

— Você não viu nada. Agora nós já estamos quase no outono, você tinha que ver como foi o verão — continua Bennett, o camaleão de bigodes mal aparados.

Albert demora a entender o que o gorducho está falando.

Albert pensava em pelo menos três coisas ao mesmo tempo naquele instante. Pensava nas coisas que desfiguram a sua cara.

Então Ele volta rapidamente, se orienta e engata no papo furado.

— Eu não suporto o calor — diz Albert.

— Pior é que oficialmente o outono começa em setembro, 22 de setembro. Mas, você sabe, consideramos o início do outono o Dia do Trabalho...

Pro forma.

Albert se chama Albert agora porque aceitou, sem nenhum motivo significante, proteger sua verdadeira identidade.

E Ele aproveitou essa chance que lhe foi dada. Albert não precisava de proteção. Albert só queria uma nova vida.

E mudar de nome podia ser um começo. Um bom começo. Mesmo assim há um aspecto de sua vida real que Ele não pode omitir. Um pequeno detalhe que o envaidece e por isso não consegue se calar quanto a sua origem. No caso, com Bennett Ele sabe que está seguro. Bennett é um deles. Mas, mesmo quando fala com estranhos, Ele menciona suas raízes. Mesmo tendo sido orientado a não dar nenhuma pista de sua identidade real. Eles foram bem claros quando disseram: "Não vai dar com a língua nos dentes".

Mas Ele não consegue deixar de mencionar que é de Minneapolis, Minnesota.

Tem muito orgulho disso.

Na verdade, quando o faz, está imitando um hábito de seu velho pai, sem que perceba. Afinal Ele tem a doença do papai.

— Esse calor é demais, porque eu venho da região dos Grandes Lagos, você sabe...

— E lá não é tão quente, né?

— Lá é de extremos, mas tem sempre uma brisa que torna o clima mais agradável.

— E de que região você é mesmo?

— Minneapolis, Minnesota.

— Lá faz frio pra valer.

— O estado mais frio da nossa América.

— Mas achava que o Alasca era mais frio. Em Prospect Creek parece que já fez mais de sessenta graus negativos.

— Frio é frio.

— É o que dizem... Eu sou de Hot Springs, Arkansas.

— Eu nasci em Minneapolis, Minnesota.

— Poxa vida.

— Sabe com quem eu estudei no ginásio em Minneapolis?

— Não. Com quem?

— Richard Dean Anderson.

— O nome não me é estranho...

— Você não pode dizer que não conhece Richard Dean Anderson.

— Não, não... De fato o nome não me é estranho. Só não consigo me lembrar direito quem é...

— MacGyver.

— Ah... Eu sabia que o nome não era estranho. Dê um canivete pra ele e vai ver o que é bom pra tosse.

— Pode apostar. E, além de ser um ator muito talentoso, ele é compositor.

— Bacana.

— Sabia que Hot Springs tem uma cidade irmã no Japão?

— Sério?

— É. Chama Hanamaki.

Nosso Albert herdou esse orgulho de ser amigo de celebridades. Seu pai, sempre que podia e mesmo quando não podia, dava um jeito de dizer que havia estudado economia com Kofi Annan.

E era verdade.

Isso aconteceu quando Annan ganhou uma bolsa da Fundação Ford, que lhe possibilitou completar seus estudos de graduação no Macalester College, em St. Paul, Minnesota.

Bennett explica que Albert ainda não tem um endereço fixo e que por isso passará uns dias, menos de uma semana, num hotel até que eles resolvam uns detalhes pendentes.

Albert diz que já foi informado e que, embora não goste de hotéis, está feliz em passar uns dias no Chelsea.

— É… na verdade não é no Chelsea, Chelsea…

— Como assim?

— Você vai ficar no Chelsea Savoy. É ao lado do Chelsea, só que não tem o mesmo glamour.

Nem o calor aquece o cérebro de Albert.

Bennett estaciona na 204 W na rua 23 quase esquina com a Sétima Avenida enquanto Ele mentalmente repetia: Albert Arthur Jones, Albert Arthur Jones, Albert Arthur Jones.

Bennett entrega um envelope pardo a Albert e diz que todas as informações estão ali. Incluindo sua nova identidade. Dá um cartão de visita e diz que aquele é seu telefone pessoal. Diz que Albert pode ligar a qualquer hora. Diz estar a sua disposição e que, quando Albert tiver se instalado, eles podiam tomar uns goles. Ele já havia sacado que o gorducho era uma esponja.

Bennett pega com esforço a bagagem de Albert no porta-malas e o acompanha até a recepção do Chelsea Savoy Hotel.

Depois dá um abraço desajeitado em Albert e sai balançando os ombros daquele jeito engraçado, sem olhar para trás.

Albert fica um tempo parado, de costas para a entrada do hotel, olhando aquela figura caminhar, entrar no carro e partir. Mesmo quando o carro desaparece de vista, Ele permanece imóvel. Distante. Alheio.

Como se os três pensamentos ou qualquer forma de pensar desaparecessem.

Como se Ele não fosse Ele ou Albert.

Como se perdesse qualquer identidade ou percepção de individualidade.

Por um instante Ele era a cidade.

Por um minuto seu rosto se tornou sereno.

Por um minuto todos os problemas desapareceram.

Por um minuto Ele foi Nova York.

‖

Quando volta a si, faz o check-in. O recepcionista lhe entrega um cartão magnético dourado que é a chave do 1211, e Albert sobe para o quarto.

Ninguém lhe ajuda com a bagagem.

O quarto tem duas camas de solteiro, dois criados-mudos, uma bancada comprida, uma mesa com cadeiras e uma confortável poltrona. Albert põe as coisas na cama mais próxima da porta e senta-se na outra com o envelope nas mãos. Rasga-o e deixa o conteúdo escorrer sobre a colcha. Um pequeno celular, passaporte, seguro social, carteira de motorista e uma foto muito bem trucada no Photoshop contendo sua fictícia esposa.

Na verdade a primeira coisa que Ele vê na foto são os peitos enormes da mulher.

Albert agora é George Henry Lamson.

E lá estão eles, trucados, numa paisagem ensolarada e cheia de natureza.

George e sua esposa de mentira.

Eles não têm filhos.

É isso que dizem os papéis.

O que Ele não sabe é que George Henry Lamson era um médico viciado em morfina que assassinou o cunhado deficiente de dezoito anos em Wimbledon, Londres, em 1881.

Ao ser executado, o rapaz grassitou feito um pato.

III

Richard Dean Anderson nasceu em Minneapolis, Minnesota, em 23 de janeiro de 1950. Ele, Albert Arthur Jones, agora George Henry Lamson, nasceu no dia 23 de maio de 1958. Ou seja, eles nunca poderiam ter estudado juntos no ginásio.

Realmente estudaram na Robbinsdale Armstrong High School 10635 36th Ave N, Plymouth, MN. Mas eles têm oito anos de diferença. Isso hoje não é muita coisa. George está com quarenta e nove anos, enquanto nosso MacGyver tem cinquenta e sete. Mas na época do ginásio isso era um abismo.

Provavelmente nunca se cruzaram na escola.

Além disso Ele sempre omite que nasceu em St. Paul. Embora tenha se mudado para Minneapolis quando tinha apenas um ano de idade.

De qualquer forma George adormeceu vestido na cama ao lado da janela no quarto 1211 no décimo segundo andar da rua 23. Depois de conferir o conteúdo do envelope, Ele se levantou e observou a vista do quarto.

Não abriu as cortinas.

Olhou por entre elas.

Mesmo não tendo motivos para se esconder.

Além da rua pôde ver, da pequena fresta, a Sétima Avenida. Ao avistar uma lanchonete de esquina, a Chelsea Papaya, percebeu que estava com fome. Quando leu em sua fachada "24h", voltou para a cama e, segurando a foto em que aparecia ao lado da esposa peituda, adormeceu. Antes de perder totalmente a consciência, viu o Medicine Lake.

Esse lago era para Ele o melhor lugar do mundo.

Então George teve um sonho esquisito.

Sonhou que era algo que via.

Mas George nunca se lembra de seus sonhos.

Não era uma pessoa.

Mas algo que podia ver.

Talvez a melhor coisa que possa definir o que Ele ou Albert ou George era naquele momento seja uma câmera. Ele não era uma câmera e também não era uma pessoa. Era algo que via.

E flutuava.

Mesmo assim sua visão era como a visão de Peter. Peter Matthews Silva.

Peter era um amigo de sua vida real.

Peter agora está cego.

Ficou cego.

George, que no sonho nem era uma pessoa, tinha a visão de um cego.

Porque, quando Peter perdeu a visão, definiu assim para Ele. Peter tinha glaucoma. Já havia perdido a visão de um dos olhos no início da adolescência, e então aos quarenta anos ficou cego de vez.

George não se lembrou disso enquanto flutuava.

Mas, se fosse contar o sonho a alguém, usaria essa metáfora.

George era algo como uma câmera que flutuava e enxergava, ou não enxergava, como um cego. Como Peter.

George, que foi Albert Arthur Jones, agora via como Peter.

Então George era esse olho cego que flutuava.

E sentia que estava num ambiente fechado.

Peter disse que via tudo branco. Não um branco limpo. Peter, o cego, lhe ensinou outro conceito de branco. O branco da cegueira. Algo como água turva. Leitosa. Suja.

Um dia, Peter ligou chorando e disse:

— Aconteceu. Estou cego.

Então George chorou.

Eles se falavam por telefone porque Peter estava longe.

Havia se mudado. Já não morava em Minneapolis, Minnesota.

Peter confessou que não conseguia dormir. Não conseguia descansar. Porque sempre, o tempo todo, enxergava aquele branco turvo. Não enxergava, porque estava cego, mas era obrigado a conviver com aquilo o tempo todo. Mesmo que todas as luzes estivessem apagadas, ele via o branco leitoso.

Como George via agora que era uma câmera. Foi o vislumbre do Medicine Lake que provavelmente evocou o amigo distante. Na adolescência, os dois passavam muito tempo em volta do lago.

Foi lá que Ele teve a sua primeira experiência sexual.

Isso em 1974. Foi lá que os dois dividiram Sarah Jane.

Agora George pode sentir que está perto do teto. Deslizando pelo ar. Nesse branco turvo que aos poucos passa a ter manchas isoladas. Manchas mais escuras, acinzentadas. Ele bate no teto feito um balão. Mas não dói. Ele apenas sente os limites do cômodo. Deslizando pelo teto. E aos poucos, embora fosse difícil perceber o tempo naquela condição, as manchas iam ganhando definição. Contorno. Massa. Às vezes Ele flutua mais baixo. Ele não pode controlar isso. Então a sensação já não parecia com flutuar, era como se George estivesse nadando. Mergulhando. Embora não se cansasse, não era fácil controlar ou manter seus movimentos. Então, às vezes Ele perdia altura. Uma ou outra vez chegou a tocar o chão. Depois voltou rápido ao teto. Agora George, o olho, era um olho-balão. Como One-Eyed Jack's.

Ele preferia estar no teto.

Era melhor o teto.

E aqueles borrões passaram a ter os contornos cada vez mais definidos.

Peter morava próximo ao Medicine Lake. Na verdade equidistante entre o Medicine e o Bass Lake. Na 4601 Xylon Ave N, New Hope, Hennepin County, Minnesota. Na mesma casa em que muitos anos depois viria a morar Latrice A. Jones.

Dessa vez, ao tocar o teto, George pôde perceber silhuetas lá embaixo.

Talvez aquilo que começava a ganhar forma lá embaixo fosse uma escrivaninha.

E parecia ter alguém lá.

Mesmo depois de ficar cego, Peter gostava de voltar ao lago. E Ele o levava lá. Mesmo quando o tempo já os havia distanciado, eventualmente Ele levava Peter ao lago. Spok também contribuiu para esse distanciamento. A sustentabilidade também o afastava de Peter. A família e o trabalho. Mesmo assim eles ainda se falam pelo menos uma vez por ano. Às vezes essa matemática é imprecisa.

Latrice, que veio a ocupar a casa de Peter, matou a facadas seu filho de oito anos, Quentin Jones, em 11 de agosto de 2002. Latrice, que tinha esquizofrenia paranoide, alegou que o Diabo saiu da lareira e entrou no corpo do garoto. Ela foi inocentada e encaminhada ao Minnesota Security Hospital em St. Peter, onde deveria ficar por tempo indeterminado.

Depois que Peter perdeu a visão, nosso George, ao se aproximar dele, tocava seu ombro e dizia:

— Oi, Peter, sou eu.

Não queria assustá-lo, por isso se anunciava. Na verdade não dizia "sou eu", dizia seu nome que, por motivo de segurança, precisamos calar. E Peter dizia sorrindo:

— Eu sei que é você. Ouvi os seus passos quando dobrou a esquina. Eu conheço a sua música.

Realmente aquela mancha parecia uma pessoa sentada à escrivaninha.

Ele o via de costas.

Seu olhar, ou sua compreensão, passou a entender aquela pessoa, que George via do alto, de costas. Acreditou que a provável pessoa estava sentada numa provável cadeira de frente para a provável escrivaninha. E, embora Ele quisesse desvendar aquela massa, não havia pressa ou aflição. Era como se o tempo não existisse.

E, quando o branco deixou de ser branco, Ele viu um homem sentado numa cadeira em frente a sua escrivaninha. Esse homem tinha os cabelos castanho-escuros. E algo lhe dizia que ele era jovem. No máximo trinta anos. E esse homem segurava algo com as duas mãos apoiadas nos joelhos. Ele olhava para o que estava em suas mãos. Um frasco de Aspirinas. George não pôde ler o que estava escrito no rótulo. Mas George soube que era um frasco de Aspirinas.

E nosso George, que naquele instante era quase um olho flutuante no meio de um sonho, soube que havia algo muito real naquele jovem sentado à escrivaninha.

Algo tão real que não caberia em nosso mundo.

2

Três
e/ou
Répteis

Sexta-feira, 24 de agosto de 2007

George acorda com o rosto coçando.

Porque agora George está deixando a barba.

Antes Ele nunca havia usado. E por isso Ele acorda. Porque a barba coça.

Nova York, Nova York, eu quero acordar na cidade que nunca dorme. E acho que eu sou um número um, no topo da lista. Um número um. O rei da montanha.

E o rei da montanha acorda com a cara que as pessoas acham engraçada.

O quarto está escuro e George demora a encontrar o interruptor do abajur.

Quando consegue acender, vê a foto.

Ainda deitado, volta a olhar para ela. Sua esposa tem peitos grandes. Peitos e cabelos compridos. Cabelos escuros e olhos cor de mel. Olhar para ela lhe faz bem.

Amorna seu cérebro.

Ela é bonita. Quem será essa mulher? Ele sempre se apaixona fácil assim.

Sempre que uma nova garota entrava na escola, Ele se apaixonava. Carne nova. Mesmo no trabalho isso se repetia. Talvez porque nunca viveu o amor que viu nos filmes. Talvez por não ter muito jeito com as mulheres.

De qualquer forma George resolve descer para comer um lanche.

Coça a barba enquanto espera o elevador. Na verdade Ele foi instruído a usar. A barba é como um disfarce para os Cães Alados. Começou a deixá-la crescer quando se tornou Albert. E o disfarce coça.

Desce sem medo, embora esteja no programa de proteção.

No saguão tem que pedir passagem a um grupo de turistas que tenta entender o mapa bem na frente da porta de entrada. Ao olhar para George, um dos turistas ri achando que Ele estivesse fazendo careta para ser engraçado.

É noite, 10 p.m. George caminha poucos passos até a esquina e atravessa.

Pede hambúrguer no Papaya. O cheiro da lanchonete é rançoso.

O lanche vem rápido com um suco que de laranja só tem o nome. Enquanto olha o cartaz desbotado na parede, quase lembra de um fragmento do sonho. Sente algo familiar na imagem. Vislumbra ter visto alguém lá embaixo sentado a uma escrivaninha. Come o lanche em quatro mordidas. Não quer voltar ao quarto.

George não está sendo bancado pelo governo. É um grupo particular quem o protege. Os fundos vêm de políticos, igrejas protestantes, famílias ricas que não confiam no governo e que acreditam em conspirações, e de uma porcentagem dos membros cuja identidade é protegida. Ao ingressarem no esquema, os associados são instruídos a transferir seu patrimônio a algumas ONGs, já que não poderão mais fazer transações bancárias com suas identidades reais. Vinte por cento desse patrimônio fica com os Cães, para despesas e pela lavagem do dinheiro. Além disso Ele sabe que terá um trabalho para justificar o soldo que lhe cabe. Isso não importa. Dinheiro não é problema. Ele não é rico, mas tem suas economias. Quando começou a coordenar o Departamento de Sustentabilidade, passou a receber um salário significativo. E, mesmo com os gastos de Spok, Ele tinha suas reservas.

Spok adorava sapatos e roupas, carros e maquiagem.

George não viu nada além de algumas fotos mal tiradas por seu amigo Paul.

Mas essas fotos ficaram famosas e influenciaram muita

gente. Paul fez alguns vídeos também e, embora George nunca os tenha visto, esses vídeos foram verdadeiros hits na internet antes de serem removidos.

Paul Kenneth Bernardo trabalhou com George durante sete anos na Land O'Lakes Inc. Depois Paul recebeu uma oferta de emprego como representante comercial da BlackBerry que quase dobrava o seu salário. Isso foi em 2006.

Mas Paul acabou voltando indiretamente para a Land O'Lakes ao criar uma parceria que fornecia aparelhos para os mais de dois mil e quinhentos empregados da Land O'Lakes.

Tudo corria bem, pedaço de bolo.

Infelizmente não durou muito. Nesse ano de 2007, com o lançamento do iPhone em 29 de junho, a esmagadora maioria dos funcionários não resistiu ao encanto e migrou para a Apple. Isso custaria a cabeça de Paul.

Na tarde de sexta-feira 27 de julho, a esposa de Paul, Melanie, liga para Ele preocupada. Diz que Paul saiu cedo e que estava muito agitado. Pergunta se Ele sabe do paradeiro do marido. Ele não sabe de nada. Ele só sabe que puxaram o tapete de Paul quando os clientes debandaram em massa para os iPhones.

E diz que Paul andava meio confuso por causa dos remédios para emagrecer.

Sem falar na quantidade de Viagra que vinha tomando por causa das garotas do One-Eyed Jack's. Paul estava muito acima do peso e por isso vinha tomando anfetaminas.

Os remédios deixavam Paul agitado.

Comer menos deixava Paul nervoso.

Então Paul disse ter visto algo.

Algo que envolvia o governo e a Igreja.

O governo, a Igreja e répteis.

George, que na época era Ele, se segurou pra não rir. Répteis?!

O que Paul alegava ter visto era algo que mudaria a nossa forma de ver o mundo.

Comer menos e tomar anfetaminas afeta nossa visão de mundo.

Paul passou a usar o termo "Weltanschauung".

Ele nunca tinha ouvido essa expressão e, quando Paul lhe explicou o sentido, George indagou:

— Por que você não falou "visão de mundo" de uma vez?

Paul ficou extremamente paranoico.

E tudo aconteceu tão rápido.

Tudo mudou e continua mudando tão rapidamente.

Foi Paul quem começou a soltar vídeos sobre os caixões da Fema na Geórgia.

Paul esteve na região a trabalho e filmou tudo aquilo com seu BlackBerry.

A Fema, Federal Emergency Management Agency (Agência Federal de Gestão de Emergências), é parte do Departamento de Segurança Interna dos Estados Unidos. A Fema engloba também o Serviço de Imigração e Naturalização. Paul disse que cada caixão comportava até quatro corpos. Paul falou de um plano Illuminati de extermínio em massa. Falou sobre um governo satânico de reptilianos e sobre discos voadores. Falou de engenharia reversa e da parceria tecnológica entre humanos e alienígenas na telefonia celular.

George achou toda a teoria uma bobagem.

Eles já não eram tão próximos depois de um incidente que se deu no One-Eyed. O incidente foi em janeiro de 2007. Nessa mesma época George, que então era Ele, parou de beber para tentar salvar o casamento.

Não deu certo.

Numa recaída Spok o deixou.

E Ele se mudou para um flat.

E os hotéis e flats o deprimem.

Mas Paul fez aliados importantes que compraram suas ideias.

Entre eles James George Janos.

Janos, mais conhecido como Jesse Ventura, foi eleito governador do estado de Minnesota em 1999 pelo Partido Reformista. Em 2000 se desligou do partido. Mesmo assim ocupou o cargo até 2003. Ventura é ex-Navy UDT. Ex-*wrestler* e ator ou ex-ator. Foi Blain no filme *Predator*, guarda no *Arkham Asylum* do Batman, e muitos outros personagens em filmes ruins. É amigo íntimo de Schwarzenegger. Ficaram amigos quando trabalharam juntos em *Predator*.

Arnold Schwarzenegger também é ex-um monte de coisas.

Ex-governador da Califórnia, ex-Mister Universo, e também ator canastrão.

Poderíamos dizer que *Predator* é um filme político ou, ao menos, feito por políticos. Pois, além dos dois, figura na película Sonny Landham. Sonny é descendente direto dos cherokees.

Sonny concorreu nas eleições primárias republicanas para governador do Kentucky em 2003, mas não levou. As ideias de Paul influenciaram muito Jesse Ventura. Ao ponto dele, no futuro, transformar toda essa teoria conspiratória em sua plataforma política.

Em dezembro de 2009, Ventura lançará o TruTV, que, só na estreia, será visto por um milhão, seiscentos e trinta e cinco mil espectadores. Ventura e sua equipe, que passará a incluir até Sean Stone, filho do cineasta Oliver Stone, desenvolverá programas sobre o Estado de Polícia, a farsa do Onze de Setembro, os caixões Fema, as armas climáticas HAARP (High Frequency Active Auroral Research Program; Programa de Investigação de Aurora Ativa de Alta Frequência), aquecimento global, a Conspiração dos Grandes Lagos e, é claro, seres alienígenas reptilianos infiltrados na sociedade mundial.

Devemos muito disso a Paul.

Mas George gostou da ideia de ter uma identidade secreta, e principalmente de deixar sua vida para trás quando o grupo Cães Alados lhe ofereceu essa possibilidade.

Paul disse ter visto muita coisa, e lhe deixou um pacote e um número de telefone caso algo lhe acontecesse.

Então, quando Paul desapareceu, George seguiu as instruções.

Melanie é a mulher de Paul. E Ele morria de tesão por ela.

Desconfiava que ela soubesse e que fosse recíproco.

Sentia que ela o provocava.

Para Ele parecia que Melanie sempre se punha em poses insinuantes.

Era como um jogo. E só os dois jogavam.

Ninguém percebia. Mas Ele não tinha certeza, e essa dúvida muitas vezes aumentava a tensão e o prazer. Às vezes, quando ia se despedir, Melanie beijava quase o canto de sua boca. Claro que podia ser acidental. Mesmo assim Ele ficava louco. Seu coração disparava e seu cérebro esquentava.

Só para constar, atualmente apenas doze dos funcionários da Land O'Lakes Inc. possuem aparelhos BlackBerry.

George e Paul eram amigos. Suas mulheres eram amigas.

Paul e George jogavam pôquer todas as quintas com uma turma animada.

Com as mulheres iam ao boliche.

Ele e Paul acabaram fazendo quase um pacto.

Entre eles, brincavam que formavam uma sociedade secreta de dois.

Dividiam experiências e segredos.

Sem que as esposas soubessem, trocaram o pôquer das noites de quinta por visitas ao One-Eyed Jack's. Quando Ele parou de beber, por mais difícil que fosse, passou a evitar as saídas. Além disso o desejo de Paul de "fazer umas loucuras" acabou com a parceria.

A princípio Ele não se preocupou com o sumiço do amigo,

até que no sábado 30 de julho Paul Kenneth Bernardo foi oficialmente declarado pessoa desaparecida pelo Departamento de Polícia.

Curiosamente Paul Kenneth Bernardo é homônimo de um estuprador e assassino em série canadense condenado a vinte e cinco anos de prisão em 1º de setembro de 1995.

Isso rendeu alguns problemas a ele. Numa viagem a trabalho, Paul foi detido e derrubado no chão diante de todos no aeroporto. Foi algemado com as mãos para trás e declarado preso. "Tudo que disser poderá ser usado contra você no tribunal." Um policial gritou essa frase em alto e bom som enquanto Paul beijava o chão do portão B34, quando se preparava para embarcar no voo DL 1041 de Atlanta para San Diego. Na época, o verdadeiro serial killer ainda não tinha sido capturado.

Só para constar, Paul ocuparia o assento 21F.

Ainda como curiosidade, quando Paul, o verdadeiro assassino, perdeu o emprego de contador, passou a contrabandear cigarros entre os Estados Unidos e o Canadá.

Infelizmente perder o emprego, para o nosso Paul, foi a gota d'água.

Anfetaminas + desemprego + problema com a polícia + vontade de comer = seres reptilianos vindos de outros planetas dominando a telefonia celular e criando campos de concentração para extermínio em massa.

II

George não quer voltar ao hotel. O lanche o deixou com azia. Passa batido pela entrada do Chelsea genérico. Geminado com ele fica o Jake's Saloon. O bar chama a sua atenção.

Tirando duas pequenas recaídas, há sete meses George, ou melhor, Ele, não bebe.

Nem uma gota sequer.

Ele não bebe porque é alcoólatra. Porque é alcoólatra, não bebe.

Ele jamais gostou de uísque americano, bourbon. Tomava escocês.

Chivas 12 anos.

Na verdade Ele parou de beber por vários motivos. O principal foi para tentar salvar seu casamento. Como já disse, não funcionou. As ressacas também começavam a causar problemas no trabalho. John Schwartze, seu chefe na época, andou chamando a sua atenção. É como dizem: "Se não atrapalha sua vida profissional e afetiva, não é vício". Quando Ele percebeu que estava perdendo o controle, ou melhor, que os outros estavam percebendo isso, começou a lutar contra o vício e o venceu.

Ou está vencendo. Ele segue sóbrio. Quando bebia, ficava agressivo. E repetia as coisas. Sheryl, sua esposa, reclamava muito disso. Além de repetir o que dizia, quando bebia gaguejava. E sofria de amnésia alcoólica.

A partir da terceira dose já não fixava nada.

E a terceira dose era só o começo. Vinha bebendo muito e diariamente. No mínimo, meia garrafa. Muitas vezes matava a garrafa inteira sozinho.

Sheryl Kornman nasceu em Tucson, Arizona. Sheryl não tem peito.

Mesmo assim Ele, que sempre teve uma tara por peitos grandes, acabou se casando com ela. Sheryl não tem peito nem homônima. Só existe uma Sheryl Kornman no mundo. Sheryl não tinha peitos, nem homônimas, nem quadril. E na primeira recaída Ele disse tudo isso a ela.

Várias vezes.

Gaguejando.

Também não tiveram filhos.

Sheryl chegou a engravidar, mas o feto não vingou.

Tiveram que fazer uma cirurgia para tirar o bebê morto de dentro dela.

Fritz Heinrich Angerstein, o médico, aproveitou e tirou o útero junto.

Tinha algo nele que o dr. Fritz viu e não gostou.

Foram casados por doze anos. O tempo que se leva para fabricar um bom Chivas.

Um Chivas 12. Porque tem também o 18 anos e o 21.

Vale lembrar que a Chivas Regal também produz o Chivas 25; o 62, que é maturado por quarenta anos; e, ainda, diz a lenda que há o Chivas Regal The Sword. Blended envelhecido por pelo menos quarenta e cinco anos. Apenas vinte e uma garrafas foram criadas, e todas decoradas com vinte e dois quilates de diamantes.

Cada garrafa foi vendida por duzentos mil dólares.

O casamento não andava bem e sua recaída foi, para Sheryl, a gota d'água.

Ele disse coisas horríveis a ela. Inclusive que ela não tinha peitos.

— Você... vo-vo... você... olhe pa-para vovocê! Vovo-cê paparece o Spok. Vovocê ficou a ca-cara do Spok. Cê nunca fofoi muito boniti-ti-tinha, mas pelo amor de Deus, mulher!

Repetiu esse discurso quatro vezes nessa conversa.

Só para constar, o Spok a que se refere é realmente o Spok de *Jornada nas estrelas*, interpretado pelo ator Leonard Nimoy. Em março, Spok o expulsou de casa. Quando saiu o divórcio, Ele recaiu novamente. Por sorte Spok nunca desconfiou das puladas de cerca do marido. No fundo ela sempre o considerou um banana. Nunca imaginou que Ele fosse capaz de fazer algo assim. Mas Ele era infiel por natureza.

No fundo buscava em outras mulheres o que Sarah Jane lhe havia ofertado.

Era um casamento regido por conveniência.

Assim como Ele nunca teve muito jeito com as mulheres, Sheryl tinha dificuldades para se relacionar. Apesar dos doze anos de convívio, sempre foram distantes. Mas, para ambos, era importante socialmente manter o casamento.

Só para constar, o tal dr. Fritz era homônimo de um assassino em massa alemão que matou a esposa e outras sete pessoas em sua casa, em Haiger, em 1º de dezembro de 1924. Mais tarde naquele dia, ele tacou fogo na casa, esfaqueou-se e botou a culpa num bando de arruaceiros imaginários. Três dias depois, Fritz Heinrich Angerstein confessou ter cometido os assassinatos e foi condenado à morte.

George passa batido pelo Chelsea Savoy.

George olha para o bar.

Todos parecem bonitos e felizes lá dentro.

Há uma garrafa que brilha.

Botaram um dispositivo luminoso atrás dela.

Um pequeno led que muda de cor. A garrafa irradia vermelho. Então o vermelho vira azul. Depois amarelo. Dourado como o ouro, e depois pisca, pisca, pisca. Aí volta a ficar vermelha. Vermelha, azul, amarela, pisca, pisca, pisca.

George se ausenta.

A garrafa de uísque se torna Manhattan.

George segue reto.

A poucos metros depara com o verdadeiro Chelsea.

George segue em frente. Para numa *liquor house* e fica olhando a vitrine. Sente o frio no cérebro. Quando bebia, bastava o primeiro gole para que seu cérebro se aquecesse. Ao primeiro gole, seu cérebro já abanava o rabo.

Ele costumava dizer isso.

Olhava para Sheryl e dizia:

— Querida, meu cérebro já tá abanando o rabinho.

Todos os dias.

Ele dizia isso todos os dias ao primeiro gole.

Em média, três vezes seguidas.

Vocês tinham que ver a cara da Sheryl quando Ele falava isso.

Agora George olha os pacotes de cigarro.

Há dois anos Ele parou de fumar.

Era preciso sair da fábrica para poder acender um cigarro depois que a Lei Antifumo surgiu. Além disso Spok implicava muito com esse hábito. Vida longa e próspera.

George vê uma garrafa de bolso de Chivas. Saliva com o cérebro frio.

Caída de costas com as patinhas pra cima ao lado da garrafa, uma mosca gira em torno de si mesma soltando um zunido alto, indecente.

Parece que a mosca está bêbada.

Parece abanar o rabinho.

Parece até que a mosca ri uma risada humana.

George entra na loja. George pega o *New York Post*. Só como curiosidade, o jornal, que George nunca lerá, traz uma matéria sobre o caso extraconjugal do senador do Partido Democrata John Edwards, da Carolina do Norte. Edwards estaria tendo um caso com Rielle Hunter, a cineasta contratada para trabalhar na sua campanha presidencial. Rielle Hunter, que ao nascer recebeu o nome de Lisa Jo Druck, era também conhecida como Lisa Hunter, Lisa Jo Hunter, e mais alguns apelidos de alcova que não convém mencionar. E, caso esse affair não viesse à tona, no futuro Barack Obama jamais viria a ser presidente dos Estados Unidos da América.

George pega uma barra de chocolate.

George tem um lapso ao tentar lembrar o novo nome.

Entrega o chocolate para o paquistanês que está no caixa. O paquistanês ri, mas disfarça. George tira o dinheiro da carteira e, enquanto o paquistanês separa o troco, Ele confere seu documento de identidade e repete mentalmente três vezes: George Henry Lamson, George Henry Lamson, George Henry Lamson.

Então George pede um maço de Marlboro.

Pedaço de bolo.

Dizem que, enquanto executava aquele monte de gente, Fritz Heinrich Angerstein guinchava feito um rato.

3

A voz medonha
e/ou
Medicina

Sábado, 25 de agosto de 2007

George acorda com o celular tocando. O celular que veio no envelope.

— Danny?

— Quê?

— É o Danny?

— Não, você ligou errado.

George olha o relógio. São 7:30 a.m.

Tenta dormir mais um pouco. O quarto está muito claro.

Senta na cama. Meio dormindo, observa os próprios pés sobre o carpete.

Os pés não estão inchados. Permanece sentado, alheio.

Sonhou algo com Spok. Lembra apenas um fragmento.

Um sonho que imita a vida.

Um sonho que simula o cotidiano. Trivial. Sonhou com Sheryl.

No sonho eles ainda estavam casados. Sheryl estava na cozinha fazendo um bolo de carne, e George não encontra a carteira. O bolo de carne era imenso. Era quase do tamanho de uma pessoa. Só lembra desse fragmento.

Levanta. Apanha uma muda de roupa sem desfazer a mala.

Entra no banheiro. Lava o rosto. Deixa a roupa sobre a pia e inutilmente senta no vaso e tenta defecar. Ele sabe que tem algo errado. Vem cagando fino.

Há mais de um ano vem adiando uma visita ao médico.

No começo acreditava que se tratasse de colite nervosa.

Talvez tivesse a ver com a bebida.

De qualquer forma agora Ele cagava feito um peixe.

Suas fezes eram fininhas e compridas, muito compridas.

E Ele levava quase meia hora para defecar.

Não sabemos quanto a Albert ou George, pois ainda não cagou em Nova York.

Viajar prende seu intestino. Sente cólicas. Talvez um café ajude. Liga o chuveiro. Entra no banho. Pensa em Sarah. Até hoje Ele tem fantasias com essa moça. A que dividiu com Peter no Medicine.

Ele nunca foi muito bom com as mulheres. Tinham dezesseis anos na época.

Peter se tornou homem com Sarah. Convenceu a garota a fazer também com Ele, seu melhor amigo. Peter foi bastante literal com a moça. Levou nosso George até a casa dela. Eles tocaram a campainha e, quando Sarah saiu, Peter foi direto, sem rodeios:

— Sarah, você lembra dele? Lá da escola?

— Lembro — ela falou, meio desanimada.

Sarah era meio desanimada. O tempo todo.

— Cê pode dar pra Ele também?

Ela deu de ombros. Aquilo pareceu um sim. É como dizem: "Entre os cegos o caolho é rei". Para surpresa de George, ela topou.

Então foram ao lago. Foram ao Medicine.

Entraram pela Rockford Road Plaza no Clifton E. French Regional Park.

Transaram com a moça três vezes seguidas cada um. Sarah Jane era generosa.

Ali se forjou a impressão de todas as mulheres em George.

O tempo lhe ensinaria que nem toda mulher é Sarah Jane.

No chuveiro George começa a brincar com seu bigulim.

Sarah tinha muito medo de engravidar, por isso foi logo falando aos garotos:

— Eu vou dar, mas só a bunda.

Até hoje essa frase ecoa em seu cérebro frio. "Eu vou dar, mas só a bunda."

Spok não dava a bunda.

Há alguns meses Ele está sofrendo de disfunção erétil. O pau só fica duro na base.

Uns dois dedos da base. O resto permanece fino e murcho.

Ele acha que isso tem a ver com a tal colite.

No fundo sabe que pode ser algo mais sério.

Esse é o estrangulamento do baixo-ventre que Ele tem vivido.

É como se autodiagnosticou.

E esse estrangulamento deforma seu rosto.

No começo, quando broxava, fazia um N em vermelho na agenda. Quando isso começou a se tornar frequente, Ele passou a arrancar as páginas. Isso + abstinência + manteiga = careta.

De qualquer forma Ele continua revivendo aquele momento no lago.

"Eu vou dar, mas só a bunda." Goza de pau mole.

Ao voltar para o quarto, percebe o maço de Marlboro sobre o criado-mudo. O maço permanece lacrado. Debaixo do maço, a foto da mulher que amorna seu cérebro. A de peitos compridos. Talvez ela também dê a bunda. Talvez com ela seu pau funcionasse.

Desce para tomar o café da manhã. Descobre que não é servido no restaurante. Há no próprio saguão uma mesinha com duas garrafas térmicas de água quente. Um pote com sachês de chá, chocolate, café instantâneo e uma pequena estufa com *bagels*. Além, é claro, de potinhos de manteiga fabricada pela Land O'Lakes Inc.

George passa batido, sentindo gosto metálico na boca.

George desce a Sétima Avenida sem destino.

O clima está mais agradável.

A luz de outono faz Nova York bonita.

Uma moça graciosa faz uma careta pra Ele e ri.

George Henry Lamson, George Henry Lamson, George Henry Lamson, repete mentalmente três vezes.

Nada sabe sobre o médico viciado em morfina que assassinou o cunhado deficiente de dezoito anos em Wimbledon, Londres, em 1881.

"Você não precisa levantar de madrugada só para se preocupar com o que vai comer no café da manhã." Ele se gabava de ter criado o lema da Land O'Lakes Inc., a maior fabricante de manteiga do trigésimo segundo estado norte-americano. Trabalhou muitos anos no Departamento de Marketing da General Mills antes de ir para a Land O'Lakes em 1990. Era só um pequeno cargo. Até John Schwartze, seu chefe, alertar a diretoria de que todas as empresas estavam criando departamentos de sustentabilidade e que isso trazia à companhia uma boa imagem junto aos consumidores. Era algo que estava na moda e, quando a empresa resolveu criar o setor em 1995, colocou Ele para gerenciar.

Só para constar, a ideia de sustentabilidade empresarial começou a ser debatida na United Nations Conference on the Human Environment (UNCHE), em Estocolmo em junho de 1972. E nosso George se tornou o coordenador do Setor de Estratégia Corporativa e Sustentabilidade graças a Schwartze.

Curiosamente John Schwartze foi o pseudônimo usado pelo canibal Alfred G. "Alferd" Packer. Packer é conhecido como o Canibal do Colorado. Alfred ganhou o apelido de Alferd graças a um tatuador disléxico, quando resolveu tatuar o próprio nome no braço esquerdo.

Alferd era epilético e fazia parte de um grupo de vinte exploradores que em 1873 partiu de Provo, Utah, numa expedição para San Juan Mountains, no Território do Colorado, em busca de ouro. Alguns exploradores, dado o rigoroso inverno, acabaram presos nas Montanhas Rochosas. E Alferd matou e comeu cinco deles.

E eles tinham o tamanho do bolo de carne que Spok fazia no sonho.

Eram Shannon Wilson Bell, James Humphrey, Frank Miller, George Noon e Israel Swan. Mas Ele e Schwartze nunca souberam disso. E, embora o Setor de Sustentabilidade no começo lhe parecesse um pedaço de bolo, pouco depois de assumir o cargo Ele passou a sentir enjoos.

Ele não suportava mais o cheiro de manteiga.

Chegou ao ponto de começar a sentir náuseas a dois quilômetros da fábrica.

O cheiro atacava seu fígado e isso fazia com que Ele sentisse um gosto metálico na boca durante todo o expediente.

Quando Paul foi oficialmente declarado pessoa desaparecida, George resolveu ligar para o número que ele lhe dera. Ligou na terça-feira 31 de julho, como havia prometido. E a partir daí tudo aconteceu tão rápido. Foi uma voz feminina letárgica que atendeu a chamada. Ela também não devia dar a bunda. Isso passou como um flash em seu pensamento. Quando Ele explicou o motivo da ligação, a voz se tornou ágil e disse:

— Detectamos seu número, diga o seu nome e aguarde nosso contato. E mantenha-se discreto.

Ele falou seu nome.

O primeiro nome.

Em seguida a moça derrubou a chamada.

No dia seguinte, pouco antes do meio-dia, enquanto Ele analisava uma campanha em sua sala no Setor de Estratégia Corporativa e Sustentabilidade da Land O'Lakes, a secretária Mary Jane Jackson entrou trazendo duas caixinhas de comida chinesa numa sacola.

— Seu almoço, senhor.

— Meu almoço? Mas eu não pedi nada.

— Acabou de chegar. O senhor não pediu?

— Não. Devem ter errado de sala.

— Mas está aqui o seu nome.

— Deve ser um engano.

— E o que eu faço com isso?

— Não está com fome?

Ela ergue os ombros e faz uma cara engraçada. O gesto o fez lembrar de Sarah.

Desconfiada, Mary prefere jogar a comida fora.

Se tivesse desfrutado o almoço, encontraria dentro do biscoito da sorte o endereço do café Dunn Bros, que fica na 4648 East Lake Street, logo depois que ela cruza o rio Mississippi. Ao lado do endereço estava anotado "Amanhã 8 p.m.".

E tudo aconteceu tão rápido.

George não viu nada. Não acreditava nas histórias de Paul, mas o destino lhe apresentou a oportunidade de uma nova vida. E uma nova vida podia afrouxar o laço que estrangulava seu baixo-ventre.

Curiosamente Mary Jane Jackson, a secretária, é homônima de uma prostituta de temperamento violento de New Orleans que matou quatro clientes e esfaqueou dezenas de outros entre 1856 e 1861. Diz a lenda que ela nunca perdeu uma briga, fosse com mulher ou com homem.

Descendo a Sétima Avenida, George para na Toasties. Instala-se a uma mesa, com pelo menos três pensamentos simultâneos na cabeça. Pede café.

Nesse mesmo instante, em Minneapolis, Paul, o desaparecido, aparece.

Ele estaciona um Chevy HHR preto na rua detrás da sua casa.

Vinte e nove dias depois de ter desaparecido. Parece agitado.

Usa óculos escuros e boné. Anda de uma forma engraçada ao se esgueirar pela entrada dos fundos. Paul sabe que Melanie está fora, vendendo imóveis, e que os filhos estão na escola. Escreve algo num bloco de notas que encontra sobre a mesa da cozinha e em seguida ingere uma substância granulada que carrega em seu bolso.

Raticida.

Em segundos o veneno começa a queimar e a derreter sua mucosa.

Desesperado, Paul anda de um lado para outro. Engasgado. Sua muito.

Espuma pela boca e pelo nariz.

Não imaginou que seria tão desesperadora aquela sensação.

Para apressar a morte e minimizar o sofrimento, Paul apanha uma faca num suporte de madeira e golpeia a própria barriga várias vezes.

Não funciona.

As perfurações não foram profundas o suficiente.

Paul quer morrer, mas sem se machucar.

Também não quer sujar a casa toda de sangue.

Como a substância demora mais do que supunha para fazer o efeito desejado, e o sofrimento é maior do que tinha previsto, apanha numa das gavetas, ali mesmo na cozinha, um rolo de arame. Consegue desenrolar um pedaço e improvisar uma forca, mas não encontra onde pendurá-la. O veneno o asfixiava.

Paul anda de um lado para outro com um laço de arame nas mãos, olhando pra cima. Não pensou que fosse possível viver um desconforto tão desesperador. A única possibilidade é o lustre. Sobe na pia, enrola a extremidade do arame no lustre e pula no chão. O lustre vem junto.

Paul cai sentado.

Bate a bunda no chão.

Paul continua vivo. A queimação atinge seu estômago.

A morte demora. Desenrola o arame com a intenção de chegar à garagem. Sabe que lá pode usar a viga de sustentação do telhado para pendurar sua forca.

Cai perto da porta.

Ainda agoniza, mas não consegue se levantar.

Já não coordena seus movimentos.

Permanece caído e se debate por quinze minutos.

Sufocando.

Arrependido, Paul começa a rezar.

Evoca a imagem de um Cristo que viu numa Bíblia quando era jovem.

Tem desarranjo intestinal.

Caga nas calças enquanto morre.

E para a sua surpresa não é Cristo, mas Vanth quem aparece e lhe aplica o golpe final. Vanth é uma entidade feminina etrusca.

Sobre a mesa ficou o bilhete com a resposta para o seu ato derradeiro.

A estranha nota suicida que redigiu ali mesmo.

Não havia um motivo claro, era mais uma pequena lista, quase uma receita.

Ele desenhou uma bolinha antes de cada item.

O café da Toasties acentua a careta de George.

Devia ter ido a uma Starbucks.

George paga a conta e continua descendo a Sétima Avenida.

Ah! Sarah Jane, Sarah Jane...

II

Manhattan está em obras. Pra onde quer que se olhe, só se veem andaimes.

E, depois de duas horas pisando a cidade e divertindo pessoas com sua cara disforme, George entra no café Europa. A brisa fresca deu lugar ao mormaço abafado que acabou virando sol intenso = um calor insuportável.

Já era meio-dia e o café estava lotado.

George não estava com fome. Tinha sede.

Ao ver um rapaz com um copo gigantesco de suco, resolve pedir o mesmo.

Pede:

— Eu quero um daquele suco vermelho e um café espresso.

Ele diz isso apontando para o moço que se afasta do balcão.

Então George coloca o pesado balde na bandeja ao lado da xícara e, ao se virar, o copo desliza, porque a superfície da bandeja é muito lisa e o copo está suado. O balde e a xícara parecem um casal do Holiday on Ice patinando no gelo. Mesmo assim Ele consegue deter a queda. George sai em busca de uma mesa, tentando equilibrar tudo aquilo. Só o copo tem setecentos mililitros. E é tudo pra lá e pra cá. E George parece dançar com a bandeja, fazendo aquela cara que os outros acham engraçada.

De repente, em câmera lenta, o balde salta pela borda e estoura de quina no chão, bem debaixo da cadeira de uma jovem senhora, americana com certeza, que lanchava com a colega.

George repara que lavou a jovem senhora e que a colega está toda respingada.

Dispara a pedir desculpas sem parar.

A mulher grita:

— Está bem, o.k.!? Tudo bem!

Ela fala de um jeito que desmente suas palavras.

Nisso, do outro lado do café, outra jovem senhora americana, que também fazia uma boquinha, se altera e começa a gritar. Mas não com George. Grita com a molhada:

— Escuta aqui, minha filha! Você tá achando que só você se molhou, é?! Olha aqui!

Ela mostrava a roupa cheia de café.

O suco foi para um lado e o café para o outro.

Ele sai de fininho. E com sede.

Quando se separou de Sheryl, George foi morar no Grand Pre East Apartments, na 215 County Road B2 E, Little Canada, MN. Para simplificar a vida, Ele almoçava todos os dias no Green Mill de Shoreview, que era ao lado da fábrica e servia uma boa comida. Havia refeitório e lanchonete na Land O'Lakes, mas George precisava fugir da manteiga. E jantava no Rocco's Pizza que, além de ter a melhor pizza da região e velhas máquinas de pinball, ficava a dez minutos de carro do flat. Só comia no flat quando fazia muito frio ou quando estava com preguiça. Ele não via muita diferença entre um hotel e um flat. Logo, o lugar o deprimia. Ele se sentia deprimido e entediado naquele lugar que era a sua nova casa. Sua casa temporária.

Quando Spok o expulsou de casa, foi o primeiro endereço que apareceu na busca que Ele fez no Google. Era pra passar apenas umas noites, mas foi ficando.

No dia seguinte àquele em que Mary Jane Jackson jogou a comida chinesa no lixo, chegou uma caixa da Sheffield's Floral endereçada a Ele.

Mary Jane lhe entrega a encomenda.

Dessa vez Ele aceita e, ao abrir o embrulho, vê um botão de rosa com um cartão.

Curioso e um pouco envaidecido, tira o cartão do envelope e lê: "Café Dunn Bros 4648 East Lake Street. Hoje 8 p.m.".

Era 2 de agosto. Vinte e dois dias antes de Albert desembarcar em Nova York.

E tudo acontece tão rápido.

Quando deixa o café Europa, seu celular toca.

— Alô. Danny?

— Aqui não tem nenhum Danny.

— O.k. Desculpe.

Ele chegou ao Dunn Bros às 7:45 p.m. Mal sentou a uma das mesas, um camarada muito magro, de camisa de flanela xadrez, com cavanhaque grisalho e cabelos compridos surge no café. O camarada olha de um lado para outro até avistar nosso George. Então pisca pra Ele e indica com a cabeça o estacionamento.

Ele, que não era George ainda, levava o pacote que o amigo Paul lhe havia confiado. Segundos depois, Ele repete o trajeto do camarada. Nem terminou o café. O magrela entra num Honda Pilot VP 4×4 prateado e entreabre a porta do passageiro. Nosso atual George mal entra, o magrela arranca com o carro.

De vez em quando o magrela ajeita os cabelos. Entreabre os dedos, fazendo da mão quase um pente. O magrela então se apresenta como John Tawell.

Naturalmente Tawell foi um assassino.

Então o magrela, de forma pouco simpática, começou a testar nosso George de forma dissimulada. John Tawell disse algo como:

— E então? Você nos procurou? O que tem para nós?

George imediatamente retirou o pacote de sua maleta 007 e entregou a Tawell. Tawell mudou a abordagem e se tornou solícito assim que abriu o envelope, quando parou no acostamento da East Lake Street ao lado da ciclovia.

Aproveitando o interesse e a forma mais amistosa com que Tawell passou a tratá-lo, Ele não resiste e diz:

— Sabe com quem eu estudei na Robbinsdale Armstrong High School?

E assim começou sua relação com os Cães Alados. E isso o fará George e o levará à cidade de Nova York. E isso se dará de forma rápida.

George Henry Lamson, George Henry Lamson, George Henry Lamson.

O legítimo Tawell é considerado o primeiro criminoso a ser preso graças à tecnologia de telecomunicações. Isso porque sua descrição foi passada por telégrafo quando ele embarcou na primeira classe de um trem com destino a Londres. Foi interceptado em Paddington. A mensagem dizia que se tratava de um homem vestido como um Quaker, trajando um casaco marrom que ia quase até os pés. Isso ocorreu em 1845. John Tawell tinha envenenado sua amante, Sarah Hart.

Ah, Sarah Hart, Sarah Hart.

É sábado e a cidade fervilha.

George desceu a Sétima Avenida até chegar à Greenwich Avenue.

Lá se perde no miolo do West Village. Andava sem destino. Só não queria voltar ao hotel. Ao ver um aconchegante restaurante, resolve almoçar. Analisa o cardápio e pede penne. Está no café Cluny. Enquanto aguarda a massa, os múltiplos pensamentos em sua cabeça se misturam com a musiquinha de fundo.

Tocam uma versão instrumental de um velho tango argentino.

Yira, yira.

Caso ressoasse a versão original composta por Enrique Santos Discépolo e caso George falasse espanhol, Ele perceberia que a música servia como verdadeira trilha sonora para aquele momento. Nela Gardel diz: *Verás que tudo é mentira, verás que nada é amor. Que ao mundo nada lhe importa. Ele apenas gira, gira…*

Então a atenção de George é roubada por duas moças que conversam numa língua, igualmente, estranha na mesa ao lado. Parece espanhol, mas não é. George presta atenção, mas não consegue identificar o idioma.

O prato chega e na primeira garfada o celular toca.

— George?

— Isso…?

— Sou eu, Bennett.

Num átimo seu cérebro lhe dá a imagem do gorducho zarolho de bigode mal aparado que anda feito um lagarto.

— Como vai, Bennett?

— Bem. E você?

— Tudo em ordem.

— Liguei pra saber como vão as coisas e pra ver se você está precisando de algo.

— Não. Tudo bem.

— Gostou do hotel? Pro forma.

— É. Hotel é tudo meio igual...

— O.k., então.

— Obrigado por ligar.

— Quer beber alguma coisa mais tarde?

— Obrigado, Bennett, mas estou um pouco cansado. Vamos deixar pra outra hora. Pode ser?

— Claro.

— Obrigado.

— Abraço.

— Tchau.

George não teve coragem de dizer que é alcoólatra.

Seu pai também era. Era um bêbado diferente de George, porque, quando bebia, não ficava agressivo. Ao contrário. Se tornava amistoso, afetuoso e muito generoso. E, embora tenha um dia sido um economista respeitado — não esqueçam que estudou com Kofi Annan no Macalester College, em St. Paul —, Henry Newton Brown destruiu o fígado, as relações afetivas e a carreira com sua doença.

O velho Henry, quando bebia, gastava os tubos graças a essa generosidade etílica. Terminava as noites gritando nos bares:

— Essa rodada é por minha conta!

Chegou a deixar três mil dólares no balcão do Wild Tymes em St. Paul. Naquela noite, o bar estava lotado pra valer. Henry sempre dizia que Christine era a melhor bartender do mundo.

Christine Adewunmi recebia no mínimo cem dólares de caixinha do velho Henry. "Eu tenho a doença do papai..." Pouco antes de morrer, seu pai quis ter uma conversa com nosso George. As coisas que disse o abalaram. O velho que derretera o fígado com Wild Turkey disse:

— Filho, a vida é muito desnecessária.

Por muito tempo isso ecoou na cabeça de nosso George.

Foi como o "Eu vou dar, mas só a bunda", de Sarah, só que com efeito contrário.

Henry sempre falava de um livro que lera. Dizia que tudo que aprendeu realmente da vida foi o tal livro que lhe ensinou. De qualquer forma Henry continuou seu discurso no leito de morte:

— No dia em que você ler aquele livro que eu cansei de te indicar, vai entender o que estou falando agora. É tudo ilusão. Tudo isso apenas para servirmos a isso que chamamos de vida. Sabe o que somos? Escravos. É isso que somos. Escravos da vida. Eu sei que pode parecer que o meu vício, ou melhor, o meu problema, foi o álcool. Mas não foi. Acredite em mim, filho. Sabe qual foi o meu verdadeiro problema? A derrota. Esse era o meu vício. O uísque apenas me ajudava a atingir essa meta. Eu era viciado no fracasso. Era isso que eu buscava. Destruir tudo. Destruir tudo em que a vida me fez acreditar. É necessária muita fé ignorante para que possamos compartilhar essa ideia que Hollywood, essa madeira sagrada que é nossa cruz, tem nos vendido.

Palavras de Henry.

A privação do álcool deixou o velho amargo.

Seu pai morreu em 1995.

Antes dessa melancolia o velho já dizia que era um bêbado diferente dos demais.

Dizia que a maioria dos alcoólatras bebia para fugir ou por amargura.

Mas ele, alegava, bebia para celebrar.

Bebia para celebrar a vida.

Algo deve ter acontecido.

Algo que George não percebeu.

Seu velho jura que o motivo foi ter lido *The World as Will and Idea* de Arthur Schopenhauer. Seu pai alegava que a vida, toda a ilusão, em que acreditava veio por terra ao ler esse texto. Disse que a vida foi desvelada nessas páginas. O livro foi para ele o que os reptilianos foram para Paul.

Seja como for, Christine agradece. Ela ficava feliz com as gordas gorjetas. E Christine é homônima de Christine Adewunmi que nasceu em setembro de 1974 em Crawford County, Missouri. E, embora ela ainda não seja uma assassina, em 2012 se tornará ao matar a tiros suas três filhas: Lauren, de oito anos, Samantha, de seis, e Kate, de três. E se matará depois numa crise de depressão profunda.

Ela levará as crianças no que parecerá um passeio às margens do rio Meramec logo depois de seu marido, Leonard, sair para o trabalho, e lá cometerá o seu *gran finale*. A morte é sempre necessária porque "todos os gatos são cinzentos na escuridão". De qualquer forma, após o ultimato de Sheryl em relação à bebida, nosso George começou a frequentar as salas do AA. E Ele estava realmente disposto a seguir os Doze Passos. Isso até conhecê-los melhor.

Isso o fazia lembrar do amigo Vonnegut. Kurt, sempre que podia, dizia com orgulho que seu tio Alex Vonnegut, que era formado em Harvard, o irmão mais moço de seu pai, era o cofundador dos Alcoólicos Anônimos de Indianápolis.

Eu tenho a doença do titio...

O programa de Doze Passos foi criado em 1935 em Akron, Ohio, por William Griffith Wilson e pelo dr. Robert Smith. Ou Bill W. e Dr. Bob. Embora George tenha admitido que era impotente perante o álcool e que havia perdido o domínio sobre a própria vida, não conseguia acreditar que um Poder Superior poderia devolver a Ele sua sanidade. E, por não acreditar em Deus, não pôde entregar sua vontade e/ou vida a seus cuidados. Ele não conseguia conceber Deus de nenhuma forma e, embora tenha feito minucioso e destemido inventário moral de si mesmo, só pôde admitir perante si mesmo a natureza exata de suas falhas. Sem acreditar em Deus, não pôde prontificar-se inteiramente para que tal entidade removesse todos os seus defeitos de caráter, nem rogar humildemente que o livrasse de tais imperfeições.

Claro que Ele pôde fazer a tal relação de todas as pessoas a quem tinha prejudicado e se dispor a reparar os danos a elas causados. Embora Ele admitisse seu problema com o álcool, o AA não era pra Ele.

Sendo ateu, não havia como se engajar no programa.

De que valia transmitir isso a outros bêbados se Ele mesmo não pactuava com esses ideais? De qualquer forma foi no AA que Ele conheceu Ann Bilansky.

Ann, além de frequentar o grupo de apoio do AA, frequentava o NA (Narcóticos Anônimos) e as salas do SLAA (Sex and Love Addicts Anonymous). Os grupos do SLAA, além dos Doze Passos, seguem as Doze Tradições. Por sorte George não é viciado em sexo. Caso fosse, debandaria de lá ao ler a segunda tradição, que começa dizendo: "Somente uma autoridade preside em última análise o nosso propósito comum — um Deus amantíssimo que se manifesta em nossa consciência de grupo".

Perdido em muitos pensamentos dos quais Ele nem se dá conta, o penne esfria.

George empurra o prato e pede a conta.

Ao deixar o Cluny, George resolve voltar ao hotel.

No caminho, ao passar por uma cabine telefônica, melancólico graças à lembrança do pai e se sentindo um tanto sozinho, resolve ligar para Peter. Peter, o cego.

Está com saudade do amigo e não quer que ele fique preocupado ao receber a notícia de seu desaparecimento. E, mesmo tendo sido instruído a não fazer nenhum contato com pessoas relacionadas a sua vida pregressa, George liga para Peter.

O telefone chama, chama, chama. É sempre assim.

Às vezes Peter está longe e George sabe que leva um tempo até que ele chegue ao aparelho. Porque Peter se move em sua escuridão branca.

A secretária eletrônica atende. George acha melhor não deixar recado.

Ao passar em frente a uma loja da Levi's, reflete que é hora de rever seu estilo.

Afinal agora Ele é George.

Não precisa mais se vestir daquela forma.

Sempre achou as roupas que usava incômodas, mas era o representante do Setor de Estratégia Corporativa e Sustentabilidade. George começava a perceber que realmente não estava mais ligado a Land O'Lakes. Agora Ele pode vestir roupas mais confortáveis.

Agora seu sonho era realidade. Desejava profundamente largar o trabalho.

O trabalho e o flat em Minneapolis. E agora andava livremente sobre Nova York. E podia se vestir como quisesse. Lamentou ter levado pouco dinheiro. Deixou muitos dólares no hotel, em sua bagagem de mão e na mala, quase quatrocentas cédulas.

Quanto ao que transferiu para os Cães, ainda não abriram a conta em seu novo nome. Por enquanto paga tudo em espécie.

Curiosamente Ann Bilansky, sua colega do AA, também dava a bunda.

Ann é homônima da única mulher que foi executada no estado de Minnesota.

Enforcada por ter envenenado o marido, Stanislaus Bilansky, em St. Paul em 23 de março de 1860. Quase todas as assassinas matam por envenenamento.

Exausto, George volta ao hotel.

São 6:28 p.m. em Minneapolis.

Melanie chega em casa com as crianças, Paul Jr. e Helen.

Enquanto ela retira as compras do porta-malas, o pequeno Paul corre para beber água e, antes de abrir a geladeira, avista o corpo do pai estendido no chão com a boca cheia de espuma e as calças borradas.

Com o grito do garoto, Melanie larga as sacolas do United Noodle Wholesale no chão e entra correndo.

Enquanto isso em Manhattan, George, deprimido no quarto do hotel, faz umas micagens. Ele segura um cigarro e um copo invisíveis e murmura algumas coisas como se estivesse numa festa bacana. Simula que fuma, bebe e conversa com garotas interessantes que gostam de dar a bunda.

— Ohoho... claro, claro... evidentemente — murmura George.

Pedaço de bolo.

Às vezes a vida é tão desnecessária.

4

Em inúmeras mentes

e/ou

Nostalgia

Domingo, 26 de agosto de 2007

George acorda porque o celular toca e a barba coça.

— Sou eu. Bennett.

— Oi, Bennett.

— Precisamos conversar.

— Pode falar.

— Não. Não por telefone. Que cê acha da gente almoçar?

— Agora?

— Não. Na hora do almoço.

— Acho ótimo.

— Então eu passo aí pra te pegar por volta do meio-dia.

George apanha outra muda de roupa. A mala continua sobre a cama. Pega o livro do Vonnegut e senta no trono. "Estava bêbado demais para tomar alguma atitude." É desse parágrafo que George retoma a leitura. A frase se funde com várias coisas que se passam em sua cabeça. Não dá para ler Vonnegut assim. É preciso concentração.

Depois de averiguar o conteúdo do pacote tirado da maleta 007, John Tawell, o magrela de camisa de flanela xadrez com cavanhaque grisalho, cabelos compridos e mão de pente, perguntou a nosso George o que Ele sabia daquilo tudo. George alega ter visto algumas fotos. Tawell quer saber o que mais Ele sabe. George diz que Paul falava coisas para Ele.

— Que tipo de coisas?

— Paul falava de um plano de extermínio em massa coordenado pelo Grupo Bilderberg e de seres alienígenas e sobre o envolvimento deles na Nova Ordem Mundial e da parceria nas telecomunicações. Essas coisas, você sabe.

Paul falava muito mais. Para George, eram só bobagens. Por isso não lembra de tudo. Paul falava da Stonehenge americana. As pedras-guias da Geórgia. De suas inscrições em híndi, a língua indo-ariana, espanhol, suaíli, hebraico, árabe, chinês, russo e, é claro, inglês. Falava do 666 e do 322. E do 333 e do 777. E sempre, sempre, falava dos reptilianos. Esses seres que, pelo que George pôde entender, seriam o cruzamento de humanos com demônios e alienígenas! Tawell diz que talvez George precise de proteção.

— Proteção? — Ele pergunta curioso. Realmente quer saber o que e como seria essa proteção. E o magrela explica:

— Talvez você precise de nova identidade, de uma vida nova. Uma nova vida!

Isso soa como música em seus ouvidos.

Uma música composta pelo mesmo compositor de "Eu vou dar, mas só a bunda".

E nosso George quase dança de felicidade.

Não que sua vida fosse ruim. Mas Ele estava vivendo sozinho num flat, já não tinha mulher ou amigos. Não andava mais com Paul, e no fundo, no fundo, como diria seu pai, sua vida vinha sendo bastante desnecessária.

Tawell o devolve ao estacionamento do Dunn Bros às 8:35 p.m. dizendo que devem se encontrar ali no dia seguinte, no mesmo horário. George concorda. O magrela ajeita a cabeleira e arranca o Honda Pilot VP 4×4 prateado.

Enquanto Ele fica parado, vendo o carro desaparecer.

Ele sempre foi Minneapolis.

Quando chega à página 210 e constata que não vai cagar mesmo, George entra no banho. Depois do banho volta para o quarto, se instala na poltrona e, para fugir do hotel enquanto espera Bennett, retoma a leitura. Faltando dez minutos para o meio-dia, George desce e espera em frente ao Chelsea Savoy.

Em Nova York o domingo parece dia de semana.

Em Minneapolis domingo era domingo.

Era distinto.

Bennett encosta. George entra. Bennett dá aquele abraço desajeitado e acelera.

— Como vai, meu velho?

— Tudo bem, e você?

— É... mais ou menos, mais ou menos...

— Aconteceu alguma coisa?

— É. É isso.

— O que foi?

— Paul.

— Paul? Que Paul?

— Seu amigo.

— Meu amigo?

— Sim.

— Paul? O meu amigo Paul?

— É.

— Fala de uma vez, o que aconteceu?

— Paul morreu.

— Quê?

— Paul se matou.

George parece não compreender. George parece ausente. George novamente se funde com a cidade. A cara de George Nova York, de tão contorcida, começa a escorrer.

Bennett põe a mão em seu ombro, tentando ampará-lo. George chora feito bebê.

Paul Kenneth Bernardo está morto.

Ao mesmo tempo que sofre real e profundamente sua perda, um pensamento sórdido, instantâneo, espoca como um flash. Melanie está sozinha. Agora Melanie está sozinha e desamparada... o pensamento some antes que o próprio George tenha tempo de interpretá-lo.

Paul está morto.

— Chora, meu amigo. Bota pra fora.

Bennett diz isso enquanto dirige. Pro forma.

Por sorte o carro é automático, assim ele não precisa tirar a mão do ombro de George. Paul está morto. Descontrolado, George repete "Paul" pelo menos uma dúzia de vezes. Por um instante George, ou fosse lá quem quer que fosse, deixa de ser. É a cidade quem passa pela janela do carro. Ele se torna a pedra de Espinosa. Ali, no banco do passageiro, Ele deixa de ser o indivíduo e se torna "o puro sujeito que conhece". Até que a imagem de Paul o resgata, devolvendo-o a sua miserável condição. Então George lembra das moças que dividiam. Dos porres e das risadas.

Espinosa diz que, se uma pedra arremessada por alguém fosse dotada de consciência, digamos, humana, ela poderia imaginar que está obedecendo a sua própria vontade. A velha ilusão de que o velho Henry falava.

Então George retorna.

Pergunta como foi. Quer detalhes. Quer saber tudo sobre o gesto final do amigo. Bennett conta o que sabe. Diz que Paul tomou veneno pra rato. Diz que ele voltou para casa e que foi lá que tirou a vida. Diz que foi na cozinha. Diz que foi uma morte rápida. Diz isso para amenizar a dor de George. Fala sobre o bilhete deixado. Conta que foi Paul Jr., o garotinho, quem encontrou o corpo. George tenta assimilar.

Paul está morto, repete mentalmente.

Meu velho amigo. Paul, Paul, Paul, Paul, Paul. E Melanie sozinha. "Vamos fazer umas loucuras." Lembra do amigo falando. A voz de Paul é viva como se ele ainda vivesse. E o camaleão continua com a mão em seu ombro.

— Você precisa ser forte — ele diz.

E George pergunta se sabem por onde ele andava.

— Ainda não sabemos — diz Bennett. — Mas estamos investigando.

E então, como um flash, surge um pensamento obscuro

na mente de George. Ele pergunta, desconfiado, se estão certos de que se tratou de suicídio. Bennett afirma que sim.

Ao que tudo indica, temos noventa por cento de certeza de que Paul tirou a própria vida. Bennett prefere não falar sobre controle mental ou do poder hipnótico dos reptilianos. Quer que George acredite que Paul fez aquilo com as próprias mãos. Por sua própria vontade. Não quer que George pense que ele agiu feito a pedra. George volta a chorar e a repetir o nome do finado amigo. Bennett estaciona no píer ao lado da Circle Line, na East River entre a 12ª avenida e a rua 43, na esperança de que o Hudson acalme o parceiro.

George olha para o rio e o rio *yira, yira, yira*.

Mesmo assim, aos poucos o rio realmente o acalma. E os dois permanecem calados. E as águas arrastam toda essa coisa desnecessária. E nem Bennett nem George desataram o cinto de segurança.

Então é George quem quebra o silêncio:

— Você tem um cigarro?

— Não! Eu parei, eu parei.

George desce. Bennett o segue. Caminham calados. George com sua careta e Bennett com seu gingado e a cabeça de camaleão. Muitos, ao olhar para eles, riem.

Na 42, ao avistar uma *grocery* ao lado do boliche Lucky Strike, George dispara. Atravessa a avenida sem olhar para os lados. Um carro freia bruscamente. Quase o atinge. Como na cena de um filme americano rodado em Nova York. George apoia as mãos no capô do carro enquanto encara a motorista. Ela buzina. George acorda e segue. Entra na mercearia e pede um maço de Marlboro. O indiano, rindo, entrega uma caixa de fósforos branca junto com o cigarro. Ele paga e deixa a loja. Bennett assiste a George como se Ele fosse um espetáculo.

Lá fora, George puxa o celofane e retira um cigarro. Antes de acender, oferece o maço ao parceiro. Bennett faz não com a cabeça. George risca o fósforo e dá uma longa tragada. Quando a nicotina atinge o cérebro, os joelhos bambeiam e, numa mistura de isquemia e prazer, George quase desmaia. Precisa se acocorar para se recuperar.

Em milésimos de segundo tudo é paz. Paz e tosse.

O rosto relaxa. A careta se desfaz. George sorri e tosse.

Lacrimeja, sorri e tosse. Pedaço de bolo.

— Santa merda, eu precisava disso!

Bennett ajuda o parceiro a se erguer. George, com o cigarro na boca, esfrega o tórax com as duas mãos. Apesar da perda do amigo, não consegue desfazer o sorriso. Traga. Já nem tosse. O último trago antes desse foi num domingo, dia 6 de fevereiro de 2005.

Uma mulher muito gorda caminha pela calçada do outro lado da rua. Ao avistá-la, Bennett balança a cabeça como se fosse pegar uma mosca. Inconformado e também para distrair o parceiro, exclama:

— Olha o tamanho daquela mulher.

— Que que tem?

— Ela deve pesar uns duzentos e quarenta quilos, no mínimo.

— Será?

— No mínimo.

— Pode ser.

— Antigamente, e isso nem faz muito tempo, a gente tinha que pagar pra ver uma coisa dessas.

— Pagar? Como assim?

— Antigamente uma pessoa assim estaria num circo.

— Pior é que é verdade — George diz rindo.

— Eu sei que estou acima do peso e tudo mais, mas...

Bennett tem um metro e setenta e pesa cento e dezoito quilos.

Mesmo depois de George terminar o cigarro e arremessar a

bituca na guia, eles permanecem ali. Bennett continua olhando as pessoas que passam e julgando-as.

Depois dá um tapinha no ombro de George como quem diz: "Vamos embora, companheiro". E eles voltam para o carro como se tivessem saído de um filme mudo.

Bennett pergunta se George está com fome. George diz não saber. Pergunta o que gostaria de comer. George não sabe a resposta. Bennett resolve levar o amigo para comer um hambúrguer do P.J.'s. George se ausenta. Bennett faz uns minutos de silêncio. Vários. Quando volta, George percebe o lanche a sua frente. Bennett procura puxar conversa enquanto comem, na tentativa de distraí-lo.

— Parece que já sabemos onde você vai ficar. Eu sei que você não gosta do hotel. Logo logo você vai para Escondido, Califórnia.

— Califórnia? Mas por quê?

— Parece que temos uma boa acomodação pra você por lá.

— Mas lá deve ser quente como o inferno. Não tem outro lugar?

— Eu vou ver com eles. O que sei é que pra Escondido você poderia mudar logo.

— Não é possível que não tenham outro lugar.

— Relaxa, eu vou falar com eles.

— Faz esse favor. De repente eu podia ficar por aqui, ou sei lá. Será que não tem nada em Vermont, ou no Maine?

— Você reclama do calor. Se soubesse como foi nosso último inverno... é bom ir se preparando. Quase nem teve neve. E não foi só aqui, não. Foi assim também em Varsóvia, Budapeste, Berlim, Viena, Estocolmo e até na Rússia. Sabia que, numa cidade deles lá, o urso do zoológico acordou da hibernação uma semana depois de ter ido dormir? E você sabe o que é isso, não é mesmo? HAARP. É tudo parte do plano.

Paul também falava muito disso. As armas climáticas, claro.

George empurra o prato sem acabar o lanche.

— Sabe o que eu queria agora?

— Pode dizer, nós damos um jeito.

— Eu queria uma bela dose de Chivas.

— Demorô — Bennett levanta a mão para chamar a atenção do garçom.

— Não, deixa pra lá.

— Eu te acompanho. Acho que é disso que a gente precisa agora. Precisa e merece.

— Eu não posso, Bennett. Tava pra te falar isso, mas faltava coragem. Eu sou alcoólatra.

— Sério?

George faz sim com a cabeça. Bennett diz que numa hora dessas isso não importa. Ergue a mão novamente. George insiste que realmente não pode. Pede que Bennett o deixe no hotel. Bennett deixa George no hotel. Pergunta se quer que ele volte mais tarde para jantarem juntos ou, caso Ele mude de ideia, beber uns copos. George diz que precisa ficar um pouco sozinho. Precisa assimilar o golpe. Deixar a poeira baixar. Bennett abraça George meio sem jeito.

George fica de costas para a entrada do hotel olhando o carro sumir. Nova York.

||

Às 9 p.m. George não consegue mais ficar no quarto e sai para comer alguma coisa.

Quando Bennett o deixou no hotel, Ele pegou *Galápagos*, mas não conseguiu se focar. Então ligou a TV. Cochilou, se desligando da realidade.

Reprisava um velho telefilme, *Ordinary Heroes*.

O filme se misturava à lembrança de momentos que viveu

com o amigo Paul. Na trama dirigida por Peter H. Cooper, Richard Dean Anderson, seu amigo de escola de Minneapolis, é Tony Kaiser. Tony é convocado para lutar no Vietnã e num ato de heroísmo acaba cego.

Cego como Peter. Cego como o olho-câmera que volta a ser por um instante agora.

Cego como Jack.

Volta ao mesmo ponto. O sonho continua e Ele percebe, ao lado do jovem que segura o frasco de Aspirinas, alguns desenhos de criança pendurados na parede.

Vê nitidamente o lugar. Então George desperta.

Leva algum tempo para entender onde está. Aos poucos reconstrói os últimos dias. Dias em que tudo mudava tão rápido. Compreende Nova York. Mentalmente repete três vezes: George Henry Lamson. A barba coça. Olhar para aquelas paredes o oprime. Levanta. A roupa está úmida. A noite abafada. Pega outra muda na mala e vai para o banho. Em sinal de luto, não repete o ritual de sempre.

Ah! Sarah Jane, Sarah Jane… estou tão triste.

George volta ao quarto e senta na cama com inúmeros pensamentos e a toalha amarrada à cintura. Deita em posição fetal, como se abraçasse a si mesmo. Depois de um tempo Ele estica o braço e apanha a foto. Deitado de costas, observa a esposa de peitos compridos. Ela veste uma blusa preta com delicadas flores coloridas. O tecido é levemente transparente.

Há algo estranho em seu olhar.

Algo entre tristeza e a lascívia.

A mulher sorri um sorriso discreto que nem chega a revelar seus dentes.

Seu rosto começa a irrigar uns dois dedos do pau de George. Só na base, mas Paul está morto. Ele devolve a foto ao criado-mudo virada pra baixo. Esconde a imagem.

Não pode ser escravo da vontade. Não agora.

"Vamos fazer umas loucuras."

Ouve Paul. Lembra de tantas coisas engraçadas que ele falava.

Paul era o rei das piadas.

Paul era seu parceiro. Viveram grandes momentos.

Paul era o rei das subempregadas da Land O'Lakes.

E ele sempre fazia comentários profundamente obscenos e impróprios sobre as características sexuais de seus affairs. Às vezes Paul fazia comentários tão indecentes sobre a intimidade das garotas que chegava a chocar nosso George.

Era impossível pensar em Paul e não pensar em sexo.

E, não sei se pela morte ou pela vida, a irrigação do pinto de George aumentou mais um dedo. E então George começou a se masturbar. Sarah Jane. Mas, em vez de gozar, acabou dormindo.

Ele segue dormindo e acordando, com a TV sempre ligada.

Quando acorda de vez, assustado com algo que sonhava, resolve levantar. Já é noite. O radiorrelógio marca 7:30 p.m. George se veste. Apanha na bolsa de mão um chumaço de dólares e sai para comer algo. Precisa comer e, mais do que isso, precisa deixar o hotel. Leva no bolso da camisa o maço de cigarros que abriu quando estava com Bennett. Pretendia caminhar na direção do verdadeiro Chelsea, como ontem à noite, mas, ao olhar para o Jake's Saloon, aquele da garrafa reluzente, resolve entrar.

Senta ao balcão. A garrafa está ali. Bem diante de seus olhos.

Quando conseguiu parar de beber, passou a impor a si mesmo desafios cada vez mais difíceis. Passou a enfrentar situações de risco só para vencê-las. E, lembrem, sem a ajuda de Deus.

Isso faz com que se sinta bem. Vitorioso.

Pergunta se servem pratos e o garçom ri.

Depois diz que sim enquanto pisca achando que a careta é piada.

Só aí lhe entrega o cardápio. George tenta ler o menu, mas a garrafa não deixa.

As luzes refletem no papel lustroso. Tornando o Chilled Poached Shrimp with Smokey Cocktail Sauce vermelho. O Tuna Tartar on Cucumber Rounds azul. O Blue Point Oysters on the Half Shell amarelo. E o Charmoula Marinated Sea Bass dourado.

E então todos os pratos piscam, piscam, piscam.

George pede o Jake's Chicken Fingers e um suco de tomate.

Estar sozinho num bar é triste, ainda mais quando se está sóbrio.

Com o cérebro quase congelando, George pensa como seria bom se Melanie estivesse ali com Ele. Ele a iria amparar. Ela poderia, enfim, jogar limpo. Depois era só dar uns passos e estariam na cama. Mas ela está longe.

Pensa na esposa da foto.

Apesar dela praticamente nem existir, é mais palpável, sem trocadilhos.

George nunca teve jeito com as mulheres. Nunca teve muitas namoradas. Além de Spok, a única relação mais duradoura que teve foi com Hannah Ocuish. Namoraram por três anos, de 1977 a 1980. Mas Ocuish era uma garota estranha. Fria. E não gostava de sexo. Nem do tradicional. George sempre achou que ela fosse meio lésbica.

Curiosamente Hannah Ocuish era homônima de uma nativa americana que foi condenada à morte pelo assassinato de uma criança de seis anos de idade, Eunice Bolles.

Hannah Ocuish foi a mulher mais jovem a ser executada legalmente nos Estados Unidos. Tinha apenas doze anos quando foi enforcada em Connecticut em dezembro de 1786. E, é claro, houve Sarah Jane.

"Eu vou dar, mas só a bunda" ecoa em sua mente.

Teve mais algumas namoradinhas. Nada importante.

Esses namoros duravam no máximo três meses. As únicas mulheres com quem nosso George foi homem mesmo, pra valer, foi com prostitutas. Apelou para o serviço profissional algumas vezes na adolescência, mas depois de velho, após dez anos casado com Sheryl, isso se tornou frequente. Seria seu hobby. Esse hábito começou numa quinta-feira, quando Paul, que não pegava uma mão boa sequer, irritado e bêbado feito um gambá, arremessou as cartas na mesa e berrou:

— Chega desse baralho do caralho! Vamos pro One-Eyed!

Isso foi em março de 2002.

Nem todo o grupo aderiu à mudança, e no fim só Ele e Paul se tornaram assíduos do One-Eyed Jack's. Paul brincava dizendo que eram uma confraria. Uma sociedade secreta de dois. Até deu um nome: Ás de Espadas.

O One-Eyed é um animado *strip club* repleto de belas garotas seminuas e garrafas e mais garrafas de destilados e fermentados. O bar leva esse nome graças à série *Twin Peaks*, criada por David Lynch e Mark Frost.

Na verdade o jovem que o batizou desconhecia o velho filme dirigido por Brando. *One-Eyed Jacks* (*A face oculta* ou "Jack Caolho"), 1961. É o único filme dirigido por Marlon Brando. A princípio seria rodado por Kubrick, mas devido a brigas internas Brando acabou levando. Quem assina o roteiro é ninguém menos que Sam Peckinpah. Câmera lenta.

No começo eles só bebiam, e enfiavam notas nos biquínis das moçoilas. Até que Paul, que sempre foi um putanheiro, confidenciou a nosso George que Suzi Barbecue, além de se pendurar no poste, fazia programas.

No One-Eyed Jack's os clientes não podiam relar um dedo nas dançarinas. Era norma, como na maioria dos inferninhos. Isso aumentava a tensão e os donativos.

Com o tempo descobriram que todas faziam o mesmo. Dupla jornada.

Dois empregos. Embora Paul estivesse engordando a olhos vistos, ele sempre foi muito galanteador. Sempre traiu Melanie. Acabamos de falar sobre as subempregadas da empresa.

Paul era bom com esse tipo de mulher. Aquelas que, para ele, pareciam inferiores. Paul era um misógino. George não.

George era um banana. Um banana sem autoestima. Ele se sentia muito inferior às mulheres. George realmente conhecia o seu lugar no mundo.

As esposas nunca ficaram sabendo do fim da jogatina. Mesmo quando jogavam pôquer, costumavam ir depois a algum bar para fechar a noite. Isso elas sabiam, dado o estado em que voltavam pra casa.

Mas elas não se importavam. No fundo nenhuma delas imaginava que alguém ia querer algo com seus maridos.

Depois de Suzi, nosso George e Paul passaram a sair com várias das garotas que entretinham os clientes bailando no pole dance do One-Eyed. No início em separado. Suzi Barbecue foi só a primeira. Suzi roubou esse nome do Suzy-Q's Bar-B-Que Shack, restaurante em que trabalhou em sua cidade natal, Buffalo, Nova York.

Seu nome de registro era Dorothea. Dorothea Nancy Waddingham.

E naturalmente tinha uma homônima que viveu no Reino Unido de 1899 a 16 de abril de 1936, quando foi enforcada pelo assassinato de Louisa Baguley, de oitenta e nove anos, e sua filha Ada Baguley, de cinquenta. Ela as envenenou, naturalmente.

Mas, depois de Suzi Barbecue, veio Penelope Ace, Tereza Pussycat, Karen Babydoll, Rachel Sasquatch, entre outras. Como eles faziam isso só nas noites do ex-pôquer, as garotas começaram a disputar a folga na quinta-feira. Principalmente porque Paul era divertido e nosso George dava gorjetas gordas, herança genética.

"Eu tenho a doença do papai."

Com o tempo, caso as moças não tivessem um pseudônimo sugestivo, eles passaram a rebatizá-las. Foi o caso de Jessie. Jessie é Jessica Nyenhuis Young e se apresentava como Jessie Young. Entre eles virou Jessica Tweetytis. Ela ganhou esse apelido por causa do chiado no peito. Jessie tinha peitos enormes e naturais, por sinal. E asma.

Assim também se deu com Maggie Mae Boyce que virou Maggie Cabeleira. Constance Brunette, na verdade Constance W. Dieckman, virou A Mulher-Entranhas. Joan McCormick virou Joan Chupa-Cabra, porque ela era boa de boquete e fazia aquele trabalho de sopro. Sheena Eastburn virou Olivia Armpits. Nem todas eram como Sarah Jane e, para imitá-la, cobravam um pesado adicional.

Um dia, do nada, Paul sugeriu que fizessem tudo aquilo juntos.

George gostou da ideia.

— Vamos fazer umas loucuras — disse Paul.

Começaram dividindo Jessica Tweetytis.

A partir desse dia a turma se tornou inseparável. George se impressionou como aquilo aumentava sua excitação e o prazer. De certa forma, no fundo toda a sua vida se resumia em resgatar aquele momento vivido no Medicine Lake com o amigo Peter.

Isso, dividir uma mulher com um amigo, para George era quase como reviver aquele momento. Principalmente quando pagavam aquele adicional.

Embora no Medicine enquanto um fazia o outro só assistisse. Com Paul, estavam juntos mesmo. MMF é como os americanos denominam esse tipo específico de ménage. *Male, male, female*. E foram muito bons e divertidos esses anos em que conspiraram. Isso, até um estranho incidente.

Nosso George sempre preferiu pensar que o estranho comportamento de Paul naquela noite se deu numa tentativa de apimentar um pouco mais as coisas.

Mesmo assim, após tal incidente George não pôde mais levar aquilo adiante.

Além disso Ele vinha tentando duramente parar de beber.

Naqueles dias a única sociedade secreta em que Paul acreditava era a Ás de Espadas. Quando George parou de beber, usou isso como desculpa para faltar aos encontros da fraternidade.

Era muito difícil estar sóbrio no One-Eyed.

Era muito difícil ser um Ás com goela seca. Ainda mais sabendo das más intenções de Paul. O incidente aconteceu quando Lucy Storm, de quatro, chupava o pau de George enquanto Paul a enrabava.

Então, de repente Paul largou o corpo sobre a moça quase a esmagando e, enquanto ela arriou, Paul tentou abocanhar o bigulim do amigo. Nosso George saltou para trás em choque.

Tentando amenizar a situação, Paul lançou seu slogan: "Vamos fazer umas loucuras".

George não gostou.

Por um instante passou por sua cabeça se esse não seria o plano de Paul desde o começo. Nunca imaginou que a parceria daria nisso. Para ele aquilo era outra coisa.

E isso não só encerrou a parceria como os distanciou.

De qualquer forma nunca mais tocaram no assunto.

Agora, de luto, George até pensa: Eu podia ter deixado. No fim, não me custaria nada...

Quanto à abstinência alcoólica, George sabia que estava destruindo o casamento e a carreira. Por isso levou a sério a batalha. George lutava contra o DNA.

"Eu tenho a doença do papai..."

Agora George come iscas de frango com os dedos e bebe suco de tomate enquanto admira o show da garrafa. Vermelho, azul, amarelo, pisca, pisca, pisca.

Ao deixar o bar, George acende um cigarro.

O cérebro quase abana o rabo. Pedaço de bolo.

Depois volta ao hotel. Tenta ler, mas não consegue. Resolve pegar o laptop. Só então percebe que esqueceu de trazer a fonte. Já passa das 11 p.m. quando, não contendo a solidão e a frieza de seu cérebro, arrisca ligar para Peter.

Estamos em agosto e ainda não se falaram esse ano. Mas George tem pensado muito nele nos últimos dias. Sabe que não deveria ligar do hotel. Foi instruído a, caso fosse vital, chamar de um telefone público. Mas George não precisava de proteção alguma. Para Ele, tudo aquilo era apenas uma aventura. Uma nova vida.

Dessa vez Peter atende.

— Oi, Peter.

— Peanuts?

— Eu mesmo.

— Que bom que você lembrou.

Só então George percebe a coincidência. É 26 de agosto, aniversário de Peter.

— Parabéns, meu velho. Como vai, meu amigo? Como tem passado?

— É, cada vez tenho mais.

— Hã?

— Passado. Meu passado aumenta a cada dia.

— Ah! E como vão as coisas?

— Vamos indo. E você?

— Tudo bem... tudo bem... é... São quantas primaveras?

— Primaveras acho que foram duas. Uns trinta e tantos outonos, o resto foi inverno mesmo.

— E o que você fez de especial hoje?

— Levantei da cama.

— Certo...

— Parece fácil, não é mesmo? E o que você manda?

— Nada. Só queria saber de você.

— Obrigado por ter ligado.

— Imagina, meu amigo...

— Bom... a gente se fala.

— Peter, você se lembra da Sarah Jane?

— Sarah Jane? Que Sarah Jane?

— Aquela que você me apresentou no Medicine Lake.

— Nossa! Jesus Cristo! Ah, claro! A boa e velha Sarah Jane.

— Essa mesma. A boa e velha Sarah Jane...

— Que tem ela?

— Você tem notícias dela?

— Jesus! Claro que não. Como poderia? Por que você quer saber?

— É que tenho pensado muito nela ultimamente.

— Minha Nossa Senhora! Isso deve ser Alzheimer. Você sabe, quando a gente passa a lembrar de coisas tão antigas assim... só pode ser Alzheimer.

— Vai ver que é isso.

— Santa merda! Sarah Jane Makin. De onde você desenterrou essa?

— Makin? Esse era seu sobrenome?

— Isso mesmo. Makin.

Pedaço de bolo. George anota o nome no bloco de notas do hotel.

Depois joga mais um pouco de conversa fora com o amigo e desliga.

Ele nunca soube o sobrenome de Sarah Jane.

Curiosamente Sarah Jane é homônima da mulher que ficou conhecida, junto com o segundo marido, John Makin, como The Baby Farmers. Os dois pegavam dinheiro de pessoas que não tinham condições de criar seus filhos. Era quase uma adoção, só que as pessoas tinham que pagar por isso. E, em vez de cuidar, Sarah Jane os executava. Como foi o caso de Horace Murray, entregue pela mãe, Blanche Murray, em troca de um pagamento de dez xelins por semana. A sra.

Blanche pagou três libras esterlinas de entrada. Era tudo que tinha. Ficou devendo o restante. Isso foi em 1892 em New South Wales, Austrália. Quando os ralos da vizinhança começaram a entupir, chamaram os bombeiros. Ao abrir os encanamentos, encontraram doze corpos de crianças. Entre eles estava Horace, que foi reconhecido pelas roupas.

George liga a TV. Na tela, *The Postman Always Rings Twice* (*O destino bate à sua porta*), com Jessica Lange e o velho Jack. George se enche de orgulho, pois Jessica Phyllis Lange nasceu em Cloquet, Minnesota.

Ele só não pode dizer que estudaram juntos porque ela nasceu em 1949.

No dia 20 de abril de 1949, só para constar.

George nunca se sentiu tão só.

Pensa que talvez seja pela falta de horizonte.

Pelo excesso de prédios e pessoas. Além do fato de estar num hotel.

Quer fumar, mas há sensores de fumaça no quarto e no banheiro.

Por isso desce.

5

Com a cabeça coberta e/ou Lírios-de-um-dia

Segunda-feira, 27 de agosto de 2007

Minneapolis, Minnesota; 9 a.m. Sarah Jane está derretendo manteiga na frigideira para fritar ovos com bacon quando o telefone toca.

Ela solta um "puta que o pariu" e fecha o gás.

— Alô?

— Quem fala?

— Quer falar com quem?

— Eu gostaria de falar com Sarah Jane Makin.

— Tá falando.

— Sarah Jane?

— Isso.

— Sarah Jane Makin?

— Éééé...

— Poxa vida. Eu nem acredito...

— Não acredita no quê?

— Não sei se você vai lembrar de mim. Sou eu, o Peanuts.

— Quem?

— Peanuts.

— Olha, cara, eu estou muito ocupada pra ficar com esse papo furado.

— Calma, calma. Sou eu.

— Eu quem?

— Charles Noel Brown, o Peanuts. Tá lembrada?

— Cara, eu não faço a menor ideia de quem...

— Eu estudava na Robbinsdale Armstrong com o Peter, lembra?

— Robbinsdale Armstrong?! Santa bosta! Isso foi há séculos...

— Tá lembrada? Eles me chamavam de Peanuts, por causa do meu nome. Você sabe, Charles Brown, Peanuts. Lembra?

— Olha, sinceramente...

— Eu, você e o Peter tivemos um lance lá no lago Medicine.

— Um lance?

— É. Nós... ficamos juntos.

— Desculpa?! Do que é que você está falando!?

— Eu só queria saber de você.

— Saber o quê?

— *Covo* vai? — Ele queria dizer "como", mas o nervosismo e a emoção embaralharam sua língua. — *Covo* vão as coisas? Queria ter notícias...

— Isso é alguma pegadinha? Dá licença, eu tô preparando o café das crianças...

"Você não precisa levantar de madrugada só para se preocupar com o que vai comer no café da manhã."

— Você tem filhos?

— Quatro. Tá bom ou quer mais?

— Se casou?

— Quatro vezes. Por quê?

— Quatro?

É mentira. Cada filho é de um pai diferente, mas Sarah Jane nunca se casou. Pelo visto ela mudou de hábitos. Mudou o slogan que ecoa há décadas na cabeça de Charles Noel Brown, nosso George.

— É, quatro. Olha, meu filho, eu não estou com tempo nem paciência pra essa conversa fiada.

— Calma, calma, eu só quero dizer uma coisa, só uma coisa...

— Desembucha logo.

— Eu só queria que soubesse que você foi, e de alguma forma continua sendo, uma pessoa muito, muito importante na minha vida.

— Ah, vai te catar!

Sarah Jane bate o telefone com força.

George fica paralisado, de pé com o fone no ouvido e a cara engraçada.

George levantou cedo e, como estava sem a fonte do laptop, usou o computador do saguão do hotel para jogar o nome no Google. Não deu outra, apareceu o telefone de uma Sarah Jane Makin em Minneapolis, Minnesota.

Ele arriscou.

Como nunca se casou, Sarah Jane preservou o sobrenome.

E ela nem ao menos se lembra do momento mais importante de sua vida.

Charles Noel Brown está morto.

Morto como Paul.

E não só para Sarah Jane. Já faz quatro dias que Charles Noel Brown desapareceu e, ao que tudo indica, ninguém deu falta. Quer dizer, notaram isso lá na Land O'Lakes Inc. O pessoal de lá anda realmente a sua procura.

Profundamente arrasado, George deita em posição fetal.

"Eu vou dar, mas só a bunda" mudou para "Ah, vai te catar".

Como pode ser tão insignificante?, se pergunta.

Como é possível que Sarah Jane o tenha esquecido?

Teve mais um detalhe no lago. Os hemerocales floriam quando Sarah entregou o seu botão, digamos assim. O cheiro dessa flor também o transporta para aquele que foi o dia mais feliz de sua vida.

De sua tão desnecessária vida.

Hemerocales são conhecidos como lírios-de-um-dia, apesar de não serem lírios verdadeiros. São tidos como tal porque nascem e morrem no mesmo dia.

E isso se repete durante toda a sua florescência, só para constar.

Talvez, se George, em vez de ligar, tivesse usado o Skype, não ficasse tão desapontado. Antigamente Ele teria que pagar para vê-la, como diria Bennett.

Sarah Jane pesa agora cento e trinta e nove quilos. Ela é quase quatro vezes o que foi no tempo do Medicine. Mas talvez isso não fizesse diferença, dada a importância que Peanuts depositava nessa mulher.

Sarah Jane foi a pessoa mais importante de toda a sua existência.

Ela foi tão importante que George assumiu seu verdadeiro nome.

O nome que fora instruído a guardar.

Curiosamente Charles Noel Brown é homônimo de um ladrão homicida nascido em junho de 1933, em Bedford, Indiana. E esse homônimo foi condenado à forca em setembro de 1961 por uma onda de crimes que cometera.

Até Peter deixou nosso Peanuts triste.

Na última chamada Ele sentiu a pressa do amigo em desligar o telefone.

Como Sarah pode ter esquecido tudo que aconteceu no Medicine?

Ele não consegue entender.

Talvez, se Paul estivesse vivo, ele o pudesse confortar.

Provavelmente diria: "Não fique assim, meu amigo. Sarah Jane é uma reptiliana. Não fique triste".

"Vamos fazer umas loucuras."

Mas Paul está morto.

Talvez todas as mulheres sejam como sua mãe. Frias.

Talvez sua mãe fosse réptil.

Talvez acreditar em mentiras seja bom.

Talvez acreditar em mentiras torne a vida um pouco mais necessária.

George chora alto. Sente pontadas na barriga. Cólica.

Está cheio de gases e sua mãe o olhava com desprezo.

Com profundo desprezo.

Jura a si mesmo que vai esquecer Sarah Jane enquanto segura o abdome tentando confortar suas dores.

Elizabeth Brown, mãe de Charles Noel Brown, vulgo

Albert Arthur Jones, vulgo George Henry Lamson, vulgo Ele, vulgo nosso George. Homônima da Elizabeth Brown que em 5 de julho de 1856 estraçalhou a cabeça do marido, John Anthony Brown, com um machado em Dorset, Inglaterra.

Curiosamente essa assassina quando solteira se chamava Elizabeth Boardingham e por sua vez era homônima de uma mulher que também assassinou o marido, John Boardingham, só que a facadas, em York, North Yorkshire, Inglaterra, em 13 de fevereiro de 1776.

E "nossa" Elizabeth Brown, mãe de nosso George, Charles Noel Brown, quando solteira se chamava Elizabeth Ramsey, que por sua vez é homônima da Elizabeth Ramsey que em agosto de 2011 em Dallas, Texas, se tornará assassina ao matar de fome o enteado. Isso mesmo, de fome. Literalmente.

Ela e o marido Aaron Ramsey serão condenados por trancar o filho num porão e o deixar morrer.

E, embora nosso George considere sua mãe fria, ela nunca o deixou passar frio ou fome.

Paul compreenderia tudo isso de forma muito mais simples.

Reptilianos.

Não eram humanos, eram só meio humanos.

Pedaço de bolo.

||

Às 7:45 p.m. do sábado 3 de agosto, Peanuts, ou nosso George, entra no café Dunn Bros. Está faminto. Pede hambúrguer, fritas e Coca. No instante em que a garçonete traz o pedido, surge John Tawell com sua camisa xadrez, sua mão de pente e a cabeça com longos cabelos.

John sinaliza apontando o estacionamento.

George mostra o lanche. Os Cães vão ter que esperar.

Peanuts come o hambúrguer em quatro mordidas. Devora os palitos de batatas em mãozadas. Apanha pelo menos seis por vez. Engole a Coca. Deixa o dinheiro sobre a mesa, incluindo a gorjeta, e vai ao encontro do magrela.

Procura Tawell entre os veículos. Um furgão de sorvete Mister Softee pisca o farol. E ecoa o jingle:

Here come Mis-ter Soft-tee. The soft ice cream man.
The cream-i-est dream-i-est soft ice cream you get from Mis-ter Sof-tee.
For a re-fresh-ing de-light su-preme, look for Mis-ter Sof-tee...
S-O-F-T double E. Mister Softee!

Abaixo da imagem do ser antropomórfico meio sorvete meio homem, com luvinhas brancas para inspirar higiene, lemos o slogan: "Mister Softee vem trazendo o melhor sorvete e frozen congelados para crianças e famílias desde 1956".

George caminha em sua direção.

No banco do motorista, um negro musculoso com narinas imensas e óculos espelhados que, apesar da aparência enfezada, está devidamente trajado com sua roupa branca, luvas e chapeuzinho típico dos sorveteiros.

A porta lateral corre. Um cara com gigantismo faz sinal para Ele entrar. George entra. No interior, em vez de sorvetes, temos quase um escritório.

O furgão sai lentamente.

Além de Tawell e do gigante há mais quatro ocupantes no carro.

O gigante tem a cara comprida e quadrada. O topo de sua cabeça é reto como o tampo de uma mesa. Sua pele é cinzenta. Um trambolho cilíndrico ocupa boa parte do escritório. Essa engenhoca é uma espécie de dínamo magnético desenvolvido pelos Cães para dificultar o rastreamento e para que tudo que for dito no interior do automóvel permaneça ali.

O veículo é totalmente à prova de grampos.

Ao lado do gigante um garoto nerd com a cara inchada lembra um baiacu cheio de espinhos. Outro ocupante é um latino atarracado de bigodinho com pele escura, cucaracha típico. A seu lado, uma mulher com cara de enfermeira alemã de filme de terror. E, é claro, Tawell.

Enquanto o carro roda, Tawell diz a George que fazem parte dos Cães Alados e que estão ali para protegê-lo.

— Que material importante e impressionante nos deixou seu amigo, hein? — diz o Frankenstein.

— Realmente — reforça Fräulein.

— Sua vida corre perigo — alerta Tawell.

— Parece que estamos sendo seguidos — adverte o motorista através de um dispositivo.

— *Mira, mira...* — diz o latino enquanto aponta algo no céu através de uma pequena janela coberta com Insulfilm.

— Eu estudei com Richard Dean Anderson na escola — manda Peanuts.

— Santa porcaria! Eu não acredito! Você estudou mesmo com o MacGyver? — o nerd questiona.

A conversa continua durante o longo trajeto. O nerd lembra que Prince Rogers Nelson, o Prince, o Símbolo, também nasceu em Minneapolis.

— É verdade — confirma George. — June Lang também é de lá — Ele solta quase estourando de orgulho. E continua: — James Hong, ator e dublador, também é de Minneapolis.

— Claro! *Chinatown*, *Blade Runner*. Inclusive ele trabalhou com Anderson num episódio de *MacGyver*.

Esse nerd sabe tudo. Esse nerd traz à mente de George um flash de um garoto com orelhas de abano. Tripinha.

O carro não tem destino. Simplesmente procuram não ser rastreados.

O motorista escolhe as autopistas e pequenas estradas para fugir da garotada. As crianças enlouquecem quando veem um caminhão do Mister Softee.

Além disso eles procuram fugir de qualquer triangulação.

Fräulein parece ser a líder do bando.

De forma detalhada e generosa apresenta toda a organização. Seus objetivos e planos de contra-ataque e resistência contra um governo corrupto cheio de criaturas e entidades extraterrestres que pretendem dizimar a população. É Fräulein quem explica como o capital de Charles Brown está sendo dissolvido em ONGs, clubes e instituições sem fins lucrativos para evitar que o Fisco o rastreie.

O latino auxilia com observações a fim de assegurar a idoneidade do grupo e as boas intenções.

— *Pensa, hombre, usted no más* poderá fazer *las transacciones en tu nombre*, hã? *Es como usted tuviera muerto*, hã?

O baiacu mostra relatórios impressos, cálculos e projeções, para assegurar que o dinheiro voltará a suas mãos em sua nova identidade. Excetuando os vinte por cento.

O nerd diz que precisará do laptop de George para instalar o navegador criptografado que usam para acessar a web. Fala sobre a *pip web*, sistema utilizado pelo FBI e outras redes de inteligência.

— Se os pobres mortais têm acesso ao Google, à Wikipedia e ao YouTube, imagina o que os serviços secretos não têm em suas mãos — arremata.

Tawell diz:

— Não esqueça que quem você foi estará morto agora. Por isso deve transferir cada centavo que ainda tiver e quiser ter de volta. Você disse que não é casado, não é mesmo?

— Isso, divorciado.

— E não tem filhos, não é isso?

— Não, não tenho filhos.

— Pois bem. Caso queira deixar algo a alguém, deve cuidar disso em seu testamento, certo?

E tudo se dá de forma rápida, muito rápida. O cérebro de Peanuts vai ficando frio, frio, frio, cada vez mais frio, enquanto passam no mínimo mais três pensamentos simultâneos por sua mente. E então, de repente, Sóror Fräulein solta algo sobre Astrum Argentum, a Estrela Prateada, que, ao que tudo indica, também tem suas doze tradições e seus doze passos.

Ou seja, o A∴A∴ não é diferente do A.A.

E o primeiro fala sobre um Ser Superior.

Não era bem isso que George imaginava com sua nova vida.

Toda sociedade imita a sociedade.

Com sua hierarquia, suas regras e condutas. Poderia ser mais simples. George realmente pensou que bastaria dizer que acreditava naquela lenga-lenga para viver sua nova vida. Uma vida livre de convenções. Seria um fugitivo protegido por um sistema. E todos continuam falando, e falando e falando. George está longe. Longe e exausto.

Sóror Fräulein explica que a bem da verdade eles não são do A∴A∴, mas de uma facção dissidente que no momento determinado lhe será revelada.

E o carro roda e o mundo *yira*.

E todos falam e falam toda aquela bosta de touro e se a araponga acutila, o tucano chalreia, o sabiá modula, a pomba arrola, o pinto pia, o touro berra, muge, bufa e urra, e o homem prega.

O Frankenstein leva o nome de John Edward Howard Ruloffson.

Curiosamente você pode ver o cérebro do autêntico Ruloffson exposto no Departamento de Psicologia da Cornell University em Ithaca, Nova York. Rulloff matou a mulher e a filha em 23 de junho de 1845. Ele foi o último homem a ser executado publicamente na cidade de Nova York. Isso se deu em 18 de maio de 1871, e na verdade Rulloff foi executado por outro crime. O assassinato de um quitandeiro.

O motorista negro leva a documentação em nome de Henry Colin Campbell. Campbell matou pelo menos duas mulheres em Nova Jersey, entre 1928 e 1929. Ele caçava suas presas através de agências matrimoniais. Era um caça-dotes. Depois de breve namoro e promessas de casamento atirava na cabeça de suas noivas, tacava fogo em seus corpos e abandonava os cadáveres à beira de estradas.

Depois de identificarem as pegadas na cena do crime, prendê-lo foi sopa.

Fräulein levava a identidade de Christa Lehmann.

Christa era de Worms, Alemanha. E, depois de matar o marido alcoólatra, passou a envenenar um bocado de gente.

O latino atende pelo nome do assassino em massa Domingo Salazar.

Desconfiado de que a patroa o estivesse traindo, na manhã de 11 de outubro de 1956, armado apenas com uma lança e uma faca de bolo, matou dezesseis pessoas. Homens, mulheres e principalmente crianças. Isso foi em San Nicolas, Filipinas, e Salazar tinha quarenta e dois anos.

Algumas civilizações antigas passaram a chamar seus doentes por outros nomes para enganar os demônios.

A doença, em tempos ancestrais, estava sempre ligada à possessão ou presença demoníaca.

Então eles pensavam que, se um cidadão chamado Charles, por exemplo, passasse a ser chamado de George, por exemplo, o demônio não o reconheceria e acabaria indo atrás de outro da lista.

Na Antiguidade os demônios podiam ser enganados.

Os demônios coabitavam a Terra e havia um representante para cada coisa ou lugar, assim como os padroeiros. Naqueles tempos as pessoas oravam para seus anjos e para os demônios.

Havia altares para os dois conjuntos de seres.

Nos altares as oferendas os acalmavam.

Faziam-se sacrifícios para anjos e demônios.

O equilíbrio da vida das pessoas estava na negociação e no balanço entre essas duas forças variantes e originárias da mesma fonte. Dizem que isso começou a mudar na Idade Média graças à pressão da Igreja católica.

Mas voltando a 2007: só para constar, foi um ano quente para os que acreditam em conspirações, óvnis e lagartos. Pois foi em 9 de maio que alguém com o pseudônimo de Dexxel postou no YouTube a famosa entrevista de Art Bell sobre a Área 51 que fora ao ar em 11 de setembro de 1997.

Nesse dia o programa de rádio *Coast to Coast* com Art Bell recebeu um misterioso telefonema de um homem desesperado que alegava ser ex-funcionário da Área 51.

Quando o misterioso anônimo falou, de forma profundamente desesperada e emocionada, sobre os seres interdimensionais infiltrados no governo, imediatamente o programa foi tirado do ar.

Curiosamente Richard "Iceman" Kuklinski, também conhecido como Mister Softee, foi um notório assassino de aluguel. Ele trabalhou para várias famílias do crime organizado ítalo-americano. Ele alega ter matado mais de duzentas pessoas ao longo de uma carreira de trinta anos.

Mister Softee era o irmão mais velho do estuprador e assassino Joseph Kuklinski. Curiosamente ninguém do grupo leva seu nome.

Não confundir com o Iceman de Minnesota. O Homem de Gelo de Minnesota é um humanoide peludo, com seis pés de altura, da família do Pé Grande. Dizem que foi caçado por Frank Hansen em 1960.

E o nerd é William Palmer. Homônimo de um médico inglês que, como as assassinas mulheres, matava suas vítimas por envenenamento. Dr. William Palmer envenenou e matou mais de treze pessoas. Homens, mulheres e crianças em Staffordshire, Inglaterra, e foi enforcado em 14 de junho de 1856.

Há uma famosa paródia ao jingle de Mister Softee que é mais ou menos assim:

> *I am the fucking ice cream man, the man who sells the ice cream*
> *I am the fucking ice cream man, I sell you fucking ice cream*
> *You want some fucking ice cream? Well, I'll tell you what to do*
> *Come by my fucking ice cream truck, I'll sell that shit to you*
> *I am the fucking ice cream man, the man who sells the ice cream*
> *I am the fucking ice cream man, I sell you fucking ice cream*
> *Bitch shit cock piss dick ass balls, fucking ice cream.*

Charles Noel Brown, o ladrão assassino xará de George, havia sido condenado a catorze anos de prisão por falsificar um cheque quando servia o exército. Cumpriu apenas um ano e foi posto em liberdade condicional. Não demorou muito para que violasse a condicional e a partir daí passasse a mudar de um estado pra outro fugindo dos braços da lei.

Estava tendo sucesso até chegar a Minneapolis em fevereiro de 1961.

Lá conheceu Charles Edwin Kelly e juntos passaram a cometer pequenos delitos.

Estava com vinte e oito anos, e Charles Edwin tinha vinte.

Em 17 de fevereiro, a dupla assaltou uma loja de laticínios na cidade. Foi seu primeiro assalto à mão armada. No dia seguinte o alvo foi um posto de gasolina. Nesse assalto Brown baleou um frentista. Foi sua primeira vítima. Depois disso matou um garçom que tentou fugir quando ele roubava um bar.

Na mesma tarde a dupla vai para a rodoviária.

O destino era Omaha, Nebraska.

Na rodoviária eles conhecem uma garota e rola um MMF no banheiro.

A moça se junta a eles e roubam um carro.

O proprietário é colocado no banco de trás e obrigado a acompanhá-los.

Quando ele tenta fugir, Brown descarrega a pistola em suas costas.

Dizem que, ao receber o primeiro tiro, o dono do veículo assobiou feito uma anta.

Curiosamente Charles Edwin Kelly é homônimo de um cartunista irlandês nascido em junho de 1902. Charles E. Kelly foi o fundador e editor da revista satírica *Dublin Opinion*. O cartunista morreu em janeiro de 1981.

George sonha um sonho recorrente.

Peanuts está à beira de um lago, o Medicine talvez. Olha para a água. A água é escura. De repente ela começa a ondular. Algo emerge das profundezas. Ele pode ver o vulto que se aproxima. Percebe que é um peixe. O peixe põe a cabeça pra fora e abre a boca. Dentro de sua boca há uma meia. E na meia estão bordados os nomes de todas as coisas. George começa a ler as palavras bordadas. Não questiona o fato de todas as palavras caberem numa meia. Aceitamos as regras oníricas. Assim são os sonhos, assim somos nos sonhos.

George acorda. Essa é a terceira vez que tem esse sonho. Enquanto acorda, num tempo que de tão rápido não pode ser medido, reconstrói toda a sua vida.

Precisa sair do quarto.

Com esforço levanta. Ajeita o cabelo com as mãos feito Tawell e desce.

No elevador há um homem sorridente e seu filhinho.

O homem parece orgulhoso.

George olha para eles.

O cara acha que George está brincando com seu filho. E, cheio de orgulho, diz:

— Esse é William Albert, meu primogênito.

Grande bosta, George pensa, mas não fala.

Isso traz a sua mente, de algum ponto perdido, o episódio em que Keith Bryan, com quem realmente estudou na Robbinsdale Armstrong, lhe perguntou:

— Você sabe quem foi o primeiro filho de Deus?

Keith Bryan, vulgo Tripinha. Santa bosta!

George o havia esquecido.

Embora às vezes, sem que Ele se desse conta, uma imagem, como um fotograma, de um menino com orelhas de abano espocasse em seu cérebro.

Mas ele estava lá, Keith Bryan estava lá e aparecia quase como num fotograma.

Estava lá em algum lugar onde se guardam os pensamentos.

Como é possível caber tudo ali?

Todas as lembranças. Feito a meia na boca do peixe. Com todas as palavras.

Algo assim pensa George enquanto o elevador desce e Ele observa a cara de idiota do moleque, o primogênito.

De qualquer forma o Tripinha sabia de tudo.

Era o garoto mais esperto que Peanuts conhecera.

De tudo ele sabia um pouco. Principalmente curiosidades.

Passava as tardes lendo enciclopédias na biblioteca da Robbinsdale Armstrong.

Mas ele não era um nerd.

Não tinha a aparência de um nerd.

Tinha uma vida difícil e fez dos livros e das bibliotecas o seu porto seguro.

Keith Bryan sabia o som que cada animal emitia.

Keith Bryan sabia que o beija-flor trissa, o besouro zune, o bode bale, o cabrito barrega, o camelo blatera, a cigarra chichia, o chacal uiva, a cegonha glotora, e o homem prega. Foi o Tripinha quem ensinou a nosso George que as flores do hemerocale só duram um dia.

E foi Keith Bryan, vulgo Tripinha, quem despertou em nosso George sua primeira obsessão. O Brazil.

Porque, antes de ser obcecado por Sarah Jane, Peanuts foi obcecado pelo Brazil.

Ah, Brazil, Brazil.

Porque Keith Bryan lhe disse que existia esse lugar onde o clima era sempre agradável e as pessoas viviam em harmonia com os animais. Principalmente cobras, lagartos e macacos. E o Tripinha falou que lá, nesse lugar que parecia o Paraíso, todos passavam os dias dançando ao som dos tambores e ninguém usava roupa. E era uma grande putaria. Todos trepavam com todos. E andavam pelados. E todo mundo era feliz. E todo homem era exímio jogador de futebol. E toda mulher era puta. E lá as mulheres tinham bundas imensas. Igual à velha piada: sua mãe tá jogando um bolaço.

Agora George passou a relembrar as pessoas de sua juventude.

George não quer uma vida nova, queria poder reviver a sua. Os primeiros anos… sua primavera. Ah, Sarah Jane, Sarah Jane. Que agora diz: "Ah, vai te catar". Mas que dizia: "Eu vou dar, mas só a bunda".

Como ela pôde dizer isso? "Vai te catar"?

E todo aquele carrossel de ideias que se associam é interrompido quando o orgulhoso pai de William Albert, o garoto com cara de idiota no elevador, diz:

— Trouxe o garoto pra conhecer a Maçãzona.

E George é obrigado, sem que se dê conta, a recriar toda a sua vida até aquele momento no elevador para poder entender o que aquela criatura fala.

E, num átimo, tudo se reconstrói e George volta.

— Sério? Você não é daqui?

— Não. Somos de Milwaukee, Wisconsin.

— Sério? Eu sou de Minneapolis.

— Owh.

— Sabe com quem eu estudei no colégio?

III

Os turistas tentam interpretar mapas na entrada do hotel. Bem na porta.

George pede licença. Quando vai sair, volta e pergunta a um deles:

— Onde você conseguiu esse mapa?

O cara ri e diz que comprou numa banca.

George sai à procura de uma banca.

Está quente e abafado. Acende um cigarro.

Dessa vez, ao invés de descer a Sétima, Ele sobe.

Quando vai conferir a hora, percebe que o relógio parou. Deve ser a bateria, pensa.

Então avista uma loja de conveniência. Entra e pede um mapa.

O balconista ri e aponta uma gôndola repleta deles. George escolhe um. Estuda.

Em seguida pergunta ao camarada onde fica a loja da Apple.

— Na Quinta logo depois da 58 — diz o camarada com expressão jovial.

George nunca saberá, mas o balconista se chama Nathuram Vinayak Godse.

E, naturalmente, é homônimo de um assassino.

Foi Nathuram Vinayak Godse que em 30 de janeiro de 1948 matou a tiros Mohandas Karamchand Gandhi. O Gandhi, Gandhi.

George segue.

Sarah Jane, sua puta do caralho, rumina.

Vaca, filha da puta, miserável… eu nunca mais vou pensar em você, cadela imunda. Justo você, que era tão formosa e dizia coisas tão bonitas, agora só fala um monte de bosta de touro. Santa bosta! Fodedora de mãe do caralho.

George blasfema.

"Eu vou dar, mas só o buraco da minha bunda." Meu furico.

Quando nosso George era pequeno, quando era Peanuts, Marie Marguerite Fahmy, a irmã de sua avó, teve algo que apagou parte de sua memória.

Uns dizem que foi derrame, outros Alzheimer, outros demência. Não importa, o fato é que Marie Marguerite Fahmy preservou apenas parte de seu passado.

E era como se ela o revivesse. E nosso pequeno Amendoim a amava porque ela sempre foi doce com Ele. Doce como um pedaço de bolo.

E para a sua profunda tristeza ela o esqueceu.

Com o fim da Ás de Espadas e o aumento de anfetaminas, Paul, nosso velho Paul Kenneth Bernardo "vamos fazer umas loucuras", foi mergulhando de forma cada vez mais turbulenta em seus delírios, ou, como diriam os Cães, crenças.

Porque o cavalo relincha, a cobra guizalha, o corrupião gorjeia, e o lobo uiva.

No último ano nosso velho Paul passava horas diante da TV e na internet tentando detectar reptilianos. Dizia que a mídia, toda ela, estava sob o domínio dos lagartões.

Listava.

É possível detectar um reptiliano através de seus olhos.

Principalmente quando piscam.

Nas antigas inquisições alguns alegavam que era possível perceber o demônio nos possuídos porque eles piscavam, rapidamente, de forma quase imperceptível, de baixo pra cima.

Paul alega que os reptilianos não piscam, fingem.

Diz haver uma membrana intermediária em seus olhos que simula a pálpebra humana. Há uma série de vídeos no YouTube demonstrando e, mais do que isso, desmascarando os reptilianos.

Sammy Davis Jr. era um deles.

Os Bush, pai e filho, também.

Elvis Presley, Johnny Carson, do *Tonight Show*, George Lucas e Steven Spielberg seriam a mesma entidade bipartida. William "Bill" John Bennett, que foi secretário da Educação de 1985 a 1988 e diretor do Office of National Drug Control Policy no governo Bush, tem um cargo de alta hierarquia entre os lagartos.

Nem precisamos falar de Michael Jackson ou Hillary Clinton.

Hillary é o réptil que controla o marido Bill.

A lista dos seres vindos de Draco entre as celebridades é imensa.

Englobando os Anunnaki, os Draconianos, sem falar em Nibiru, o Planeta X, em Orion, na Irmandade da Serpente, e por aí vai. Essas criaturas híbridas fazem parte do Military Industrial Complex Alien. Ou MIEC (Complexo Militar-Industrial Extraterrestre).

Paul alegava que estava prestes a revelar evidências de que seus sogros também eram lagartos do espaço.

John Schwartze, da Land O'Lakes, igualmente.

Apesar de Paul ter trazido muita luz sobre os reptilianos, não podemos deixar de citar o grande mestre e mentor que foi Bob Lazar.

Robert Scott Lazar nasceu em janeiro de 1959 em Coral Gables, Flórida.

Foi Lazar quem nos explicou sobre o ununpêntio.

Ununpêntio ou o elemento atômico 115.

Bob, que trabalhou com engenharia reversa, foi o primeiro a ter contato com o tal elemento que era usado como combustível nuclear nos discos voadores. Lazar trabalhava como físico na Área 51 quando teve contato com a substância.

Claro que outros antes de Paul também contribuíram para a compreensão de todo o esquema. Quanto aos reptilianos, devemos muito a David Icke.

As ideias centrais de Icke são traçadas em quatro livros

que foram escritos ao longo de sete anos: *The Robots' Rebellion* (1994), ... *And the Truth Shall Set You Free* (1995), *The Biggest Secret: The Book that Will Change the World* (1999), e *Children of the Matrix* (2001).

Paul leu todos.

Com o fim dos encontros do One-Eyed, Paul passou a estudar durante todo o tempo livre. Icke expôs a Fraternidade, os Illuminati ou Elite Global.

O xarope tentou nos elucidar sobre a "pirâmide de manipulação".

Icke disse que todos estão envolvidos. Bancos, exército, crime organizado, sistema educacional, mídia, religião, indústria farmacêutica, agências de inteligência, narcotraficantes.

Disse que os reptilianos têm "consciência luciférica".

Fazem tudo em nome do capeta.

Tirou toda aquela bosta de touro dos *Protocolos dos Sábios de Sião* e misturou a seus delírios para fundar sua teoria.

David Vaughan Icke nasceu em Leicester, Inglaterra, em 1952. Foi goleiro profissional. Jogou no Coventry City e pelo Hereford United. Foi obrigado a se aposentar cedo, aos vinte e um anos de idade, por causa de artrite.

Mas, antes de Icke, veio Erich Anton Paul von Däniken, o suíço preso por roubo e fraude que escreveu o famoso best-seller *Chariots of the Gods*, lançado em 1968.

E claro, antes dele, toda a turma da teosofia.

Vale lembrar que a Sociedade Teosófica foi criada aqui mesmo, em Nova York, em 7 de setembro de 1875, pela Madame Blavatsky e pelo coronel Henry Olcott.

Buscando justamente revitalizar o neoplatonismo e o gnosticismo.

E isso se soma a Aleister Crowley.

O britânico Crowley foi o papa do ocultismo.

Membro da Ordem Hermética da Aurora Dourada, Golden Dawn.

É o responsável pela criação do Thelema e cofundador do A∴A∴, Astrum Argentum. Não confundir com os alcoólicos anônimos, apesar de todas as semelhanças.

Crowley também foi um importante líder da OTO, Ordo Templi Orientis.

O Thelema também surgiu na cidade de Nova York.

Isso em 1918, quando durante uma cerimônia ritual Crowley teve contato com uma entidade não corpórea, Aiwass, ou o Sagrado Anjo Guardião, que no fundo não passava de um grey.

Greys são os famosos ETs cinzentos.

Foi esse ser quem lhe ditou o célebre *Livro da Lei*.

E antes de Crowley, Jakob Böhme, e seguiremos quase sem fim, passando por Amônio Sacas, até chegar a Platão.

De Platão seguiremos para Sócrates.

E, como não poderia deixar de ser, encontraremos o início de tudo em Hamurabi, na Babilônia, naturalmente.

E antes de Hamurabi houve Elulu...

Não podemos deixar de dizer que essas teorias sempre foram iluminadas por viagens à Índia.

E lá chegaremos aos Vedas e aos escritos em sânscrito, cerca de 1500 a.C., que são a base do hinduísmo. Nesses textos, considerados "a mais antiga literatura de qualquer língua indo-europeia", encontraremos o nome de Undum.

E Undum já falava do fogo vindo do céu, dos "palácios voadores" e dos seres reptilianos.

Logo, Bob Lazar + David Icke + Erich Anton Paul von Däniken + Madame Blavatsky + coronel Henry Olcott + Aleister Crowley + Wilhelm Reich + Jakob Böhme + Pitágoras+ Temistocleia + Platão + Sócrates + "A Tábua de Esmeralda" de Hermes Trimegisto + Hamurabi + Zoroastro + Elulu + Vedas + Undum + anfetaminas + Paul + uma montanha de bosta de touro = conspiração reptiliana.

Aqui come o Se-nhor Ma-ci-o. O homem sorvete.

O creme de gelo macio sonho cre-mo-so você recebe do Se-nhor Ma-ci-o

Para uma de-luz su-prema re-fres-can-te, procure Se-nhor Ma-ci-o...

M-A-C-I-O duplo E. do Senhor Macio!

Macio. Senhor.

e/ou (na versão parodiada)

Eu sou a foda do sorveteiro, o homem que vende o gelo cremoso

Sou a foda do sorveteiro, eu vender sorvete porra.

Você quer um pouco de sorvete, porra? Bem, eu vou te dizer o que fazer

Venha na porra do meu caminhão de sorvete, eu vou vender essa merda para você

Eu sou a foda do sorveteiro, o homem que vende o sorvete

Eu sou a porra do sorveteiro, eu vender sorvete porra

Galo merda pica mijar bolas bunda pau, porra sorvete.

6

A cadela no cio

e/ou

Tetas compridas

Segunda-feira, 27 de agosto de 2007

George faz sinal ao táxi e vai comprar sua fonte.

Bennett liga para saber do parceiro.

— Vamos almoçar?

— Pode ser. Que horas são? Meu relógio parou.

— São 11:25 a.m. Você está no hotel?

— Não. Saí pra fazer umas compras, você sabe.

— Ah, Nova York, Nova York.

— Estou indo na loja da Apple.

— Na da Quinta Avenida?

— Isso.

— Ótimo. Então te encontro lá daqui a pouco e podemos comer por aí mesmo. Que tal comermos no Loeb, lá no Central Park? É um programa bem turístico. Fica dentro do parque mesmo. Que tal?

— O.k. Você tem mais alguma informação sobre Paul?

— Ainda não. Mas fique tranquilo, tudo será investigado.

George e Bennett almoçam em silêncio.

George come pouco. Mantém quase o tempo todo a mão sobre a barriga.

— Você tá legal?

— Estou meio sem fome. Estou um pouco indisposto, você sabe.

— Constipado?

— É... por aí...

Depois do almoço caminham pelo parque.

George acende um cigarro.

As pessoas, a princípio, olham feio pra Ele, mas, como

cada tragada acentua a careta e Bennett faz a cabeça de camaleão enquanto anda de forma engraçada, elas acabam achando que se trata de alguma performance.

Pensam que se trata de algo ligado à campanha antifumo.

Abanam a mão na frente do nariz e sorriem.

— Bennett, por que você entrou para os Cães?

— Eu era motorista de um figurão e, quando ele aderiu ao grupo, me levou junto.

— Curioso.

— É, você sabe como são as coisas... Assim é a vida. No fim, não fazemos muitas escolhas. Somos levados.

— Eu pensei que só fazia parte do grupo quem tivesse visto algo, sabe?

— Mas você mesmo não viu nada em particular, não é?

— Como é que você sabe?

— Ora, eu frequento as salas.

— Salas?

— Desculpe, George, mas não me sinto muito seguro falando essas coisas por aqui.

— Eu queria saber um pouco mais sobre todo esse esquema.

— Vamos pro carro. É mais seguro. Lá podemos conversar.

Bennett explica que carrega um dispositivo no porta-malas que impede qualquer forma de triangulação. Aquele trambolho gigante. George lembra da traquitana no carro de Mister Softee.

Enquanto Bennett dirige sem rumo por Manhattan, ele retoma a conversa.

Estão no Upper East Side.

— É isso. Eu trabalho pra eles. É claro que me filiei ao grupo, mas não estou no programa de proteção.

— Pensei que estivesse.

— Não, não.

— Pensei que tivesse visto algo.

— Bom, ver eu vi. É claro. Vi muita coisa.

— Viu?

— Opa! E como tenho visto.

— Com os próprios olhos?

— Não. Vi os registros.

— E quanto a mim?

— O que tem?

— Eu vou ter acesso a essas coisas?

— Tudo a seu tempo, meu velho. Primeiro você precisa se instalar. Depois vai frequentar as salas e as cerimônias. Aí então...

— Cerimônias?

— Claro.

Porque o jumento orneia, o leão ruge e o morcego trissa.

— Por falar nisso, trago boas-novas.

— Então manda.

— Logo você vai estar instalado.

— Ah, é?

— Entre hoje e amanhã vão te procurar. E acho que no máximo em uma semana você já se muda. Parece que você vai ficar aqui.

— Isso é muito bom mesmo. Aqui em Manhattan?

— Me parece que não em Manhattan, Manhattan. Mas aqui mesmo no Brooklyn.

— Sério? Isso é muito bom.

— Eu falei com eles e... logo vocês terão sua casa.

— Vocês?

— É. Você e sua parceira.

— Minha parceira?

— Isso.

— Eu não sei de parceira nenhuma.

— Eles não te disseram que você vai morar junto com outro membro?

— Não! Como assim?

— Bom, é o esquema do grupo. Você sabe, para não chamar atenção. E acho também que é para cortar um pouco de gastos. Você sabe…

— Mas ninguém me falou nada sobre isso.

— Impossível. É assim que agimos. Talvez você não lembre.

— Desculpa, mas eu me lembraria disso. Eu detesto viver num hotel, mas dividir o espaço com outra pessoa é ainda pior.

— Estranho. Faz parte do protocolo. Acho difícil que não tenham mencionado isso.

— E como é esse protocolo? Com quem eu vou ficar?

— Com Sarah Simpson.

— Sarah Simpson?

— É. Sarah Simpson.

— Quem diabos é Sarah Simpson?

— Não acredito que você não foi informado.

— Não, ninguém me disse nada. Além disso você é o único contato que tenho em Nova York. Ninguém me falou dessa tal de Sarah Simpson.

— Estranho. Não é possível.

— Estou falando a você. Ninguém me disse nada.

— De qualquer forma todas as informações e instruções estavam no envelope que te entreguei no aeroporto. Você não leu o documento?

— Que documento?

— O que estava no envelope.

— Não. Eu não vi… quer dizer… tinha uma papelada lá… é… mas eu realmente não tive tempo de ler.

— Pois bem. Então leia. Está tudo lá. Nós pensamos que os casais chamam menos atenção. Por isso tentamos assimilar os membros em famílias. Nós simulamos as famílias porque, dessa forma, é mais fácil incorporar os membros socialmente.

— Sei. E quem é Sarah Simpson?

— Você vai gostar dela. É uma mulher incrível, sabe?

Está fazendo um trabalho muito importante pra nós e você será seu assistente.

— E o que ela faz de tão importante? Como vou ajudar?

— Ela está terminando uma pesquisa monumental. Você vai ver.

— E como ela é?

— Sarah Simpson? Ela é fantástica. Muito inteligente, sabe? Uma mulher incrível mesmo.

— Sei...

— Não é possível que não tenham te avisado.

— Espera um pouco. Será que é a moça da foto?

— Que foto?

— Eu recebi uma foto. Deve ser ela. Dizia que era a minha esposa.

— Claro! É isso. Você teve tempo ao menos de olhar a foto?

— Vi. A foto eu vi.

Pedaço de bolo.

Claro, a garota de peitos compridos.

George pergunta se Sarah Simpson não tem filhos reais.

— Parece que perdeu o filho pequeno.

Como Spok. Pergunta se ela é casada.

— Divorciada — afirma Bennett.

Como Spok. De qualquer forma os membros do grupo de proteção mudam de estado a cada ano.

Alguns, os que correm mais risco, chegam a mudar de país.

Os casais também são trocados, como na vida real.

Além disso os Cães acreditam que o plano conspiratório reptiliano é iminente.

Ah! Sarah Simpson. Foda-se, Sarah Jane maldita, pensa George.

Quem precisa dessa fodedora de mãe quando tem a seu lado a boa e doce Sarah Simpson? Olho por olho, Sarah por Sarah.

Inúmeras possibilidades passam em sua cabeça.

Bennett estaciona na porta do Chelsea.

Tenta o abraço desajeitado.

As coisas começam a se fazer rotina.

George esquece a sacola com a fonte no carro.

George sobe ao quarto e começa a ler a brochura impressa que veio no envelope.

A cabeça pesa. Larga o texto e contempla a foto. Ah, Sarah Simpson!

Em poucos minutos adormece.

Sonha que está em casa.

Dormindo ao lado de Spok.

Então ouve ruídos no andar de baixo. Desce procurando não fazer barulho. Da escada, vê Peter, o cego, dançando. A cólica o acorda.

São 10 p.m. O teto parece mais baixo.

George salta da cama.

Resolve dar um pulo no Jake's Saloon.

Precisa ver as coisas mudarem de cor.

Vê a garrafa iluminar o mundo.

Come Jake's Chicken Fingers com a boca amarga enquanto rumina o desprezo de Sarah Jane. O garçom, que de vez em quando pisca para Ele e aponta a mão para George como se fosse um revólver e ao tocar o dedão no indicador faz um bang inaudível, serve uísque a todos menos para George.

Para Ele o garçom entrega suco de tomate.

Não é possível que ela não se lembre, pensa.

George Peanuts paga sua conta e volta ao hotel.

Tenta botar o rancor para dormir.

Depois de horas se revirando com ódio e cólica, levanta e dá umas tragadas num cigarro no banheiro com medo de acionar o detector de fumaça.

Senta na privada, mas não consegue evocar o homem-peixe. Adormece sentado.

*

Foi assim a famosa entrevista do *Coast to Coast* com Art Bell sobre a Área 51 em 11 de setembro de 1997:

— Art, eu não tenho muito tempo... ahn...

— Bem, veja, primeiro eu preciso saber se você está usando essa linha de forma apropriada.

— Área 51.

— O.k., está certo. Você trabalhou ou ainda trabalha lá?

— Sou ex-funcionário... eu...

— Ex-funcionário.

— Fui afastado por problemas médicos há uma semana... e... e... *(arfando)* eu, tipo, venho rodando o país... Cara, eu não sei por onde começo... Eles... oh... eles vão... eles logo logo vão rastrear essa chamada...

— Quer dizer que não pode demorar muito nessa ligação, então nos dê algo rápido.

— O.k. o.k. oh... ah... O que pensamos ser aliens, Art... são seres extradimensionais... com os quais, no começo, um precursor do programa especial fez contato. Eh... Eles não estão jogando limpo quanto ao que dizem ser...

Ruídos eletrostáticos.

— Ahn... Eles se infiltraram em vários aspectos nas Forças Armadas, em particular na Área 51... ahn... Os desastres que estão por vir... Os militares... ah... Me desculpe... O governo sabe deles... E há um monte de locais seguros nesse mundo para onde eles já poderiam estar deslocando as pessoas, Art...

— Mas eles não estão fazendo nada...

— Não. Eles querem que os grandes centros populacionais desapareçam... e então os poucos que ficarem serão mais facilmente controlados...

A transmissão é interrompida.

Por um milésimo de segundo ouve-se o homem desesperado chorar.

Ainda o ouvimos dizer:

— Eu comecei a ficar...

E então a emissora sai do ar.

Quando restabelece sinal, Art está conversando com um ouvinte que ligou do Michigan. Art diz nunca ter visto algo parecido.

Toda a emissora teve um colapso.

Como "um ataque cardíaco fulminante", diz.

— De alguma forma, algo nos tirou do ar. Agora, estamos funcionando através de um sistema de suporte de emergência.

O ouvinte questiona:

— Será que foi o governo ou...

— Eu não sei — diz Arthur atordoado.

— Tem que ter sido alguém — diz o ouvinte.

Art pergunta se ele ouviu a conversa toda.

Pergunta se ouviu o homem realmente estranho e desesperado que parecia estar em surto esquizofrênico paranoico. O ouvinte afirma que sim.

Art continua dizendo que a ligação foi cortada e que "alguém não queria que a conversa fosse ouvida". Diz que toda a rede foi tirada do ar e que, de repente, por alguma razão desconhecida, houve essa falha em massa.

Diz nunca ter visto nada parecido em todos esses anos em que trabalha como locutor.

||

Terça-feira, 28 de agosto de 2007

— Danny?

— Quê?

— Danny?

— Porra! Você me acordou, caralho. Já falei que não tem nenhum Danny aqui.

— Desculpa.

São 8:35 a.m. George acorda irritado.

Cansou da brincadeira.

Achou que numa nova vida seria um novo homem. A barba coça. A barriga dói.

Apanha uma muda de roupa e vai para o chuveiro.

Sarah Jane está morta. Ao menos para Ele.

Nunca mais poderá evocá-la.

Ainda não desfez a mala.

Só as roupas usadas estão sobre a cama.

Uma pilha de roupas sujas.

Não consegue se conformar com o jeito como Sarah Jane o tratou.

Reconstrói mentalmente a conversa.

Talvez Sarah Jane sofra do mesmo mal que sua tia-avó.

Talvez Sarah tenha tido um tipo de derrame. Ou sofra de demência precoce.

Como é possível que algo tão importante para uma pessoa seja tão insignificante para a outra que dividiu a mesma experiência?, questiona.

Marie Marguerite Fahmy, sua tia-avó, era homônima da francesa Marie Marguerite Laurient que se tornou Marie Marguerite Fahmy ao se casar com o príncipe egípcio Ali Kamel Bey Fahmy.

Ela o matou a tiros em 9 de julho de 1923 no luxuoso hotel Savoy, em Londres.

Está quente e abafado. Mesmo assim George precisa sair.

O hotel o deprime. O cérebro continua gelado.

Sobe a Sétima Avenida até a Times Square.

Acha tudo aquilo muito cafona.

Precisa pedir para Bennett levar sua fonte.

A barriga dói mais e mais. Sente vontade de usar o banheiro.

Depois do Onze de Setembro quase todos os banheiros públicos da cidade de Nova York foram desativados. Corre até o McDonald's, mas não consegue cagar.

Caminha. Muitos riem. A vida é tão desnecessária.

Percebe um cara estranho de boné. Sente que já o viu antes. Desconfiado de que esteja sendo seguido, entra na Virgin. Há uma pilha de PlayStation 3 na entrada da loja. Pega o cartão com o telefone de Bennett na carteira. Chama.

Uma gravação anuncia: "O número chamado não existe".

Tenta novamente. Ouve a mesma mensagem.

Finge interesse nos CDs enquanto, discretamente, procura pelo homem de boné.

Não o localiza. Vai para a seção de DVDs fazer mais um pouco de hora e se certificar de que o camarada o perdeu. Sente-se cansado. Mesmo sem fome sabe que precisa comer. Resolve procurar um lugar menos agitado.

Segue pela rua 45 e atravessa a Oitava. Vê um restaurante mexicano, mas o lugar não lhe inspira confiança. Segue. Cruza a Nona. Na esquina há uma grande loja de calçados. Vê uma bota Caterpillar.

Pede um modelo Holton ST marrom tamanho 40.

Sente-se bem ao calçar e resolve levar.

Pede ao vendedor que jogue no lixo o sapato que Ele usava e deixa a loja calçando o começo de seu novo estilo. O jeitinho George de ser.

Nos tempos da Land O'Lakes, isso seria considerado sapato de vagabundo.

E George sabe que sua nova bota está a fim de "passear através do coração de Nova York". Na volta ao hotel, para num carrinho de cachorro-quente e pede um.

Bebe Coca. O lanche tem gosto de papelão na cidade-cenário.

Para na entrada do Chelsea Savoy. Não consegue entrar.

Segue batendo perna.

Segue pela rua 23 até o Madison Square Park.

Senta num dos bancos.

Lê num jornal largado sobre o banco que uma mulher de vinte e nove anos de idade foi agredida a garrafadas quando interveio num aparente caso de abuso doméstico na esquina da Quarta Avenida com a Warren Street, Brooklyn, Nova York.

O mesmo jornal traz em destaque a pichação de suásticas na congregação B'nai Avraham, a sinagoga de Brooklyn Heights.

O jornal também anuncia, ainda no Brooklyn, a descoberta de uma estação de metrô abandonada que fica abaixo da Atlantic Avenue com a Court Street.

Observa um casal que conversa carinhosamente.

Ah, Sarah Jane, Sarah Jane. Como pôde esquecer? Suspira.

O peito pesado. Cólica e gases.

Sua tia Marie gostava de contar histórias.

Conhecia inúmeras fábulas que contava a Ele e a seus primos quando eram crianças. Quando Ele ainda existia para ela. Das muitas histórias que ouviu, guarda uma que segundo a tia faz parte das *Mil e uma noites*.

Na fábula, um mendigo entra no palácio do califa de Bagdá. O califa não estava no palácio naquele dia e os guardas mal notam a sua presença. O mendigo era tão insignificante que se tornou invisível. Ele entra e caminha até o trono e senta-se.

Nisso, um dos guardas, em choque, o percebe. Indignado com tal ousadia e com o gesto tão insólito, o guarda chama a atenção dos colegas e se aproxima do mendigo.

— Por acaso você sabe onde está?

— Sim. Eu sei — responde calmamente o mendigo.

Inconformado e incrédulo, o guarda o situa.

— Você está no palácio do califa.

— Eu sei.

— E, como se não bastasse, você está sentado no trono.

— Eu sei.

— E você sabe quem é o califa?

— Eu sei, e estou acima dele.

Desconcertado, o guarda continua:

— Você só pode ter perdido a inteligência por causa de sua miséria e pobreza. Por acaso você não sabe que acima do califa não existe senão o profeta Maomé?

— Eu sei.

— E sabe quem é o profeta?

— Sei, e estou acima dele.

Os guardas, furiosos, apontam suas armas para o mendigo. O guarda que o interrogava pede calma e continua:

— Por acaso você não sabe que acima do profeta Maomé não existe ninguém senão Deus?

— Sei.

— E não sabe quem é Deus?

— Eu sei, e estou acima dele.

— Acima de Deus!? Você só pode estar louco! Acima de Deus nada existe!

— Eu sei. Eu sou justamente esse nada.

E assim, sentado num banco no Madison Square Park, Nova York, nosso George fica acima de Deus.

7

Os olhos se abrem

e/ou

Abanando o rabo

Quarta-feira, 29 de agosto de 2007

George acorda. Precisa sair.

Recolhe umas roupas sujas e enfia num saco da lavanderia do hotel, mas não pretende lavar lá. Lembra de ter visto num de seus passeios uma lavanderia ali mesmo, na Sétima Avenida.

George põe umas moedas na máquina e senta com o amigo Vonnegut enquanto a máquina faz o serviço. Muitas páginas depois Ele transfere as roupas lavadas para um cesto e joga na secadora.

Mais umas moedinhas e Vonnegut.

É com um monte de coisas em sua cabeça que George vira a última página.

"Mas, então, aquele sueco de uma figa disse algo que me fez chorar como um bebê"... É triste terminar um livro e Sarah Jane é um troço gigantesco em sua mente.

Entra uma bela mulher na lavanderia.

George está se apagando como a família de Michael J. Fox em *De volta para o futuro*. Mesmo assim Ele dobra cuidadosamente as roupas e volta ao hotel.

Está quente como o inferno.

O outono mais quente de sua vida.

George acomoda as roupas na mala.

Sabe que deixará o Savoy em breve.

Pega a foto e namora a imagem de Sarah Simpson.

Mal consegue acreditar que logo estarão morando juntos.

E ela é tão bonita.

Como será a sua voz? Espera que não seja muito esganiçada.

Tomara que não gralheie feito uma gralha.

Anda em círculos. Senta e levanta. Precisa de um novo livro.

Olha o mapa. Caminha até a Barnes & Noble da Union Square.

Segue pela 23 até a Park Avenue. Desce seis quadras. Sua.

O cérebro gelado e a cara torta.

Nova York está em obras.

A cidade está cheia de andaimes.

De andaimes e de grotescos cartazes da cervejaria Heartland Brewery.

Nos cartazes um sujeito feioso e banguela abraça uma abóbora junto ao rosto.

E pode-se ver esse cartaz por toda parte.

Heartland Brewery abriu a tal cervejaria artesanal em "estilo norte-americano" de Nova York, na Union Square, em 1995.

George pensa em deixar Vonnegut descansar um pouco.

Passeia entre as prateleiras lendo resenhas em orelhas.

Sarah Jane, você é uma mula do inferno.

Sarah Jane, isso não terminou. Isso não vai ficar assim.

De repente *The World as Will and Idea* salta a seus olhos como a garrafa luminosa do Jake's Saloon. George apanha o livro e caminha com ele.

Sobe a escada rolante, pega um espresso na Starbucks e se acomoda a uma mesa.

Frases saltam luminosas.

O livro começa com a seguinte: "O mundo é a minha representação".

A frase pulsa em vermelho. O livro começa bem.

A partir de então folheia e vê as frases saltarem.

"Esta proposição é uma verdade para todo ser vivo e pensante, embora só no homem chegue a transformar-se em conhecimento abstrato e refletido. A partir do momento em blá, blá, blá = representação", azul.

E elas saltam em vermelho, azul, amarelo e então piscam, piscam, piscam.

"O mundo é a minha vontade."

"É preciso conceder aos poetas que a vida é apenas um longo sonho."

Segue. "A verdade opõe-se ao erro, que é a ilusão da razão, como a realidade tem por contrário a aparência, ilusão do entendimento."

"Todo o universo tem a sua realidade."

"Aquilo que raciocina em nós é a própria razão."

"Eu vou dar, mas só a bunda."

George fecha o livro, apanha outro café, desce as escadas e deixa a livraria para fumar um cigarro. Sarah Jane e Ele não vivem na mesma realidade.

Isso não acalma seu rancor.

Se acomoda nuns degraus da praça enquanto admira suas botas novas e fuma.

Ao terminar o cigarro, volta à loja e continua a buscar um livro.

Pega na seção de literatura nacional *As I Lay Dying*, do Faulkner.

Abre ao acaso e lê: "Meu pai disse que a razão de viver é se preparar para estar morto". Devolve o livro à estante.

Olha a mesa de lançamentos. *The Portable Obituary: How the Famous, Rich, and Powerful Really Died*. Corre as lâminas. Átila, o Huno, morreu de excesso de sexo e vinho. O boxeador Maxie Baer, vulgo Madcap, aquele que derrotou o favorito de Hitler, Max Schmeling, no Yankee Stadium, morreu de ataque cardíaco enquanto se barbeava. Tinha cinquenta anos. Lucille Ball morreu ao ser anestesiada para uma cirurgia.

Disney morreu de parada cardíaca decorrente de um câncer de pulmão. Pocahontas de tuberculose. Elvis Presley da famosa manobra de Valsalva.

Elvis, o reptiliano, também cagava feito um peixe.

Acaba pegando *Deadeye Dick*, do Vonnegut, mesmo já tendo lido o livro na época de seu lançamento, 1982. Pensa que é sempre bom reler um Vonnegut.

Realmente, mesmo que não nos esqueçamos, muitas coisas mudam de foco.

Por exemplo, quando leu *Fates Worse than Death*, Nova York era tão distante para Ele que não deu atenção quando Kurt, mencionando o turco Yasar Kemal, ou pondo palavras em sua boca — não dá para saber —, diz: "Subitamente compreendi! Nova York pertencia a mim, tanto quanto a qualquer um, *enquanto eu estava lá*!".

E, quando George se dirige ao caixa, nota a seção de papelaria.

As agendas estão em destaque.

Curiosamente, desde que deixou de ser Charlie, perdera o hábito.

E mesmo broxa nunca mais fez seus enes vermelhos ou arrancou páginas.

George Henry Lamson, George Henry Lamson, George Henry Lamson.

Ontem o pessoal da Land O'Lakes Inc., a maior fabricante de manteiga do trigésimo segundo estado norte-americano, ligou para Sheryl Kornman. Na verdade na voz de sua secretária, Mary Jane Jackson.

Spok disse não saber do ex-marido.

George cruza um caminhão do Senhor Ma-ci-o.

"Eu sou a foda do sorveteiro, o homem que vende o gelo cremoso, sou a foda do sorveteiro, eu vender sorvete porra."

O caminhão o ignora. Não são os Cães, não dessa vez.

Havia outro garoto engraçado na Robbinsdale Armstrong High School 10635 36th Ave N, Plymouth, MN. Hubert Glenn Sexton.

Seu apelido era Astaire.

Ele ganhou esse apelido assim que chegou à Robbinsdale Armstrong vindo de Highlands, Carolina do Norte.

Lá ele estudou na Highlands School e frequentava aos

domingos a Nantahala National Forest, Church St. Franklin, NC 28734, onde fez curso de sapateado.

E, sempre que pediam, Astaire sapateava.

E era uma cena realmente ridícula de ver.

Mas Astaire não sabia disso; ao contrário, tinha muito orgulho de mostrar o que aprendera. A garotada costumava dizer:

— Hey, Astaire, mostra pra eles o que você sabe fazer.

E Hubert se punha a sapatear.

Naturalmente Hubert era homônimo de um assassino. Hubert Glenn Sexton, que foi condenado por matar Stanley Goodman, de trinta e seis anos, e sua esposa, Terri Sue, de trinta e sete.

Foi a filha do casal, BG, de treze anos, quem encontrou os corpos na cama. Isso se deu em 20 de maio de 2000. A garotinha relatou às autoridades que Sexton tinha matado os seus pais porque ela havia contado a eles que Sexton abusou sexualmente dela. Mas o outro Hubert, o Astaire, sapateava.

Era só pedir.

||

Quinta-feira, 30 de agosto de 2007

Acorda às 9 a.m. Faz uma semana que desembarcou em Nova York.

Isso seria um bom motivo para celebrar, diria seu velho, Henry Newton Brown.

Talvez por esse quase pensamento resolve ver o mundo colorido do Jake's Saloon.

Quando vai cruzar a porta, inconformado, volta e apanha o telefone.

Digita o zero seguido dos números que estão anotados no bloco de notas do Chelsea. Sarah Jane atende ao terceiro toque.

Parece perturbada.

Atende o telefone como se nunca tivesse feito isso na vida.

A voz é estranha e assustada.

— Sarah Jane, sou eu de novo, Peanuts.

— Santa bosta! Que inferno você quer de mim, Jesus!

— Escuta. Eu não consigo acreditar que você não se lembre de mim, está entendendo?

— Vai se foder, fodedor de mãe!

Sarah Jane bate o telefone com força.

George a ouve rebusnar feito um jumento antes de cair a linha.

Por mais que essa vaca tenha dado esse rabo, não é admissível que não se lembre de mim, reflete.

— Eu vou chamar a polícia — ela grita quando George insiste novamente.

Mesmo assim ele tenta de novo, nada.

Filha duma puta.

Disca de novo, mas ninguém atende.

George caminha em direção ao elevador.

Aperta o botão, mas não espera. Volta ao quarto.

Tenta mais uma vez, nada.

Então resolve chamar Peter.

— Peter, sou eu.

— Oi, Peanuts. Aconteceu alguma coisa?

— Eu sonhei com você.

— Owh.

— Você estava dançando.

George diz isso emocionado.

Rindo e chorando.

Talvez George tenha sonhado com Hubert e não com ele.

Os sonhos são assim, muitas vezes. Peter pergunta se está tudo bem.

— Eu liguei para Sarah Jane.

— Você o quê?

— Liguei para Sarah Jane.

— Ligou?

— Liguei.

— Por quê?

— Peter, você acha possível que ela não se lembre de tudo aquilo que vivemos no Medicine?

— Peanuts, por que você está pensando nisso agora?

— Você acha mesmo possível ela não se lembrar?

— Cara, você voltou a beber?

George continua rindo e chorando. Como se falasse com Vonnegut.

— É assim que vocês são, não é mesmo? Vocês aceitam as regras, mas eu não preciso disso. Sabia que eu larguei a Land O'Lakes Inc. Sabia disso?

— Você largou o emprego? Está falando sério?

— Sim! Estou em Nova York, meu velho.

— Nova York? O que está fazendo aí?

— Estou recomeçando.

— Como assim?

— Ficou tudo para trás, meu amigo.

— Nem sei o que dizer...

— É sério. Sério mesmo. Vou deixar tudo pra trás, sabia? Nada mais me prende. Está me ouvindo? Vou começar do zero!

Comece a espalhar a notícia, estou partindo hoje, eu quero ser parte dela, Nova York, Nova York.

— Peanuts, por que você não dorme um pouco? Vai acordar melhor, acredite em mim.

— Eu acabei de acordar, meu amigo. Acabei de acordar.

George faz uma pequena pausa. Depois manda:

— De qualquer forma eu gostaria que você soubesse que foi bom esse tempo que passamos juntos...

— Peanuts...

— Eu aprendi muito com você, sabia? Devo muito a você. Bom, preciso ir. Fica em paz.

George não espera o amigo responder.

Volta ao elevador. Deixa o hotel.

Entra no Jake's Saloon. Aponta para a garrafa de Chivas. Pede uma dose.

— Duas pedras num copo baixo — acrescenta.

O garçom serve.

George segura o copo.

Sabe o preço da recaída. A boca saliva.

O cérebro amorna e uiva.

Tudo é vermelho até que o vermelho vire azul.

E o azul, amarelo.

Então Nova York pisca, pisca, pisca.

George não consegue parar de lamber os beiços.

George leva o copo vagarosamente à boca.

Deixa o bálsamo escorrer delicadamente.

A língua absorve o sabor magnífico.

Sente a gengiva arder prazerosamente enquanto o nariz, levemente adormecido, recebe o perfume. O cérebro abana o rabo.

Os ombros se contraem de tal forma que quase cobrem os ouvidos.

Depois tudo relaxa.

E tudo é paz.

O rosto desfaz a careta.

O pau se irriga.

O intestino se solta.

George borra levemente as calças.

O álcool puxa alguma corda que ressoa em algo muito ancestral e profundo na existência e na natureza genética de Charles... ou... George...

Ele chama o garçom de amigo.

— Meu amigo, meu nome é George Henry Lamson e venho de Minneapolis, Minnesota. Estudei com Richard Dean Anderson, o MacGyver, e quer saber? Já não tenho testemunhas para o momento mais mágico que vivi em minha vida. Consegue entender isso?

O garçom não expressa reação.

— Porque um está cego, então não sei se pode ser considerado testemunha ocular, e a outra... a outra... não se lembra. Não se lembra...

O garçom olha para Ele. Dessa vez sua expressão é indecifrável.

— Você acredita nisso? Ela não se lembra!

George chora.

— Então, meu amigo, te proponho: um brinde. Por favor, sirva uma dose pra você também, por minha conta, e brinde comigo. Vamos brindar ao único ins-ins-instante necessário que vivi nesses quarenta e nove anos em que venho me arrastando sobre a Terra. Que-que-ro sinceramente...

O garçom o interrompe.

— Desculpe, senhor, mas não posso beber em serviço.

— Ora, não venha com essa pra cima de mim. Vamos lá. Sirva a maldita dose e erga o copo.

E então a natureza o convoca.

George precisa ir às pressas ao hotel. Joga uma nota de vinte dólares sobre o balcão e dispara para o banheiro do quarto 1211 no décimo segundo andar do Chelsea genérico.

Eu quero acordar em uma cidade
Que não dorme
E descobrir que sou o rei da montanha
Topo da pilha

Estes pequenos azuis da cidade
Estão a derreter
Eu vou fazer um novo começo dela
Na velha Nova York

*

George caga tudo que estava preso em seu ventre enquanto reflete que talvez só tivesse parado de beber para poder voltar.

E agora ele precisa de mais.

Tenta ligar para Bennett, mas dá caixa postal.

Entra no banho. Ah, maldita seja, Sarah Jane do caralho! Quero mais é que você se foda, sua porca!

Enrolado na toalha, tenta mais uma vez Bennett, nada.

Eu ainda vou comer de novo esse buraco da tua bunda, Sarah Jane.

Nem que seja na marra!

Veste as roupas. Calça a bota. Tenta Bennett. Desiste.

Pega um chumaço de notas e enfia no bolso.

Faz calor pra caralho.

Quando, novamente, se prepara para deixar o quarto, o celular toca. É Bennett.

— Tudo bem?

— Vamos beber, meu velho. Faz uma semana que estou aqui e precisamos comemorar!

— Poxa, é um pouco cedo pra mim, mas não costumo deixar um amigo na mão. Me dê vinte minutos que eu chego aí.

Não há bebidas no frigobar.

Por isso George interfona na recepção e pede uma dose dupla de Chivas num copo baixo com duas pedras e urgência.

A bebida demora, mas chega.

George dá longas goladas e desce.

O cérebro vira de barriguinha pra cima. George desce.

Espera o amigo na calçada.

Está feliz pra caralho. Santa bosta!

Ah, Nova York, velha do governo!

Isso aqui é bem melhor quando não estamos com a goela seca.

E o cérebro de George abana a rabiola.

E George cantarola ansioso por avistar o velho Bennett.

— *Eu sou a foda do sorveteiro, o homem que vende o gelo cremoso, sou a foda do sorveteiro, eu vender sorvete porra. Você quer um pouco de sorvete, porra? Venha na porra do meu caminhão de sorvete, eu vou vender essa merda para você.*

Bennett demora.

George corre ao Jake's Saloon e pede ao garçom amigo mais uma dose num copo descartável. Joga outra nota de vinte e volta pra calçada.

É como diz o ditado...

O carro de Bennett aponta na 23.

George abana os braços. Bennett encosta.

George entra e abraça o amigo.

— Poxa, é bom te ver feliz assim — diz Bennett surpreso.

— Eu estou feliz meu a-mi-mimigo. Estou feliz mesmo.

— Aonde você quer ir?

— Você que manda, meu amigo.

— Vamos ver, vamos ver... Eu gosto muito daquele na 1020 Amsterdam Avenue, mas, se você topar rodar um pouco mais, tem o meu preferido, que fica em Williamsburg, no Brooklyn.

— Vamos no preferido então.

— O.k. Alligator, aí vamos nós.

George dá uns tapas no ombro de Bennett.

Bennett ri animado.

Eles acabam pegando um trânsito pesado para cruzar a ponte, mas no fim dá tudo certo. Bennett estaciona na altura do 600 na Metropolitan Avenue, Brooklyn.

Entre um copo e outro George fala de como sua vida mudou rápido nos últimos dias. E mesmo de janeiro pra cá. Naturalmente George desabafa um pouco sobre Sarah Jane.

Depois jogam conversa fora.

George confessa que só hoje, exatamente uma semana

depois de desembarcar em Nova York, conseguiu defecar. Bennett fala da importância simbólica disso.

Diz que é como os cachorros fazem. Diz que agora, finalmente, George marcou território e que Nova York nunca mais será a mesma.

Bennett alterna uísque com cerveja.

Bennett adora cerveja. E uísque. E vinho.

Aprecia tequila e saquê. Rum e conhaque.

Os amigos riem, por enquanto.

Não esqueçam que o álcool torna nosso George agressivo.

E George fala com rancor de Sarah Jane e com desprezo de Spok.

— Você acre-di-di-ta nisso? Quan-quan-do na sua vi-vi--da você vai i-imaginar que a tu-tu-a mumu-lher vai ficar com a cara du-dum sujeito do *Jornada nas Es-es-trelas*?

Bennett ri.

George pergunta se Bennett é casado.

— Não mais — ele responde.

Então, aos poucos George vai entrando num assunto mais delicado.

— Desculpe perguntar, Bennett, mas vo-você realmente acredita nisso tudo?

— Como assim?

— Se-sei lá...

— Do que você está falando?

— Vo-vo-cê sa-sa-be... Vo-vo-cê sa-sa-be... Vo-vo-cê sa--sa-be. — Três vezes.

George pede outra dose. Bennett o acompanha. Então Ele retoma o assunto:

— Vo-vo-você acredita nessas coisas? De-de verdade, você acredita nisso tudo?

— Co-como assim? — No embalo, Bennett aca-ca-ba ga-guejando também.

— Você sabe, to-toda essa xa-xaropada... essa xa-xaropada.

De forma discreta e polida Bennett procura contornar o assunto, mas George o interrompe:

— Re-re-reptilianos, Bennett? Re-re-reptilianos, Bennett? Re-re-reptilianos, Bennett?

Bennett sugere que seria bom comerem alguma coisa, mas George diz não estar com fome.

Bennett relembra a George que entrou para o grupo porque era motorista de um figurão. E que mesmo assim viu muita coisa estranha. E tudo devidamente documentado em foto e vídeo.

O figurão era o sr. Hadi, de Casablanca, Marrocos.

Abdelaâli Hadi era homônimo do assassino em série também marroquino mas da região de Taroudant, Souss-Massa-Draâ, sentenciado à morte em dezembro de 2004 pelo estupro, assassinato e mutilação de nove rapazes com idade entre treze e dezesseis anos.

Quando George começa a implicar com o garçom alegando que o "idiota" tem cara de buraco de bunda, Bennett pede para o garçom encerrar.

George arranca a conta de sua mão e geneticamente paga.

Por fim Bennett o convence a comer um cachorro-quente num carrinho de rua perto do hotel.

— Descanse um pouco. À noite eu volto e a gente continua.

— Você precisa me apresentar uns puteiros...

George sobe até o 1211, se joga na cama e apaga.

III

Às 3 a.m. George acorda banhado de suor.

Sonhava com homens-lagartos que emitiam sons estranhos e babavam.

Quando levanta, sente um coice no cérebro cachorrinho.

Ao sentar na cama, percebe os pés inchados.

Os lagartos passam grande parte da vida buscando alimentos. Certa vez Keith Bryan, o Tripinha, leu isso numa enciclopédia.

Leu também que os lagartos variam mais de tamanho e de forma que qualquer outro grupo de répteis. E que alguns são pequenos e outros são grandes.

E que "a maioria dos lagartos possui quatro pernas fortes, embora alguns não tenham pernas e por isso sejam confundidos com cobras"!

Certa vez Marie Marguerite Fahmy, a tia-avó do nosso George, lhe contou uma fábula sobre lagartos. Era de autoria de Charles Perrault.

Para quem não sabe, Perrault foi um escritor e poeta francês do século XVII e é considerado o "pai da literatura infantil".

Ele escreveu diversas fábulas, entre as quais as mais famosas são: "Chapeuzinho Vermelho", "A Bela Adormecida", "O Gato de Botas", "Cinderela", "O Pequeno Polegar", e essa do lagarto que narro agora.

Era uma vez uma camponesa que tinha duas filhas.

A mais velha era feia, rude, interesseira e antipática.

A mais jovem, por sua vez, era bela, boa e generosa.

Mas a mãe gostava mais da feiosa que tinha o gênio mais parecido com o seu.

Por isso, ela punha a caçula pra trabalhar o tempo todo. Entre os inúmeros afazeres a pequena devia ir buscar água num bosque distante.

Um dia, ao chegar ao bosque, a garota avistou uma velha mendiga que lhe pediu um gole d'água. A menina gentilmente serviu a velha e esta se revelou uma fada. Em retribuição ao nobre gesto da moça de não julgar pela aparência, a fada a presenteou com um dom.

— De hoje em diante, a cada palavra que disseres, uma flor ou uma joia cairá de tua boca.

Imagine a surpresa da mãe quando a bela garotinha voltou para casa e passou a vomitar, a cada palavra que dizia, uma rosa, uma tulipa ou até mesmo uma flor de hemerocale.

Isso quando a jovem não golfava um diamante, um rubi ou um bocado de esmeraldas.

— Oh! O que vejo? Flores e joias caem da boca desta menina! — exclamou a mãe.

A garota contou o que acontecera. E a mãe ordenou à mais velha:

— Leve esta jarra ao lago. Se uma mulher pobre te pedir um gole, dê.

— Não vou pegar água! Esta idiota pode me dar suas joias — retrucou a feiosa.

A mãe insistiu e, contrariada, a baranga foi ao bosque.

Assim que chegou ao lago, uma bela dama pediu-lhe um pouco d'água.

Era a mesma mulher que havia encontrado sua irmã, mas com outros trajes, obviamente.

— Não vim aqui para te dar água. Vá pegar lá no lago — retrucou a monstrenga.

Dessa vez a fada jogou uma maldição:

— De agora em diante, a cada palavra que disseres, saltarão cobras e lagartos da tua boca.

Quando a filha voltou para casa, a mãe perguntou:

— Querida, viste a fada?

E a feiosa respondeu com um vômito de lagartos.

E mais um monte de merda de touro.

De qualquer forma nosso George estava com os pés inchados e vomitou um monte de lagartos no esgoto de Nova York.

São 3:33 a.m. quando nosso bom e velho e inconformado George pega o bloquinho de notas do Chelsea Savoy e disca aqueles números.

Do outro lado aquela que já deu, mas só a bunda, demora a acordar.

Ela sonhava com um pote de sundae gigante em que insetos agonizantes se debatiam com as asas presas na massa cremosa do sorvetão.

Então ela reconstrói quase toda a sua vida num átimo enquanto o telefone a desperta. Sarah Jane esquece do episódio do lago Medicine.

— Alô. — Há terror e sono em sua voz.

— E aí, Sarah Jane?

— Quem tá falando?

— Adivinhe, Sarah Jane... adivinhe...

— Seu fatia de bosta! Por que você não liga pra tua mãe?! Sua fatia de bosta do inferno. Por que você não morre, seu fodedor de mãe?!

Sarah Jane espuma. George ri com a cabeça latejando.

Pouco depois George adormece involuntariamente.

IV

São 9 a.m. quando George é acordado pelo telefone do hotel.

— O sr. Bennett Clark Hyde o aguarda na recepção.

Santa bosta!

— Manda ele subir.

George sempre sofreu de amnésia alcoólica, por isso não lembra e não lembrará de ter ligado para Sarah Jane. George veste as calças desajeitado. Ao se levantar, é obrigado a constatar a recaída. A cabeça dói. O cérebro parece inchado.

— Cérebro vira-lata do inferno — pragueja.

Bennett bate duas vezes. George ajeita os cabelos.

— Que aconteceu?

Bennett arregala os olhos de camaleão e sinaliza com a cabeça.

— Não se lembra que combinamos de correr no parque?

— Quê?

Bennett balança novamente a cabeça como se o chamasse pra fora. George entende.

— O.k., o.k. Você pode esperar ao menos eu tomar um banho?

— Claro. Então eu te espero lá embaixo.

— Tá. Vou ser rápido.

Em quinze minutos George desce. Avista Bennett na calçada mexendo no celular.

— Que que tá acontecendo?

Bennett retira a bateria do celular olhando para George. Leva alguns segundos para George entender. Então Ele imita o amigo.

Bennett começa a caminhar. George o acompanha.

— Eu não consegui dormir.

— Eu estava tentando. Que aconteceu?

— Eu fiquei preocupado com você.

— Comigo?

— É. Eu precisava vir o mais rápido possível. George, você não pode ficar falando essas coisas por aí.

— Que coisas?

— Você não pode dizer que não acredita nos Cães. Não pode sair por aí dizendo que acha a crença deles uma xaropada.

— Cara, é isso? Por isso me acordou?

— Tem gente muito radical no grupo. Você precisa tomar cuidado.

— Bennett, eu não saí por aí falando isso. Eu falei com você.

— Eu sei. Mesmo assim precisava te avisar.

— Tá.

Eles caminham pela rua 23 Leste sentido Oitava Avenida. Está quente.

— Foi legal ontem, né? — Bennett diz isso sorrindo.

O coração de Nova York pulsa. *Eu escrevo minha canção para que a cada batida da cidade...*

— Foi legal mesmo.

— Que tal repetirmos a dose hoje à noite?

— Acho importante.

— Você conhece algum café bom por aqui?

— Ali atrás, na avenida das Américas, tem várias Starbucks.

— Ótimo. Vamos lá?

— Eu estou mesmo precisando de um café.

Um coração de Nova York, o amor nos olhos, uma porta aberta e um amigo para a noite, Nova York, você tem dinheiro em sua mente e as minhas palavras não fazem o valor de um centavo de uma diferença, por isso aqui é para você, Nova York. Na voz de Simon & Garfunkel.

George pede um duplo.

Bennett, um capuchino.

— Eu devia agradecer o toque. Mas eu não falei nada de mais.

— Eu sei. Mas é bom ter cuidado.

— Isso é ridículo. Eles que propuseram a parada.

— Eu já disse. Tem gente muito radical entre eles.

— Do jeito que você fala, com todo esse mistério... O que eles vão fazer? Me matar se eu não acreditar nessa merda?

— Só falei para evitar problemas. Você sabe como é. É melhor deixar pra lá. Você não vai mudar a opinião deles e pelo jeito eles não vão mudar a sua. Então para que criar conflito? Não é o que dizem sobre liberdade?

— É isso que dizem? Eu nunca acreditei em liberdade.

— Que seja.

— Sabe, Bennett, acho que já te falei que entrei nessa para mudar de vida. Caramba! Quem tem essa oportunidade? Sério. De repente surgem uns caras e te propõem isso. Minha vida andava meio que sem graça. É só isso.

— Tudo bem. Eu entendo. Mas não precisa criar conflito com os caras.

— Sabe, Bennett, é difícil ser você mesmo.

— Eu sei disso.

— Mas é ainda mais difícil não ser.

8

Uma nota arbitrária

e/ou

O Diabo entra em cena

Sábado, 1º de setembro de 2007

- De cada dez são três.
- Há uma voz medonha que se faz ouvir em inúmeras mentes.
- Mantenham a cabeça coberta, pode ser com chapéu ou até mesmo boné.
- A cadela está no cio.
- Quando ela abre os olhos, muitos morrem.
- Evite o glúten.

Assim estava escrito no bilhete suicida de Paul Kenneth Bernardo.

E cada linha antecedida de uma bolinha.

Mas Bennett ainda não passou essa informação a George. Embora eles tenham conversado bastante ontem.

Paul está morto.

George dorme agora.

Mas ontem os meninos saíram para beber.

Dessa vez foi George quem escolheu o bar. Levou Bennett para conhecer o mundo colorido do Jake's Saloon e seu garçom amigo. E George foi vermelho, George foi azul, George foi amarelo e piscou, piscou, piscou aos olhos de Bennett.

E no início eles riram e conversaram.

Naturalmente George falou sobre Sarah Jane, gaguejando e repetindo as lembranças e o esquecimento.

E entre um copo e outro George também falou sobre Peter Matthews Silva, o amigo cego. Contou sobre Ann Bilansky, aquela que conheceu no AA. E disse que Ann também dava a bunda.

George ainda falou que seu pai, Henry Newton Brown, estudou com Kofi Annan no Macalester College.

Relembrou ao amigo que era o representante do Setor de Estratégia Corporativa e Sustentabilidade na Land O'Lakes. E narrou histórias curiosas sobre o colega MacGyver. Contou sobre os tempos em que estudaram juntos na Robbinsdale Armstrong High School.

Naturalmente essas histórias Ele não viveu, mas ouviu por lá.

George falou de Marie Marguerite Fahmy, sua tia-avó, e até contou uma de suas fábulas. Claro que George se enrolou um bocado ao narrar a história. E gaguejou.

Era uma fábula budista que tinha algo a ver com uma canoa.

George fez uma breve sinopse de sua vida.

Bennett, por sua vez, não se abriu muito.

Quando George perguntou sobre o casamento desfeito, Bennett disse apenas:

— Não deu certo, você sabe.

Mas George nunca se lembrará disso.

Também não vai lembrar que Bennett o tirou do bar quando Ele começou a falar que o amigo garçom tinha cara de buraco de bunda.

Não vai lembrar que lá fora, na calçada, enquanto fumava um cigarro, começou a provocar Bennett dizendo que ele parecia um camaleão com bigode mal aparado.

Não lembrará que desafiou o amigo dizendo que ele nem sabia abraçar.

— Ó, ó, você abraça assim. Abraça de verdade, pô.

E, entre essas imitações do abraço de Bennett e as demonstrações de abraços verdadeiros, George apertou Bennett e se aconchegou nele umas quinze vezes.

Depois o empurrou.

Não lembrará também que, apesar de Bennett ter levado a fonte de seu computador, George a esqueceu sob o balcão do bar.

Também não lembrará do bilhete que Bennett lhe entregou e que Ele guardou no bolso da calça junto à carteira.

Agora George dorme. E sonha que foge de uma hiena.

E a hiena gargalha, diria Tripinha.

E sua vida é desnecessária.

Afinal George não teve filhos.

George não foi útil para a vida.

Logo logo, ao acordar, perceberá que seu cérebro está inchado e que não adianta Ele dizer: "Vou tomar só mais uma dose". Porque George é alcoólatra.

E um alcoólatra não consegue parar.

De qualquer forma Nova York começa a se tornar rotina.

George marca passo à espera da mudança.

Bennett diz que será em breve.

O que acontecia rápido aos poucos vai perdendo o ritmo.

Embora George não sinta falta de sua antiga vida, Ele sente falta de sua terra.

Sente falta da boa e velha Minneapolis.

Mas agora, ao acordar, seu intestino funciona.

E seu pau fica duro, por inteiro.

E sua cara fica menos caricata.

Porque o álcool o lubrifica e afrouxa o laço.

Mas incha seus pés e seu cérebro.

E agora, enquanto toma banho, planeja sua visita surpresa a Sarah Jane, a víbora.

E então Ele vai à recepção. Porque George decidiu que, assim que se instalar de verdade, pegará um voo para Minneapolis e alugará um carro. E então vai dirigir até a Hiawatha Avenue.

E George vai parar o carro no estacionamento do McDonald's.

Porque agora George sabe, descobriu nos computadores do saguão do Chelsea Savoy, que atrás do McDonald's da Hiawatha Avenue em Minneapolis, Minnesota, estão os silos da Harvest States. E atrás dos silos da Harvest States, naquela casinha de madeira branca com telhado escuro, na Dight Avenue, vive Sarah Jane com seus quatro filhos.

Porque assim o Google lhe disse.

Palavra do Senhor.

E está tudo em sua mente.

George sabe como executará passo a passo o seu plano de reencontro.

E aquele buraco da bunda, que já foi seu um dia, o buraco da bunda daquela ingrata, se abrirá novamente para Ele. Sim. Sim, senhor.

E vai ser um pedaço de bolo danado de bom.

Podem apostar.

Porque Ele agora é George e George é um novo homem.

Um homem que caminha firme sobre o mundo com suas botas novas.

Estes sapatos de vagabundo estão desejando passear exatamente através do coração autêntico dela, Nova York, Nova York.

George Henry Lamson, George Henry Lamson, George Henry Lamson.

Então George Henry Lamson, George Henry Lamson, George Henry Lamson liga para Bennett, mas cai na caixa postal. George quer convidar o amigo para almoçar. E beber. Porque George Henry Lamson, George Henry Lamson, George Henry Lamson tem sede.

Fez muito calor em Minneapolis em julho de 2007.

Mas o vento que soprava dos lagos tornava a sensação agradável.

Agora não venta em Nova York.

Agora em outubro a temperatura máxima em Minneapolis será de vinte e dois graus. Aqui já faz trinta e o dia mal começou.

Foi John Tawell, aquele da camisa xadrez e mão de pente,

quem deixou nosso George no aeroporto para embarcar para Nova York na quinta-feira 23 de agosto. Ao se despedir, Tawell disse algo realmente intrigante a George, que na época era Albert.

— Das inúmeras formas que o Diabo assume, a de Deus é sua preferida.

George tentou assimilar aquilo.

Em algum momento essa frase despertaria das sombras da mente de Peanuts a imagem e a lembrança de Keith Bryan, o Tripinha.

E foi essa frase emblemática que trouxe a imagem do amigo no elevador do Chelsea quando o orgulhoso pai daquele moleque com cara de idiota falou que trouxe o menino para conhecer a Maçãzona.

Foi então que George lembrou da pergunta do amigo na época da Robbinsdale Armstrong High School.

— Você sabe quem foi o primeiro filho de Deus?

Mas Peanuts não sabia a resposta. Por isso disse:

— Não.

— Lúcifer. Lúcifer é o primogênito de Deus. A Estrela da Manhã. A Estrela-d'Alva.

George tenta diversas vezes contatar Bennett. Não consegue. Dá sempre caixa postal.

Por isso resolve almoçar sozinho.

Resolve caminhar até achar algum restaurante que o agrade.

Para fugir da rotina, resolve descer a Oitava Avenida em vez da Sétima. Logo Ele avista uma pequena pizzaria. Joe's Pizza. Nela só há quatro pequenas mesas. George começa pedindo um pedaço de Pepperoni. É boa. George está com fome. Em seguida George pede um pedaço de Feta e Espinafre. E Feta é aquele queijo coalhado típico da Grécia. E está excelente. George bebe Coca. Resolveu deixar o uísque para o fim da tarde.

Era assim que bebia, quando bebia. Antes de parar. Depois das 6 p.m.

Algumas vezes começava às 5 p.m. Nunca antes disso.

E agora Ele voltou a beber.

Prefere pensar que está e não que é alcoólatra.

O apetite faz com que Ele ainda peça um rolo de salsicha.

E depois George segue fumando e pisando Nova York.

E as pessoas olham feio pra Ele porque Ele fuma.

E sua cara já não é tão engraçada.

E os dias seguirão assim.

Só até as 5 ou 6 p.m. Porque então George fará seu cérebro abanar o rabinho.

E, quando o cérebro está feliz, nós também estamos.

Só que hoje à noite Ele vai beber sozinho. Porque Bennett não retornará as suas chamadas. Não importa.

Agora Ele tem o amigo garçom.

E o amigo garçom não liga que depois da quinta dose George comece a repetir gaguejando que ele tem cara de buraco de bunda. Porque o garçom é garçom e conhece o jogo.

E George se alterna na noite.

George é vermelho, azul, amarelo e pisca, pisca, pisca aos olhos do garçom.

E o garçom se chama Thomas Baal.

E Thomas Baal é homônimo de um jovem de vinte e seis anos com problemas mentais que matou uma mulher a facadas. E o *New York Times* de 4 de junho de 1990 anunciou que Thomas Baal, o assassino de Nevada, fora executado.

"Thomas Baal, que matou uma mulher em um assalto, porque ela lhe tinha dado apenas vinte dólares, foi executado por injeção letal hoje cedo, depois de seus pais se oporem a pedir recurso legal para mantê-lo vivo. O jovem de vinte e seis anos, assassino condenado, foi declarado morto nove minutos depois de uma mistura de três drogas letais ser bombeada através de tubos em seus braços às 7:05 a.m. enquanto jazia amarrado em uma mesa na câmara de execução na Prisão Estadual de Nevada.

"O diretor, Pete Demóstenes, disse que as últimas palavras do homem condenado foram: 'Mando meu amor pra minha mãe e meu pai'."

E Baal também é homônimo de Baal, um demônio antigo. Ancestral.

E em nome de Baal sacrificavam crianças.

E Baal é o grã-duque de uma vasta região do Inferno.

E Baal foi idolatrado pelos caldeus, pelos babilônios, pelos sidônios e até pelos israelitas.

E Thomas Baal, o cara de cu, servirá outra dose a George.

E outra.

Até que George apague e adormeça com a cabeça sobre o balcão.

Então Thomas Baal o acordará e dirá que é hora de ir.

E George irá. Porque até sua fúria o álcool terá acalmado.

E George subirá na inércia.

E conseguirá abrir a porta de seu quarto com o cartão magnético.

E cairá em sua cama provisória.

Mas, ao acordar, não vai se lembrar de como chegou lá.

E será domingo, dia 2 de setembro.

E sua cabeça estará doendo.

E seus pés inchados.

E a língua peluda.

E todo o seu aparelho digestivo queimando.

E George se sentirá tão mal pela manhã que desejará mandar o seu amor a seu pai e sua mãe.

Mas Ele se levanta.

Sem o menor motivo.

E olha pela janela.

E o calor o abafa.

E seu relógio parou.

E a luz o cega.

Mas George resolve vestir as roupas.

E, enquanto põe as calças, deixa cair a carteira.

E junto cai um bilhete.

E George estranha aquele bilhete. Não sabe de onde surgiu.

E George lê o bilhete.

"A chave da vida é compreender que nada pode acontecer a você, nada pode ser-lhe concedido ou recusado, que não esteja de acordo com o seu estado de consciência." Paul Twitchell.

Diz o bilhete.

Mas George não tem certeza se entende o recado.

Não faz ideia de quem seja esse autor.

Por isso lê novamente. Para tentar entender.

Pouco importa.

E George calça as botas.

E então o celular toca. E é Bennett.

E Bennett se desculpa por não ter ligado antes. Explica que esteve ocupado.

E convida George para almoçar e visitar o Metropolitan.

Mas George não sente vontade de ir ao museu.

O museu no qual constatou sua mortalidade.

Almoçar, pode ser.

E por mais alguns dias Bennett lhe serve de guia.

Mas George nunca parece satisfeito.

A cidade não o impressiona.

George só fica feliz depois das seis.

E então, na noite do dia 5, quarta-feira, durante o almoço, Bennett anuncia que George enfim deixará o hotel. Diz que na manhã de sábado George se mudará para o Brooklyn. George diz que simpatiza com o bairro. Bennett salienta que na verdade não é o Brooklyn, Brooklyn.

Ou melhor, é o Brooklyn, mas uma região menos característica. Red Hook.

De qualquer forma George se anima um pouco quando o amigo lhe diz que a própria Sarah Simpson virá buscá-lo no sábado pela manhã.

Pedaço de bolo.

Então Bennett diz que tem algumas coisas para fazer. Diz a George que descanse um pouco pois parece cansado. E diz que no fim da tarde ele volta. E diz que precisam ir ao Alligator comemorar a boa-nova.

Aquele em Williamsburg, no Brooklyn. George adora a ideia e diz que Bennett podia aproveitar e passar no tal Red Hook para Ele dar uma espiada. George está ansioso por conhecer o Gancho Vermelho.

E, quando George se prepara pra descer do carro, Bennett puxa do banco de trás uma sacola e entrega ao amigo. E eles acabaram de almoçar.

— Acho que chegou a hora — Bennett diz.

E George tira da sacola um livro.

The Spiritual Notebook de Paul Twitchell.

George vira o livro e lê na quarta capa:

"Eu estou tentando dar a todos que podem ler um meio de autoavaliação e um método de compreensão de suas experiências interiores."

"Paul Twitchell, um passo de gigante na literatura espiritual é a melhor maneira de descrever este livro fascinante. Agora você pode aprender o que santos e místicos sabiam o tempo todo sobre Deus e a Força Divina — a inspiração para todos os mitos e religiões. Paul Twitchell, professor espiritual de renome mundial, é autor de *Eckankar — A Chave para o Segredo dos Mundos*. Um clássico espiritual. Em *The Notebook Espiritual*, vai alargar a sua própria visão espiritual e te ensinar a encontrar a Força de Deus. O Capítulo 5 oferece três técnicas para você experimentar a Luz e

Som de Deus. Tente estas técnicas milenares. E mais, 'Os Passos para o Reino Secreto', Ele apresenta os misteriosos Adeptos do eckankar e também dá um close-up de como o Espírito de Deus está ao nosso redor. Se você quer mais amor, alegria e graça em sua própria vida, você pode se beneficiar da leitura deste livro."

E então George percebe que realmente não tem escapatória.

É como no AA e no NA, talvez até mesmo nos Vigilantes do Peso e em todo o resto.

Tudo determina os passos que você deve seguir.

Todos dirão o que pode e o que não pode fazer.

E, o mais fundamental de tudo, todos exigem que você acredite num Ser Superior. Isso fará com que George repense tudo.

Ele não consegue acreditar em Deus.

Talvez isso tenha sido apenas umas férias.

Uns dias de folga.

Talvez seja hora de deixar essa brincadeira para trás e voltar para sua vida real.

Ao menos a Land O'Lakes nunca exigiu isso dele.

A única coisa que o manteve por aqui nos últimos dias, suportando uma cidade que nada lhe diz, foi a esperança de conhecer Sarah Simpson. Mas talvez o preço seja alto demais.

George não consegue se imaginar frequentando cultos, fazendo orações, venerando pensadores e profetas e toda aquela bosta de touro e todo aquele senta-levanta. E no fundo George é um banana e cada vez se dá mais conta disso.

Agora reflete: por que precisou se filiar a um grupo para deixar tudo pra trás?

Ele tinha o dinheiro. Por que não partiu com suas próprias pernas seguindo o destino que se abriria a sua frente?, Ele se pergunta agora.

Nem de se iniciar sexualmente por si mesmo Ele foi capaz.

Sempre precisou de alguém.

Sempre viveu como a porra de um parasita.

E tudo se dá num átimo. Tudo ao mesmo tempo.

— Eu sou a porra de um parasita — George diz isso com o livro nas mãos.

— Por que você está falando isso?

— Sabe, Bennett, eu não vou me filiar a nenhum tipo de religião ou seita, meu velho. Eu não consigo acreditar em nenhum tipo de deus. Posso até acreditar no mal. Sei que isso pode parecer contraditório, cara, mas, se eu tivesse que acreditar em algo, em algo sobrenatural e superior, eu só poderia acreditar no Diabo. Eu sei que você vai falar, como todos falam, que, se existe Diabo, tem que existir Deus, mas, como posso falar?...

— Mas é exatamente isso, George. Se você acredita no mal, tem que acreditar no bem.

— Eu não sei muito bem como dizer...

— Você concorda que o que diz não faz sentido, não é mesmo?

— Eu sei lá. É como se... eu penso que o Diabo tem a ver com a gente, mas Deus? Deus não tem nada a ver com a gente.

— Não diga uma coisa dessas.

— Sei lá. É meio isso que penso. E nós também não temos nada a ver com Deus. De qualquer jeito, agradeço o presente. Mas não vou levar o livro. Eu sei que nunca vou ler. E, mesmo se lesse, ele não me faria mudar de opinião.

— Dá uma chance pra ele. Lê ao menos as primeiras dez páginas. Se não te tocar, você para.

— Não vai me tocar, Bennett. E o que é isso, Eckankar?

— Não me diga que você nunca ouviu falar no Templo Eck?

George, visivelmente abatido e decepcionado, faz não com a cabeça.

— O Templo Eck foi construído por Twitchell em Chanhassen.

— Que Chanhassen?

— Chanhassen, Minnesota.

— Eu nunca ouvi falar nisso.

— Dá uma chance pra ele.

Realmente o Templo Eck, da Eckankar, foi criado em 1965 por Paul Twitchell em Chanhassen, Minnesota. É lá que habita Sri Harold Klemp, vulgo Harold Klemp, do Wisconsin, atual dirigente espiritual de Eckankar.

— Leva. Dá uma lida. Mais tarde eu venho te buscar pra gente se divertir pra valer. Eu preciso resolver umas coisas importantes agora, mas volto no fim da tarde.

George vacila, mas desce sem o livro.

— Eu te agradeço. De verdade.

— Você que manda. Mas eu preciso dizer que esse livro é o começo. O pensamento que seguimos, apesar das diferenças, parte daí.

— E se eu não quiser seguir esse pensamento?

— Vamos fazer uma coisa. Converse com Sarah.

— Que Sarah?

— Sarah Simpson, ora. Deixe que ela te ilumine. Você vai estar junto com uma grande pensadora. Além disso ela tem muito mais charme do que eu. Eu só queria que você ganhasse o livro de mim porque gosto de você, camarada. Gosto mesmo. Já peguei e cuidei de muita gente que chegou por essas bandas. Mas você é diferente. Eu te tenho mesmo como um amigo.

George abre a porta e apanha a sacola. Bennett sorri.

— Descansa um pouco. E tome um banho. Te pego às 6 p.m.

— Você tem sido um bom amigo também, Bennett.

George volta para o quarto.

Mal começa a ler, já nas primeiras linhas, desiste.

Por que foi se meter com essa gente que acredita em seres do espaço, em reptilianos, discos voadores e Deus? E se não quiser seguir esse culto? E se quiser continuar seguindo seus próprios pensamentos e acreditando em sua descrença?

Como será se resolver abandonar os Cães?

George está exausto mesmo.

Se joga de costas na cama.

Seja como for, em breve Ele vai conhecer a garota do retrato.

A belezinha de teta comprida.

E logo estará no Brooklyn.

E então, quando estiver instalado, vai voar pra sua terra.

Alugar um carro e estacionar no McDonald's.

George pega a foto de Sarah Simpson. E aos poucos George começa a adormecer.

E enquanto fazia essa passagem, por alguma razão ou sem-razão como diriam os de língua hispânica, se lembra de uma das fábulas de sua tia Marie Marguerite Fahmy.

Fahmy lhe contou a história do pequenino duende McPee.

A fábula diz que McPee era um duende muito pequenino que nunca tinha visto um ser humano. Ele nem acreditava na existência dos homens.

Até que um dia, quando passeava distraída e alegremente pelo bosque, McPee se perdeu. E, como já disse, McPee era muito pequeno. Era um duende baixinho, menor que os demais.

Assustado, McPee andou e andou e, quanto mais andava, mais perdido ficava.

Até que perto de um lago McPee avistou uma criatura enorme.

Ele deduziu que aquilo só podia ser o tal mito humano.

Para sua sorte McPee avistou um menino muito bondoso e justo que se chamava Henry McCabe. Mas McPee estava tão fraco, faminto e cansado que, ao avistar o garoto, desmaiou.

E, ao desmaiar, guinchou alto feito um camundongo.

O que acabou chamando a atenção de McCabe.

E o bom e justo Henry McCabe se aproximou fascinado da frágil criaturinha.

Então ele pegou o duende com todo o cuidado e o levou para sua casa.

Lá, em seu quarto, ele fez uma bela e macia caminha com uns retalhos de pano de sua avó e uma velha caixa de madeira, e botou McPee para descansar.

Henry foi até a cozinha e macerou alguns biscoitos e encheu um dedal de sua avó com leite fresquinho que havia ordenhado pela manhã de sua boa e justa vaquinha McMoo.

Ao acordar, assustado, McPee suplicou aos prantos:

— Por favor, não me machuque, eu sou tão pequenino!

Henry o acalmou dizendo:

— Eu só quero cuidar de você.

E Henry cuidou realmente.

E o pequenino McPee percebeu o poder daquelas palavras.

E passou a apelar várias vezes ao dia a elas.

E McPee percebeu o poder que aquelas palavras tinham sobre o menino Henry McCabe. E assim McPee foi se tornando insaciável e, para conseguir fosse o que fosse, lhe bastava dizer:

— Eu sou tão pequenino.

E ele passou a dizer isso tantas vezes por dia que Henry começou a encolher, enquanto McPee começava a crescer.

— Eu sou tão pequenino.

E, quando Henry McCabe ficou do tamanho que McPee fora um dia, o ex-duende o comeu. McPee mastigou com prazer indescritível aquele bom e justo menino que sempre cuidou de McPee.

Em 31 de março de 1926, em Malahide, Dublin, o jardineiro da família McDonnell, a qual tinha uma grande fazenda na região, matou todo mundo a paulada, paw e pow, e tacou fogo na casa, shibum e bum, e eê e iaiaô.

As vítimas foram os irmãos Peter, de cinquenta e um anos, e Joseph McDonnell, de cinquenta e cinco, e suas irmãs Annie, de cinquenta e seis, e Alice, de quarenta e sete, todos solteiros.

E o jardineiro matou também dois empregados da fazenda, James Clarke, de quarenta e um anos, e Mary McGowan, de cinquenta.

E esse jardineiro se chamava Henry McCabe porque assim sua mãe o batizara em homenagem ao menino da fábula.

E, com um moo-moo aqui e um moo-moo lá, aqui um moo, e moo em todos os lugares, moo-moo, e os cães woof-woof, e o gato miau-miau, e as ovelhas baa-baa, e os cavalos neigh-neigh, como o Tripinha nos ensinou... Henry McCabe matou todo mundo.

Todo o pequeno mundo que o cercava.

||

Às 6 p.m. em ponto Bennett encosta o carro.

George já esperava fumando na calçada.

Os garotos parecem felizes.

George se diz animado. Bennett dirige até o Alligator.

— Que tal hoje irmos do bom e velho uísque americano?

— Não, Bennett, eu não posso mais com bourbon. Tomei tanto que já não posso mais. Para mim tem que ser scotch.

— Tudo bem. Então você pede o seu Chivas, mas eu vou de Jack Daniel's.

O garçom anota os pedidos e deixa na mesa um potinho com amendoins.

Bennett vai até o jukebox, coloca uma moeda e aciona um disco do Johnny Cash.

O garçom começa a servi-los. Eles conversam tranquilamente com longas pausas para ouvir a música.

— Sabe, depois que estiver instalado, vou precisar dar um pulo em Minnesota.

— Sério?

— É.

— Algo importante? Precisa de ajuda?

— Não, valeu.

— Quer que alguém da equipe de apoio te acompanhe?

— Não. Eu preciso resolver um assunto particular, você sabe.

— Certo. Nós não podemos fazer isso por você?

— Não, não. Isso só eu posso fazer.

— O.k.

— É isso. Um bate e volta.

— Você sabe que isso não funciona assim, não é mesmo?

— Oi?

— Você precisa de autorização dos Cães para deixar a cidade. Sabe disso, não sabe?

— E por que eu precisaria da autorização deles?

— Cara, você precisa ler as instruções. O regulamento.

— Deixa pra lá.

Bennett sabe que, se for falar algo, tem que ser agora.

George ainda era cordial. Estava na terceira dose.

— George, desculpe falar isso, mas... Eu sei que não devia me meter...

— Pode falar.

— Você começou a ler o livro?

— Ah, ainda não.

— Você poderia me dizer que assunto importante é esse que precisa resolver? Tem a ver com seus bens? Ou com a venda de algum imóvel?

— Não. Por quê?

— Porque, se for isso, algo assim, talvez não deva ir sozinho. Você teria que usar o seu nome verdadeiro para fazer isso. E caso estejam te procurando... De qualquer forma não é muito bom você ser visto, você sabe.

— Não. É um assunto pessoal. Na verdade eu vou ser visto, sim. Mas só por uma pessoa.

— O.k. Acho que entendi.

— É isso.

— Sabe, George, você teve essa chance. Você tem uma

nova identidade. No fundo, você tem mais do que isso. Tem a chance de uma nova vida.

— Eu sei.

— Então viva sua nova vida.

— Estou vivendo.

— Certo.

— Que foi?

— Nada, por quê?

— Você pareceu irônico.

— Claro que não. Eu só penso que você podia viver de forma mais profunda sua nova vida. Você é muito preso ao passado. Deixe essas coisas pra trás.

— Você sabe o que estou planejando, não é mesmo?

— Não, eu não sei. Mas tenho medo que seja algo que te prenda ainda mais ao passado.

George sinaliza ao garçom.

A cara do garçom começa a abrir um enorme buraco quando ele serve a quarta dose. Os dois se calam.

Toca "The Beast in Me" do Johnny Cash.

Talvez pelo silêncio, George presta atenção na letra.

Às vezes, ele tenta me enganar, diz que é só um ursinho de pelúcia e, de alguma maneira, até consegue desaparecer no ar, e é aí que eu devo ter medo da besta em mim que todos conhecem, eles a viram vestindo minhas roupas. Obviamente obscuro, se é Nova York ou ano-novo, Deus ajude o monstro em mim.

E chegamos à quinta dose, que desperta a besta em George.

E parece que existe algo que vem antes de um pensamento.

Esse pré-pensamento se lança no carrossel que é a forma viciada como cada um associa as ideias. George se irrita quando Bennett chama a sua atenção dizendo que Ele vive preso ao passado.

George faz sinal ao garçom, que já tem na cara o buraco da bunda.

Bennett já conhece o comportamento do colega, por isso o apressa dizendo que é hora de ir.

— Melhor irmos, meu velho. Não esqueça que amanhã cedo Sarah Simpson virá te buscar.

— Calma. Eu vou lá fora fumar a porra de um cigarro, pode ser? Eu ainda não acabei por aqui. Só preciso de um cigarro, porra.

E George sai.

Bennett não o acompanha.

É chato e delicado quando George alcança esse estado.

E, se não for agora, vai ser cada vez mais difícil convencê--lo a partir.

Por isso Bennett paga a conta e sai ao encontro de George antes que Ele volte.

— Vamos nessa, velhinho. Tive um dia pesado. Precisamos descansar.

— Que é isso, seu bosta! Eu nem comecei.

— Você não quer dar uma passada por Red Hook para ver a vizinhança?

— Não, Bennett, nós vamos voltar ao bar, agora!

George arremessa a bituca e ameaça voltar. Bennett o segura pelo braço.

— Vamos pra casa, George.

— Tira a mão de mim!

— O.k., George, só preciso ir para casa. Você vem?

George segue Bennett irritado.

Bennett dá partida e vai direto para o Savoy.

Quando cruzam a ponte, George volta a falar:

— Eu já estou de saco cheio de toda essa merda de touro do inferno. Se eu soubesse que isso aqui era uma porra duma seita de merda, não teria me envolvido com vocês. Eu vou entrar no meu quarto e atirar a-aquela po-porra de livro pe-pela janela. Se você acha aquela bo-bo-bosta tão boa, espera um pouquinho para apanhá-la na rua.

— O.k., George, só não esqueça de fazer as malas e pôr o despertador, porque amanhã às 9 a.m. Sarah Simpson vem te buscar.

George cumpre a promessa.

Minutos depois de entrar no hotel, Bennett avista "o caderno espiritual" voando da janela do 1211.

LIVRO II
O GANCHO VERMELHO

9

A inveja dos deuses

e/ou

Aquela que viu a profundidade

Sábado, 8 de setembro de 2007

Naturalmente George se esquece de botar o despertador.

Depois de arremessar o *The Spiritual Notebook* pela janela, Ele interfonou na recepção e pediu uma dose dupla de Chivas.

O atendente avisou que tanto o bar quanto a cozinha já estavam fechados.

— Porque o Chelsea Savoy é um hotel meia-boca — disse George ao atendente.

E George, o barbudo, disse que estava fechado porque o Chelsea Savoy era um hotel de merda. Uma fatia de bosta e que o recepcionista tinha cara de cu. E, possuído pela besta que o álcool desperta, George praguejou e andou de um lado para outro até se cansar. Então, numa epifania, Ele desceu e arriscou o Jake's Saloon.

Assim foi.

E, quando seu garçom amigo o avistou, ele se precipitou para a porta e anunciou que estavam fechando. George estava feroz, por isso o amigo disse que poderia servir a tal dose dupla num copo descartável.

George e seu cérebro abanaram o rabo.

— Tripla — disse George sacando uma nota de cinquenta dólares.

Antes de voltar ao quarto, Ele se dirigiu ao recepcionista do hotel e desfiou o rosário.

— Vai se foder, seu fodedor de mãe, buraco de bunda, fatia de bosta — George falou.

E por aí afora. E bebeu até apagar. E por isso só acordou às 9:11 a.m. com o interfone.

— Quem? Sarah Jane?

— Não, senhor. Sarah Simpson o aguarda na recepção.

Pedaço de bolo.

George avisa que desce em um minuto.

Solta um "Santo Jesus" e joga as roupas na mala.

Limpas e sujas, tudo misturado.

Apanha os pertences que estão sobre o criado-mudo. Depois as coisas sobre a mesa e a bancada. Vai atirando tudo na mala. Só então se dá conta das roupas esquecidas sobre a poltrona. Enfia tudo na mala. Então, com o cérebro extremamente inchado e o fígado seco feito uma pedra-pomes, se lança num banho rápido. Escova a língua e os dentes no chuveiro.

Enquanto ensaboa a cabeça, mal consegue acreditar que está deixando aquele lugar deprimente. Mal acredita que Sarah Simpson e seus peitos compridos o esperam no saguão e que a partir de hoje viverão juntos.

Faz com a mão uma espécie de cu, cheio de sabão, e capricha na lavagem do bigulim. Quem sabe o amigão não trabalha hoje? Depois se seca às pressas.

Esqueceu de deixar uma muda de roupa separada.

Saca da mala a primeira camisa e calça que alcança.

Calça a Caterpillar. Ajeita os cabelos enquanto se analisa no espelho.

Pega a bagagem de mão e a mala pesada e sem rodinhas e deixa no corredor ao lado do elevador. Depois volta para pegar a outra mala. Dá uma última olhada para o quarto. Aciona o elevador. Desce.

Assim que a porta se abre, Ele avista Sarah Simpson.

Seu coração dispara. O tempo é afetado.

Por um átimo tudo fica em câmera lenta.

Ela já não é mais como na foto.

Agora ela tem os cabelos curtos, bem curtos, como os de um rapaz.

E curiosamente isso a torna ainda mais bonita.

Há alguns fios grisalhos. Ela usa um vestido indiano. O

tecido é leve em tons de ocre e amarelo. Há algo pendurado em seu pescoço, amarrado num tipo de sisal rústico e escuro. Não dá para ver o que é, pois, seja o que for, se esconde mergulhado no decote junto aos peitos compridos.

Ela é menor do que Ele imaginara e muito mais bonita e delicada do que o retrato pôde capturar. Há algo na forma como ela se move.

Há uma beleza na delicadeza de seus gestos que foto nenhuma poderia capturar.

Seus movimentos, mesmo os mais sutis, parecem dança.

Ela sorri para Ele.

George baixa os olhos.

Ela se aproxima e beija seu rosto com doçura.

— Como vai, querido?

A voz de Sarah parece música.

É rouca e melódica com um leve sotaque sulista.

George quase derrete.

O "querido" dito por Sarah se repete no fundo dos pensamentos de George.

Num outro pensar que se dá simultâneo às coisas práticas que deve fazer para deixar o hotel e tudo aquilo que Ele acredita fazê-lo infeliz.

— Tudo bem, e você?... — Ele tenta, mas não consegue dizer "querida". — Vou fazer o check-out.

Por sorte lembra que não está registrado como George e sim como Albert.

Então se dá conta de que deixou os documentos de Albert junto com a papelada no envelope pardo dentro da mala. Remexe na bagunça, parte das roupas se espalha pelo chão do hotel meia-boca.

Meias e cuecas, camisas e calças, limpas e sujas, vão atapetando o chão da recepção do Savoy. Enfim, Albert e/ou George encontra o envelope e o entrega à recepcionista.

Albert Arthur Jones, Albert Arthur Jones, Albert Arthur Jones.

Sarah quer ajudar com as malas.

George não deixa.

Sai todo atrapalhado pela porta giratória.

O carro está parado bem na frente.

Não há ninguém no hotel para ajudar com a bagagem. Depois de botar a mala pesada no carro, volta para apanhar a outra com rodinhas. E então o tempo dispara à medida que seu coração retoma os batimentos num ritmo mais sensato.

E foi tudo tão rápido.

Ele queria poder ter ficado mais tempo capturando as primeiras impressões de Sarah. E Sarah é um delicioso pedacinho de bolo, Santo Jesus!

Sarah dirige um Buick Lucerne prateado, modelo 2007.

No trajeto até Red Hook, Sarah não deixa o silêncio pesar.

Ela põe um CD e puxa conversa com suavidade e doçura.

Sarah demonstra ser muito segura de si.

Pergunta como vão as coisas e se tudo corre bem.

George diz que sim. Toca baixinho uma música que parece medieval.

— O que é isso que está tocando?

— David Tibet. Current 93.

— Oh! — George solta. Sem fazer a menor ideia do que seja.

Sarah diz que já está tudo pronto no novo apartamento.

Diz que é um loft amplo e arejado, com muita luz natural devido às várias janelas.

— Sete janelas — complementa.

E afirma que Ele pode ficar tranquilo, pois terá alguma privacidade.

George quer perguntar se há duas camas ou se dormirão juntos, mas prefere descobrir ao chegar. George não quer privacidade, nem precisa disso. Quando chega a chance de sua deixa, George diz:

— Eu sou de Minneapolis.

— Ah, eu sei. Já haviam me dito. Eu sou de Providence, Rhode Island.

— Sabe com quem eu estudei no ginásio?

Sarah não sabe.

E com o peito cheio de orgulho nosso George fala sobre Richard Dean Anderson, MacGyver.

Sarah diz que a série era muito engraçada.

Diz que era divertido ver como o MacGyver resolvia tudo com aquele pequeno canivete suíço. Então o celular de George toca. É alguém procurando por Danny.

— Você ligou errado — Ele diz.

Discretamente George analisa Sarah. Aos poucos. Os detalhes.

Olhando de maneira indireta, periférica.

Consegue constatar a imensidão de suas tetas.

A cintura fina. Os lábios carnudos.

Uma cicatriz no joelho direito que parece a carinha do Smile.

Às vezes perde o raciocínio por causa do encanto que sente ao olhar para ela.

Se esforça para não ficar encarando.

Olhar para Sarah é bom.

Aquece seu cérebro e dá um calorzinho no peito também.

E na boca do estômago. E no bigulim.

Por isso demora um pouco para responder as perguntas ou para reagir a algum comentário. Ao observar Sarah, George fica com uma expressão idiota.

Quando ela diz que, apesar de ter nascido em Rhode Island, sempre viajou muito, Ele ri achando que ela havia dito algo engraçado.

Estava longe.

Todos aqueles pensamentos na cabeça e mais o monte de detalhes que colhia aos poucos do corpo de Sarah o deixavam do jeito que certa vez Henry, seu pai, comentou sobre o livro de Schopenhauer.

Segundo seu pai, Schopenhauer afirma que o homem não teme a morte, teme o medo de perder a ilusão da individualidade.

A ilusão do indivíduo.

O medo de perder ou perpetuar a existência individual.

E diz ainda que isso só é dissipado quando, por exemplo, o homem se depara com a natureza.

Quando esse indivíduo contempla uma paisagem grandiosa ou algo cuja beleza o arrebata, ele esquece de si, deixa de ser indivíduo e se torna parte do todo.

Não posso afirmar que Schopenhauer realmente tenha dito isso, mas assim o interpretava e proferia Henry Newton Brown. E, seja como for, é isso que acontece quando nosso George contempla os longos peitos de Sarah.

A vida ganha um sentido maior, maior do que a prisão ilusória do indivíduo.

George quase pensa isso.

Olhar para ela é como contemplar uma cachoeira, ou os cânions.

Agora Sarah explica um pouco a região do Gancho Vermelho.

Diz que o loft fica num prédio de uma antiga fábrica de rolhas.

Diz que alguns artistas ocuparam o lugar e o estão transformando em estúdios, ateliês e apartamentos. Conta que, na virada do século, Red Hook era uma comunidade viva e laboriosa. E que nessa época era conhecida como Roode Hoek.

Diz que antigamente era um local ideal para as indústrias que prosperavam. Que muitas casas foram construídas no fim dos anos 1930. Eram habitações a preços acessíveis destinadas aos mais pobres. Mas a construção da Gowanus Expressway acabou cortando, literalmente, o Gancho Vermelho do resto do município.

Com o isolamento causado pela construção da via expressa, as fábricas abandonaram o bairro e Red Hook empobreceu ainda mais.

Mas o último prego no caixão foi a transferência, na década de 1960, dos portos de embarque, um fator econômico essencial em Red Hook, para Nova Jersey.

E, enquanto ela situava George, Ele podia ver tudo isso pela janela do Lucerne prateado. Quase todas as construções eram prédios simples, com no máximo seis andares, feitos de tijolos vermelhos.

As pessoas nas ruas eram negros e latinos.

Muitos jovens que pareciam saídos do videogame GTA.

Tentando manter o diálogo, George solta:

— Eu não suporto o calor.

— Poxa, eu adoro.

Sarah diz que ama o calor e as praias e, como se não bastasse, diz conhecer o Brazil. George rebate dizendo que esse é o seu sonho.

— É o meu sonho conhecer o Brazil.

Sarah diz que seu lugar preferido é Berlim.

Diz que o Brazil, apesar de ser um lugar lindo, tem uma desigualdade social absurda. E alerta que, se George não gosta do calor, não gostará do Brazil.

Embora Sarah só conheça o Rio de Janeiro e São Paulo, ela acredita conhecer o Brazil. Enfim, Sarah estaciona o carro junto ao prédio da ex-American Can Company, Stopper Factory, no número 14 da Verona Street.

É um prédio de tijolos, naturalmente, de três andares.

Eles estão hospedados no apartamento 301, terceiro andar.

No entorno do prédio tudo parecia tranquilo e silencioso.

A entrada ainda mantinha pintada, sobre a porta de ferro, "Harbor Tech 14".

Bem em frente à entrada está o parque Coffey.

E logo na esquina a paróquia da igreja da Liberdade.

As calçadas estavam atapetadas por folhas de olmos-americanos, magnólias e cerejeiras-negras cujos troncos escapavam das grades que delimitam o parque.

O Coffey Park leva esse nome por causa do ex-senador estadual, vereador e líder distrital que representou Red Hook durante trinta e nove anos, Michael J. Coffey.

Nascido na Irlanda em 1839, no condado de Cork, Coffey imigrou para os Estados Unidos com os pais quando tinha cinco anos de idade. Ele foi para a escola em Red Hook e logo começou a trabalhar no Brooklyn Navy Yard. Quando a Guerra Civil começou, ele foi canhoneiro na marinha dos Estados Unidos. No fim da guerra, voltou a Red Hook e se tornou o líder distrital.

Michael J. Coffey morreu no Long Island College Hospital, no Brooklyn, em 1907.

O paisagismo do parque foi feito pela descendente de Coffey, Clara Stimson Coffey. Ela substituiu cercas e sebes altas por canteiros de flores, complementados com árvores crab apple (*Malus*) e kwanzan cherry (*Prunus serrulata*), e arranjos de flores sazonais.

Só para constar, Michael J. Coffey não é homônimo de nenhum serial killer.

Mas, se você der uma busca no site Perverted-Justice, verá que Michael J. Coffey é homônimo de um pervertido sexual que gosta de assediar garotinhos.

Ele tem cinquenta e quatro anos e vive em Suffolk County, Nova York.

George blatera feito um camelo ao subir as escadas carregando sua pesada mala até o terceiro andar.

O prédio não tem elevador.

Dessa vez Ele permitiu que Sarah carregasse a bagagem de mão.

Mesmo assim teve que voltar para apanhar a outra mala, a de rodinhas.

Está quente como o Inferno.

George sua feito um porco.

Sarah destranca a porta e George, enfim, conhece o seu lar doce lar.

Logo de cara George avista dois sofás, um praticamente grudado ao outro, ao norte, na parede oposta à entrada, bem em frente à porta.

O apartamento é realmente amplo e bem iluminado.

À esquerda da entrada há duas grandes janelas que dão para o parque. Acomodadas sob elas de modo que recebam uma boa luz, há uma escrivaninha e ao lado uma mesa de madeira com três cadeiras.

À direita da porta está a cozinha, mas é tudo uma coisa só.

Apenas o banheiro, que fica depois da cozinha, tem paredes reservadas e porta.

O apartamento é comprido. Mais extenso na parede onde ficam os sofás.

Nessa ala há cinco janelas. Ao lado de um sofá, um gaveteiro grande. Defronte à cozinha, um pouco mais à direita, está o colchão de casal no chão. Não há cama.

Ao lado do colchão, um guarda-roupa. Entre o colchão e o guarda-roupa, um trambolho cilíndrico, igual à engenhoca do furgão do Mister Softee dos Cães Alados.

Aqui come o Senhor Macio. O homem sorvete.

Há pilhas e pilhas de livros.

Algumas tão altas que parecem colunas de sustentação do apartamento.

George larga a mala. Sarah pede a Ele que acomode a bagagem no vão ao lado do gaveteiro. George arrasta a mala obedientemente.

Sarah pergunta se Ele quer água.

Ele diz que está morrendo de sede.

Ela mostra o filtro.

Diz que já deixou parte do guarda-roupa separada para Ele.

Enquanto George se serve de água num copo que apanha no escorredor, aproveita para conferir a bundinha de Sarah. Sob a pia, um gabinete grande onde Sarah acomodou os pratos e copos. E penduradas junto à parede acima da pia estão as panelas, espátulas, escumadeiras e colheres de pau.

Sarah pergunta se Ele quer tomar banho, George diz que acabou de tomar.

Então Sarah diz a Ele que acomode suas coisas e fique à vontade.

Ele olha para ela com expressão abobada.

Tenta resistir ao magnetismo que atrai seu olhar para os longos peitos de Sarah.

Por um minuto o silêncio fica pesado.

Estão longe do enternecimento, eu farei um novo recomeço nela, na velha Nova York. Se eu conseguir lá, eu farei em qualquer parte, só depende de você, Nova York, Nova York, toca em seu cérebro.

Então Sarah diz a George que fique à vontade, pois ela precisa voltar ao trabalho.

— O.k. — Ele diz.

Então é isso?, Se pergunta enquanto vê Sarah se instalando na escrivaninha junto ao computador e a uma pilha de livros e papéis. Vai trabalhar?

Para fingir estar à vontade, George olha a vista das janelas.

As cinco janelas dão para uma grande laje de concreto.

É possível andar sobre a laje saltando sobre um sofá.

Quando se aproxima da janela que fica junto à escrivaninha, aproveita para dar uma pescoçada no que Sarah trabalha. George se surpreende quando percebe que ela escreve numa escrita criptografada.

O livro aberto ao lado do caderno traz o título impresso no topo de cada página. O *Épico de Gilgamesh*. Sarah olha para Ele incomodada.

— O Bennett disse que eu vou trabalhar com você.

— É. Mas tudo a seu tempo.

— Interessantes esses símbolos que você escreve.

Ela não diz nada, mas seu olhar é transparente. Como se falasse: "Não consigo me concentrar com você tão perto".

— Desculpe. Eu estou meio perdido.

— Se quiser, pegue um livro.

— Acho que vou dar uma volta. Fazer um reconhecimento, você sabe.

— Cuidado, George. A vizinhança aqui no bairro é meio barra-pesada.

— Bem, vou até o parque fumar um cigarro.

— O.k.

George não consegue disfarçar o desapontamento.

Sarah diz que em cima do gaveteiro tem uma cópia das chaves para Ele.

George pega as chaves e desce.

Atravessa a rua e percebe que a entrada mais próxima é pela Richards Street, na esquina da igreja. Se surpreende com a quantidade de esquilos no pequeno parque.

Senta num dos bancos e acende o cigarro.

Santa bosta! Então vai ser assim. O que vou fazer durante o dia? Em Manhattan pelo menos eu podia andar. Mas, ao mesmo tempo, George se sente melhor aqui no Brooklyn. Ao menos aqui nesse banco. O parque parece tranquilo.

É bom estar do outro lado da ponte. Nesse momento uma mulher muito obesa e desleixada entra no parque tentando acompanhar um cachorro pequeno que vai a sua frente. Ela fala no celular. Quando o cachorro, que é um pouco maior do que um rato, se afasta, a gorda começa a gritar o seu nome.

— Paris! Venha cá, fodedor de mãe.

Brooklyn, Brooklyn, velho de guerra.

Uma melodia começa a soar em seu cérebro frio. "Brooklyn Bridge", na voz do velho Sinatra.

Os pais de Sinatra, Francis Albert "Frank" Sinatra, eram imigrantes italianos, Antonino Martino Sinatra, um siciliano, e Natalia Della Garaventa, genovesa, mais conhecida como Dolly.

Seu pai era um boxeador analfabeto que desembarcou do *Città di Milano* SS em Nova York em 21 de dezembro de 1903. O avô paterno de Sinatra, Francesco, já vivia na Maçãzona e trabalhava numa fábrica de lápis.

E, por falar em Dolly, é impossível não lembrar de Sinatra e Louie Armstrong mandando ver em "Hello, Dolly". Agora é essa melodia que ecoa dentro da cabecinha de George.

Olá, Dolly, bem, olá, Dolly, é tão bom ter você de volta onde você pertence. Você está procurando inchar, Dolly, podemos dizer, Dolly, você ainda está brilhando, você ainda está cantando, você ainda está indo forte...

... funde seu chifre, Louie, cantar-se uma grande tempestade grande, Louie, promete que não vai embora, prometo que você não vai embora, prometa que você não vai embora de novo.

Louie Armstrong: Oh yeah!

George resolve ligar para Bennett para combinar algo para a noite.

Quem sabe não arrastam Sarah com eles até o Alligator. Precisa quebrar o gelo.

Gostou do papo que tiveram no carro. É bom olhar para ela e ter a sua atenção.

Mas George se lembra que Bennett disse que ela trabalha em algo importante.

Provavelmente passará grande parte do dia trabalhando.

Agora um garoto negro entra no parque. Ele prende o

cabelo num tipo de maria-chiquinha que faz parecer que ele usa um daqueles bonés com as orelhas do Mickey Mouse.

Bennett não atende, cai direto na caixa postal.

Como sua cabeça agora é uma bela oficina para o Diabo, George pensa em sua esposa, Sheryl Kornman.

Paris, Paris, Paris!

O que ela estará fazendo? Será que ela está preocupada? Será que Charles Noel Brown é considerado pessoa desaparecida? Afinal já se passaram quinze dias. Então pensa em Melanie, a esposa de Paul. Ela deve estar realmente preocupada com Ele. Ela, sim, o acolheria. Eles poderiam se juntar. George ajudaria a cuidar das crianças. George voltaria a Land O'Lakes ou juntariam suas economias e poderiam viajar. Quem sabe não começavam uma nova vida no Brazil? Se bem que as crianças... George nunca foi muito bom com crianças. Mas George não lembra de cor o telefone da casa de Paul e foi instruído pelos Cães a se desfazer da bateria do celular. Do seu verdadeiro celular, o celular do Peanuts. E todos os seus contatos estão lá. De qualquer forma tem o backup da agenda no computador. Só precisa pedir a Bennett que lhe entregue a fonte. Não lembra que Bennett já fez isso e que Ele a esqueceu sob o balcão do Jake's.

George precisa tornar sua vida menos desnecessária.

Acende outro cigarro.

Um esquilo olha pra Ele com ar ameaçador.

Qual é a voz de um esquilo?

Isso o associa com o livro que ganhou do Bennett.

Lembra de ter lido na quarta capa: a "Luz e Som de Deus".

Será que Deus arensa feito um cisne ou chia feito um coelho?

É isso, um esquilo deve chiar.

Esse é o carrossel de George e não temos como fugir.

Não importa quanta coisa nova entre nessa cachola, tudo vai se ligar a seu pequeno mundo de ideias.

"Eu vou dar, mas só a bunda."

Então George segue pela Richards. Cruza a Visitation Pl. Vê os garotos jogando basquete na quadra que fica no fim do parque. Avista um prédio maior e é tudo de tijolo. Edifícios residenciais para negros e latinos em tijolos de um tom avermelhado de marrom.

Procura um café ou qualquer coisa do gênero.

E então, quando a Richards cruza com a Wolcott, bem na esquina, surge a Wolcott Deli Grocery Inc. Ele entra e se serve de café numa máquina. É o bom e velho café americano. Fraco e pelando. Pega um maço de Marlboro e o *Courier Life* e volta para o banco no parque.

No jornal Ele descobre que um policial de folga foi preso depois de uma violenta discussão com seu filho em East New York ontem pela manhã, segundo as autoridades.

E a guerra contra o grafite continua. Uma recompensa de quinhentos dólares está sendo oferecida a qualquer pessoa com informações sobre vândalos pichadores. Qualquer delator deve entrar em contato com 311 ou 911.

George quer fazer as palavras cruzadas, mas está sem caneta. Por isso volta à loja de conveniência na Wolcott. Serve outro café na embalagem para viagem, compra a caneta e volta a seu banco.

Escreve "quartas de final" no topo da cruzada e desce com "local apertado" partindo do "t" de "quartas". Então o celular toca. É Bennett.

— E aí? Que tal a casa nova?

— É bacana.

— E a princesinha da Sarah Simpson?

— É uma gracinha.

— Tá feliz?

— Vamos almoçar?

— Putz! Pior é que não posso. Hoje chega um figurão e eu tenho que cuidar dele.

Nova York, a selva de pedra de que os sonhos são feitos. Não há nada que você não possa fazer. Agora você está em Nova York, toca em sua mente.

— E à noite? Vamos beber?

— Então, é um figurão mesmo esse cara que vou buscar no aeroporto. E eu vou ter que ficar à disposição dele vinte e quatro horas por dia enquanto ele estiver aqui.

— Entendo. Bom, então me liga quando você tiver uma brecha.

Fatia de bosta! Quando desliga, vê que já passa do meio-dia. George está com fome.

Quem sabe Sarah não está preparando um belo almoço de recepção?

Mas, quando destranca a porta, nota que ela continua concentrada na escrivaninha, escrevendo com aquelas letras indecifráveis.

— Eu trouxe o jornal, caso queira dar uma folheada.

— Qual?

— *Courier Life.*

— Esse jornal é um lixo.

— Você não está com fome?

— Não. Você está?

— Estou começando a ficar.

— Fique à vontade. Qualquer coisa, tem um supermercado ali na Lorraine, esquina com a Otsego. É só sair aqui à esquerda e seguir pela Dwight que você dá de frente com o mercado. Porque eu faço uma dieta especial. Então compre o que for preciso para a sua alimentação. Ah! E o carro é nosso. Pode usar quando quiser.

George não cozinha. De qualquer forma resolve verificar a despensa e a geladeira. Na geladeira tem duas dúzias de ovos, algo que parece um suco numa jarra, algumas folhas de alface, cenoura e beterraba. Na despensa encontra pão de fôrma, alguns temperos e condimentos, e um saco plástico cheio de uma raiz, malcheirosa, com a forma de fetos retorcidos.

— O que é isso?

— Ah, são mandrágoras.

— E pra que servem?

— Para tantas coisas. É um alimento e também uma raiz medicinal.

— Mas tem uma forma tão estranha e fede.

— George, desculpe, mas assim você me desconcentra. Eu estou trabalhando.

George fica sem graça. Sabe que não conseguirá ficar lá em silêncio.

Ultimamente George está se sentindo muito sozinho, e além disso esperou um bom tempo para estar com Sarah e, agora que estão juntos, ela está ocupada e não parece nem um pouco interessada em estar com Ele.

Não vendo outra alternativa, George resolve voltar às ruas. Parte em silêncio para o mercado. Segue a pé o caminho que Sarah indicou. Avista o Fine Fare.

É uma rede de supermercados fundada no Reino Unido que se estabeleceu nos Estados Unidos nos anos 1980.

A rede Fine Fare foi comprada pela Associated British Foods em 1963.

Só para constar, a Associated British Foods é uma empresa de processamento de alimentos e varejo multinacional britânica com sede em Londres. É a segunda maior produtora mundial de açúcar, fermento de pão, emulsionantes, enzimas e lactose. É uma das principais fabricantes de marcas privadas, que incluem Mazola, Ovomaltine, Ryvita, Jordans e Twinings.

George compra hambúrguer, porque isso qualquer um cozinha, macarrão instantâneo, pão de fôrma, alguns enlatados como atum e sardinha, suco, queijos e café solúvel.

Naturalmente aproveitou para pegar uma garrafa de Widow Jane 8 anos, que, apesar de ser bourbon, não deixa de ser uísque.

George volta para casa mais animado.

Entra em silêncio e começa a preparar sua refeição enquanto espreita sua nova companheira. Sarah Simpson continua mergulhada em seus estudos.

Ele tira dois hambúrgueres da embalagem e joga na frigideira.

Acomoda duas fatias de pão de fôrma num prato. Besunta o pão de maionese.

Confabula coisas inteligentes para dizer a Sarah quando ela parar o trabalho.

Quer contar sua história. Quer sensibilizar a esposa de fachada com a história de sua vida. Quer despertar simpatia, compaixão e sensibilidade naqueles peitos compridos e tentadores.

Muitas coisas passam em sua cabeça enquanto Ele engole o lanche em pé ao lado da pia.

Depois de comer, George lava a louça e, sem ter o que fazer, volta ao parque para fumar um cigarro.

O tempo parece alterado.

Só então começa a se dar conta de que provavelmente dormirá num sofá.

Pelo visto precisará pôr em prática seus planos o mais breve possível.

Sem Bennett e nesse ambiente, precisa comprar rápido a sua passagem para Minneapolis e resolver sua velha questão com Sarah Jane.

Não aguenta mais ficar marcando passo.

Sua vida não era muito empolgante, mas agora está se tornando monótona demais.

Tenta ligar novamente para Bennett para saber quando o dinheiro estará em sua conta, naturalmente com os vinte por cento devidamente descontados. Caixa postal, como sempre.

Só então constata que nunca consegue falar com Bennett quando liga.

É sempre Bennett que retorna as chamadas.

Deve ser uma das medidas de segurança dos Cães.

Agora entra um latino mirrado no parque. Ele usa um chapeuzinho preto ridículo. Senta a uma das mesas e começa a escrever num pequeno caderno. É uma figura patética. É jovem, mas a postura é de velho.

Para fugir do calor e do desconforto da espera, George volta ao apartamento. Lá o ar-condicionado está ligado.

Apanha um livro numa das pilhas, se instala num sofá e observa Sarah enquanto finge ler. Dentre os livros que viu, optou por Aldous Huxley porque era o único autor que conhecia.

É bom olhar para Sarah.

Então, de repente Sarah volta a sua atenção para Ele.

— Acho que é hora de dar uma pausa.

— É sempre bom. — George tenta dizer isso de forma casual.

— Você pode me dar um cigarro?

— Claro. Não sabia que você fumava.

— Fumo às vezes.

George lhe entrega o maço.

— Vamos lá fora?

— Claro.

Sarah pega um copo na pia. O mesmo em que George bebeu água.

Sobe num sofá e passa pela janela.

George a acompanha.

A laje lá fora é imensa.

Se acomodam no peitoril da janela.

O sol começa a descer alongando as sombras.

— O que você faz, George?

— No momento, desde que me tornei George, eu espero.

Sarah ri.

— E, antes de ser George, o que fazia?

— Eu trabalhava na indústria de alimentos. E você?

— Estudava.

— E o que você estudava?

— História antiga, basicamente.

— Interessante. E por que estuda tanto?

— Acho que eu sempre tive medo de parar de me surpreender, sabe?

— E os antigos te surpreendem.

— Sempre. Embora eu aprenda mais com o pensamento menos ortodoxo.

— Como assim?

— Tenho muitas reservas com a ciência do seu povo e mesmo com a história.

Meu povo? O que ela quer dizer com isso?, George se pergunta. Depois devolve:

— Meu pai costumava pensar assim como você.

— É?

— É.

— Ele é vivo?

— Não. Morreu há alguns anos.

— Sinto muito.

— Está tudo bem. Ele sabia as regras do jogo. Mas você falava do pensamento menos ortodoxo.

— Sim. Para mim, os artistas sempre arranham algo mais profundo. Mesmo sem se dar conta disso. Gosto desse pensamento mais intuitivo.

— Entendo...

— Certa vez li um artigo de um professor incrível. Um pensador que tinha uma teoria fascinante sobre a ciência, ou sobre a forma humana de pensamento lógico. Esse artigo, escrito pelo professor Mikhail Popkov, pintava uma imagem simples. Mikhail dizia que tinha um gato. O nome do gato era Tonto.

— Tonto?

— É. Por causa de um filme. Ele disse que viu um filme que tinha um gato com esse nome. De qualquer forma o professor Mikhail Popkov dizia que, desde que ganhou o Tonto ainda filhotinho, o gato nunca saiu do apartamento. Eles moravam na cobertura de um prédio de doze andares. Segundo o professor Mikhail, um dia, quando ele chegou em casa e abriu a porta, o Tonto, que já tinha dez anos, passou por entre suas pernas e disparou pelas escadas.

— Sério?

— É. Ele nunca tinha feito isso. E o professor correu atrás dele. Depois de descer três lances de escada, o encontrou desesperado em frente à porta de um dos apartamentos. A porta ficava na mesma direção do apartamento deles. Foi então que o professor disse ter compreendido a visão humana sobre a ciência.

— Como assim?

— É isso. O gato não conseguiu entender que estava em outro andar. Queria entrar no apartamento que se relacionava geograficamente com o deles. O gato não podia entender que estavam três andares abaixo. Na cabeça do Tonto não cabia a ideia de que todos os andares eram iguais e que mesmo assim cada porta abria para uma residência diferente. Onde moravam pessoas distintas com histórias diversas. Vidas heterogêneas. Mundos modificados. A mesma geografia em diferentes dimensões.

— Bacana, essa ideia.

— Segundo Mikhail é assim que o pensamento humano tenta compreender o mundo. Tenta trazer tudo para a sua ótica, que é tão limitada. O gato não podia compreender isso. E Mikhail Popkov disse que o Tonto não entendia isso e muito menos que o prédio fora construído por nós, pelos homens, e talvez, muito provavelmente, por isso mesmo, na mente do gato e da maioria dos animais não cabe a ideia de que o homem pode modificar a natureza e a geografia.

George concorda.

Concorda porque acha que é isso que Sarah espera.

Concorda enquanto olha para as mãos.

George se sente inferior.

Talvez não esteja acompanhando o raciocínio de Sarah e teme decepcioná-la.

Ela continua:

— Há muito já se disse que a ciência é a nova Inquisição, não é mesmo?

— Hum-hum.

— Eu gosto da sabedoria que encontro, por exemplo, em Borges.

— Nunca li Borges.

— Sério? Que bom. Porque assim você tem muita coisa boa para ler. E aprender. Precisa ler *O Aleph*.

— Você tem aqui?

— Não. Os livros que trouxe estão todos relacionados com o meu trabalho atual. E Mikhail Popkov disse que o gato levaria muito tempo para compreender aquela arquitetura. E, quando tivesse compreendido, então descobriria que aquele era apenas um prédio. E, quando saísse às ruas e visse outros prédios, não teria capacidade de assimilar que em cada um daqueles prédios a lógica se repetia. E, se no fim da vida assimilasse isso, perceberia então a noção de bairro. Em outra vida estaria preparado para absorver o conceito de cidade. E ainda levaria outras de suas sete vidas para vislumbrar a ideia de país, e no alto de sua iluminação talvez ele tivesse o insight de continente. Ainda assim, teria que ampliar a sua compreensão para o conceito de mundo, para que em alguma existência chegasse à ideia de galáxia. Depois universo, para poder ultrapassar tudo isso e perceber que esse universo descansa num grão de poeira dentro de um apartamento.

— Entendo.

— E o que fazia seu pai?

— Era economista. Ele estudou com Kofi Annan.

— Nossa! O gêmeo.

— Gêmeo?

— É, Kofi Annan tinha um irmão gêmeo.

— Sério?

— Sério.

— Mas você falava de Borges.

George quer mostrar que se mantém atento.

— É verdade. Eu penso que o Aleph de Borges é como o M de Cantor.

— Puxa! Também nunca li Cantor.

— Seu xará, Georg. Matemático. Isso você sabe, não é mesmo?

— Sim, sim.

— Então, partindo do Paradoxo de Russell, Cantor levanta a célebre questão: "Será que M se contém a si mesmo?".

— Boa pergunta...

— Haha... você está sendo irônico.

— Eu estou brincando. Matemática é algo que não consigo alcançar.

— Bom, vou tentar explicar esse conceito de Cantor de forma bem superficial. Só para dividir esse pensamento. Você deve lembrar do conceito de conjuntos infinitos de Cantor. Não lembra?

— Claro, claro. Isso eu lembro. — Mentira.

— Então, ele parte de toda aquela ideia de contáveis e incontáveis e coisa e tal. E aí, partindo do Paradoxo de Russell, ele inicia o pensamento moderno da teoria dos conjuntos e propõe que, sendo M "o conjunto de todos os conjuntos que não se contêm a si mesmos como membros", ou seja, se M é assim, tudo se contradiz, porque, se M é membro de M, ele deixa de ser um conjunto que não se contém a si mesmo. Me entende?

— Acredito que sim.

— Infelizmente Cantor enlouquece tentando provar sua teoria. E, quando esgotou suas possibilidades matemáticas, onde Cantor foi buscar respostas? Na literatura e na religião.

Por sorte ela mesma deu a resposta.

— E o que buscava Cantor com o seu conceito de Infinito Absoluto?

— Essa é uma boa pergunta.

— Não é mesmo?

— Sem dúvida...

— Deus.

— Deus.

George repete de forma neutra.

De forma que não fica claro se concorda ou discorda.

— Naturalmente. Cantor buscava Deus. O contável e o incontável, não é isso?

— Isso. — No mesmo tom.

— O M de Cantor é o Aleph de Borges. Porque, embora o Universo não comporte o dobro de M, a mente humana é capaz de comportar. Não é fascinante isso? Esse é o grande paradoxo da mente humana.

— É verdade.

— Mesmo assim esse é o maior erro da ciência. Tentar compreender tudo a partir da limitada compreensão humana. Porque são poucos os que podem compreender esse M. E os que são capazes não o alcançam pela ciência. Não é isso? Você lembra o que disse Bodin? "Deus não pode criar outro Deus igual a si próprio, considerando que ele tem poder e grandeza infinitos, e não podem existir duas coisas infinitas."

George ficou tonto. Realmente.

Embora seu cérebro não estivesse balançando o rabo, George ficou embriagado tentando acompanhar o raciocínio de Sarah. Embriagado com a forma jovial que Sarah adquiriu ao expressar suas ideias.

E bêbado com o conceito final, quando ela amarra o pensamento com a frase de Jean Bodin.

"Não podem existir dois infinitos."

Então Sarah joga a bituca no copo, bate as mãos e diz:

— Hora de voltar ao trabalho.

Quando ela se abaixa para passar pela janela, George vê o que está pendurado em seu cordão. Vê, mas não identifica. É algo de um tom esverdeado de marrom, aparentemente disforme. Algo que lembra o cocô de um gato.

George ainda fuma outro cigarro antes de entrar.

Ao longe avista o *Queen Mary* cruzando o que pensa ser o rio Hudson mas na verdade, ironicamente, é o canal Buttermilk.

Depois pula a janela e volta ao sofá.

Abre o livro que apanhou.

The Devils of Loudun.

Se surpreende, enquanto passa as páginas ao acaso, com o fato de o livro não ser uma ficção.

O livro é uma análise de Huxley sobre o caso de histeria em massa ocorrido no século XVII no convento das ursulinas que culminou com a morte do cura de Loudun, Urbain Grandier, na fogueira.

Grandier foi condenado por feitiçaria.

George lê apenas os grifos, supondo serem de Sarah.

"Pensando principalmente no mal, tendemos, por melhor que sejam nossas intenções, a criar ensejo para que o mal se manifeste."

"Mas para muitas pessoas o Nada absoluto não é o bastante. O que elas querem é um Nada com qualidades negativas, uma Nulidade que fede e que é abominável"...

"O sr. Barré, *curé* de Saint-Jacques, na cidade vizinha de Chinon, era um daqueles cristãos ao contrário, para quem o Demônio é incomparavelmente maior e mais interessante do que Deus. Ele via marcas do Diabo em tudo, ele reconhecia o trabalho de Satan em todos os estranhos, em todos os sinistros, em todos os agradáveis eventos da vida humana. Nada o deleitava mais que uma boa peleja com Belial ou com Belzebu; ele estava sempre fabricando e exorcizando demônios."

O sono se apodera de George, Ele adormece involuntariamente.

Só para constar, o professor Mikhail Popkov era homônimo do assassino em série Mikhail Popkov. O assassino, nascido em 7 de março de 1964 na Rússia, era policial. Tinha esposa e filha. A esposa serviu de álibi para ele algumas vezes.

Trajando seu uniforme e usando a viatura, Popkov abordava mulheres que saíam de bares, festas ou casas noturnas em Angarsk, no oblast de Irkutsk, Rússia, de 1992 a 2000.

Popkov é suspeito de ter assassinado vinte e nove mulheres.

Ele pegava as mulheres geralmente bêbadas e as levava para a floresta, onde as estuprava e depois assassinava ou a facadas ou por estrangulamento.

Mikhail Popkov será preso em 23 de junho de 2012, quando irá a Vladivostok para comprar um carro. Popkov dirá que parou de matar depois de contrair sífilis.

Popkov alegará que a doença o deixou impotente e que por isso ele perdeu a vontade de estuprar e matar.

E Tonto era o apelido do também assassino em série, naturalmente, Andrew Philip Kehoe, vulgo "O Assassino da Bath School", vulgo Andrew Tonto.

Ele explodiu uma escola em 18 de maio de 1927 matando quarenta e cinco pessoas, das quais trinta e sete eram crianças. Depois ele se autoexplodiu em sua caminhonete.

||

Peanuts acorda assustado.

Sarah continua na escrivaninha trabalhando.

Ele a admira.

O que os demônios de Loudun têm a ver com os ETs?

George se levanta e começa a fazer uma varredura nos títulos dos livros nas pilhas. Logo de cara percebe o erudito e o charlatanismo, tudo misturado.

Rule by Secrecy de Jim Marrs e *A Treatise of Human Nature* de David Hume. *Noctuary* de Thomas Ligotti e *The Dialogue in Hell between Machiavelli and Montesquieu* de Maurice Joly. *Children of the Matrix: How an Interdimensional Race Has Controlled the World for Thousands of Years-and Still Does* de David Icke e *An Essay on the Principle of Population* de Thomas Malthus. *Morning of the Magicians* de Louis Pauwels e Jacques Bergier e *Faust* de Johann Wolfgang von Goethe. *The Devil: A Biography* de Peter Stanford e *Thinking with Demons: The Idea of Witchcraft in Early Modern Europe* de Stuart Clark. *The Satanic Bible* de Anton LaVey e *Les Fleurs du mal* de Baudelaire.

O Diabo e os demônios estão em quase todos os títulos.

George confere a hora no celular: 8 p.m.

Seu cérebro começa a esfriar.

É mais do que hora de tomar um trago.

Não sabe como Sarah vai reagir a esse seu hábito.

De qualquer forma Ele pega a garrafa, mas não tem coragem de abrir.

Hoje não, Ele pensa.

Então pega o café solúvel na mesma sacola e oferece a Sarah, ela aceita.

George põe a água para ferver.

Abre o pote de café Bustelo, joga uma colher em cada copo e entrega o de Sarah.

Ela agradece. Ele finge um brinde.

Tentando proximidade, George pergunta do que trata o livro que ela consulta, o *Épico de Gilgamesh*. Sarah diz que a *Epopeia de Gilgamesh* ou *Épico de Gilgamesh* é uma das primeiras obras conhecidas da literatura mundial.

Há quem diga que data do século xx a.C. Ela explica que as tábuas de argila em que o livro foi inscrito pertenciam ao acervo do rei Assurbanípal, o último grande rei da Assíria, e faziam parte da biblioteca de Nínive, criada por ele.

Sarah afirma que a *Epopeia de Gilgamesh* é a mais famosa criação babilônica.

Gilgamesh, herói e tirano, era filho da deusa Ninsun com um mortal.

O *Épico* narra a relação entre Gilgamesh, Aquele que Viu a Profundeza, e seu companheiro íntimo, Enkidu, um ser selvagem criado pelos deuses como seu equivalente.

Quando o furor sexual de Gilgamesh estava desmedido e o povo orou para que detivessem sua fúria, então os deuses mandaram Enkidu, Aquele que Vive em Paz entre as Feras, para detê-lo, mas eles acabaram se tornando amigos.

Além disso o texto descreve o dilúvio em Acádio.

Em suma, ela diz, a história narra a busca infrutífera de Gilgamesh pela imortalidade. Sarah explica que seu interesse está na passagem em que Gilgamesh enfrenta Humbaba.

Sarah diz que seu foco está em Humbaba.

George pergunta quem, ou o quê, é Humbaba.

Ela diz que Humbaba é um demônio.

Humbaba é o irmão de Pazuzu e Enki e filho de Hanbi.

Humbaba, o Terrível, é o guardião da Floresta de Cedros, um gigante monstruoso.

Sarah se empolga quando começa a falar de demônios.

Diz que Humbaba é descrito ora como tendo rosto de leão ora como O Guardião da Floresta de Intestinos, e seu rosto então é uma massa de entranhas retorcidas. Tem a cara de tripas e intestinos de homens e animais emaranhados.

Ela abre um parêntese para dizer que William Burroughs o evoca e/ou invoca na abertura de seu livro *Cities of the Red Night*.

Ela afirma que o livro abre com a introdução intitulada

"Invocação", na qual ele diz... Nesse ponto ela corre para a pilha de livros para ser o mais exata possível. Ela o encontra com facilidade. Esse livro estava na pilha mais próxima da escrivaninha.

Então ela abre e lê: "Este livro é dedicado aos Antigos, ao Senhor das Abominações, Humwawa, cujo rosto é uma massa de entranhas, cuja respiração é o fedor do esterco e o perfume da morte, Anjo Negro de tudo que é excretado e azeda, Senhor da Deterioração, Senhor do Futuro...". Em seguida — "mas como eu dizia" — ela volta ao épico. Sarah desembesta, extremamente empolgada e envolvida, dizendo que Hanbi ou Hanpa, o pai de Humbaba, na mitologia suméria, era o Deus do Mal, senhor de todos os espíritos malignos.

Ela está quase em êxtase, mas sem o menor tato George a interrompe:

— É curioso. Eu notei que vários títulos aqui têm a ver com o Demônio.

— Todos os títulos aqui têm a ver com os demônios.

— Mas por quê? Por que todo esse interesse?

— Por que não?

— Você não parece uma pessoa religiosa.

— Esse é na verdade um assunto muito maior que a religião tomou para si. Você já pensou que talvez não estejamos falando de religião?

— Sei, você associa isso aos ETs, não é isso?

— Claro.

— E qual a relação do Demônio com os ETs?

— Demônios, você deveria dizer.

— O.k. Demônios.

— Ora, são seres intermediários. Interdimensionais.

Pedaço de bolo.

Então Sarah começa a falar de Pazuzu.

Diz que, na mitologia suméria, Pazuzu era o rei dos demônios do vento. Pazuzu é o vento sudoeste, que traz as tempestades e a estiagem.

Por outro lado, Enki, entre os sumérios, era o deus das águas doces.

Deus do conhecimento, guardião dos segredos da vida e da morte.

E Enki, depois de construir o seu reino Eridu, descansou no sétimo dia.

E Enki era pai de Ziusudra, que construiu a arca e salvou o mundo do dilúvio.

Sarah diz que esse épico e outras histórias vindas da Babilônia inspiraram a Bíblia. E que de qualquer forma, como diria Erich von Däniken no seu clássico *Chariots of the Gods* escrito em 1968, todos os deuses vieram dos céus. Pedaço de bolo.

As peças começam a se encaixar.

De qualquer forma Sarah fala com tanta paixão e entusiasmo, que torna interessante tudo isso que George considera uma grande bosta de touro.

É bom olhar para Sarah.

É bom ouvir sua voz melódica e rouca.

É bom ver seus longos peitos querendo saltar do vestido ocre.

Sendo assim, cada um com suas crenças, George apanha a garrafa, antes que Sarah perca seu entusiasmo, e oferece um gole a ela.

Sarah, que parece a mulher mais perfeita do mundo, aceita e ainda pede um cigarrinho para acompanhar. Os dois voltam ao telhado.

O cérebro de George abana a rabiola e seu bigulim se irriga de sangue quente.

Sarah continua a conversa animada.

Conhece o nome de todos os demônios e sabe a hierarquia infernal de cada um deles. Diz, de memória, as formas que assumem e representam e quantas legiões comandam. De repente Sarah salta a janela de volta para o quarto dizendo:

— Já volto.

E volta trazendo um baseado.

George serve outra dose. Sarah também quer.

Então ela acende o beck e estende a George.

A maconha nunca fez bem a Ele.

Sempre causou paranoia e brancos, lapsos.

A maconha sempre fez com que Ele sentisse o que descreve como um frio no peito. Mas Ele dá dois pegas. Ele quer fazer parte daquilo. George Peanuts quer ser seu companheiro.

Sarah desembesta a falar.

George segue bebendo e por alguma misteriosa razão não se torna agressivo, ao contrário, quanto mais bebe, mais encantado e apaixonado se sente. E cheio de coragem se aproxima de Sarah, mas, ao segurar sua mão, George se espanta com a frieza.

Nesse momento Sarah ri.

Ri enquanto explica que sofre de poiquilotermia, uma doença rara que faz com que a pele seja sempre fria.

Ela pergunta se George sabe quem mais sofria dessa doença.

George não sabe.

— Lovecraft — ela diz.

Depois de matarem dois terços da garrafa, Sarah diz que é hora de dormir.

— Preciso ir em silêncio.

— Ir? Ir para onde?

— Podia até ir pelo telhado, mas acho muito arriscado.

Sarah se aproxima e beija George. No rosto. Quase no canto de sua boca.

— Até amanhã.

— Mas aonde você vai?

— Para o apartamento aqui do lado.

— Por que não dorme aqui?

— Todos pensam que o apartamento está vazio, mas é nosso também. É onde dormirei.

— Por que não fica?

— Nós precisamos de um pouco de privacidade, não acha?

— Claro — George diz entristecido.

Desapontado, George continua a beber.

Bebe até quase apagar.

Então Ele se lança no colchão e dorme rápido.

Sua mente o leva ao Medicine.

O lago está coberto de neblina.

Peanuts caminha apressado por suas margens quando avista Sarah Jane de cócoras. Ele grita seu nome. Ela parece não ouvir. George se aproxima e ela se torna Sarah Simpson. Charles toca a sua pele fria e escamosa, então Sarah se torna um lagarto, um lagarto com tetas enormes.

— Você não ouviu eu te chamar? — George pergunta.

O lagarto se arrasta para o lago. Seus movimentos são ágeis e há algo em sua boca.

— Venha comigo — diz o lagarto.

— A água não está fria?

— Venha.

Charles entra no lago, a água é morna. George recebe o lago como um abraço.

Elizabeth Brown, sua mãe, morreu de câncer e o lagarto agora tem o seu rosto.

Ela diz:

— Meu filho, das inúmeras formas que o Diabo assume, a que mais gosta é a de Deus.

Então Ele está na cadeira de um dentista cercado por homens uniformizados.

Todos analisam sua boca.

Todos enfiam ali suas mãos enluvadas e mexem em seus dentes.

Os dentes estão moles, eles os arrancam.

Para cada dente arrancado eles dão um nome.

Este se chamará Orgulho, este Avareza, Ira, Luxúria, Gula, Vaidade, Preguiça, e este, Dente.

Embora Charles Noel Brown não se recorde, um dia sua tia-avó, Marie Marguerite Fahmy, lhe contou que antes de tudo havia um oceano.

Foi lá, nas águas primordiais, que o deus Rá se fez.

Nascido de sua própria vontade.

E Rá assume inúmeras formas e representações.

Rá vela pela primavera. Um disco solar adorna a sua cabeça. Quando amanhece, seu nome é Khepri, ao meio-dia é Rá e, quando anoitece, Amon-Rá. Às vezes é um leão, ou um falcão, mas também pode ter a forma de um chacal, de um carneiro, de um gato... Rá é o pai de todos os deuses.

E Rá pode ser visto por todos, ele é o sol e viaja em sua barca.

Sua forma terrena é também a do escaravelho.

Porque se dizia que o escaravelho também nasce por si mesmo.

Nasce de sua própria vontade.

Talvez por isso, ao acordar, embora Ele não se recorde do sonho, George escolhe um título sobre mitologia egípcia na pilha de livros.

Sarah já estava trabalhando quando George retoma a consciência da vigília.

Sente um vazio na cabeça, uma leve tontura.

Pensa que deve ser por causa da maconha.

Mas antes disso George cumprimentou Sarah com um beijo no rosto e serviu café instantâneo para eles.

Comeu duas fatias de pão com manteiga de amendoim e saiu ao telhado para fumar.

É domingo, um domingo silencioso e cheio de preguiça.

Eles passam o dia em casa.

George devora o livro.

III

Domingo, 9 de setembro de 2007

E então é Sarah quem o observa e pergunta o que Ele lê.

George mostra *Egyptian Mythology, Sunset Cosmogony*, do dr. John King.

Sarah sorri.

George fala sobre a experiência que teve quando era menino no Metropolitan.

Fala que foi lá que teve pela primeira vez a noção da morte.

Narra o pavor que sentiu ao ver aquelas coisas do Egito e de antigas civilizações.

Diz que o Egito o fez entender sua mortalidade.

Conta que a partir dessa experiência toda arte passou a lhe trazer tal sensação.

E nesse instante George recorda fragmentos do sonho.

E diz a Sarah que ontem sonhou algo com o Egito.

E diz que o sonho foi bom.

Ele entrava num rio cuja água era morna e aconchegante.

Sarah deixa a escrivaninha e se acomoda a seu lado no sofá.

Ela acaricia seu cabelo com ternura.

— Que bom. Agora você tem a chance de mudar essa visão. A história do Egito é linda e quase todo o conhecimento místico se baseia em sua cultura. Em sua teogonia e cosmogonia. Egito e Babilônia.

Então ela se levanta e começa a mexer numa das pilhas de livros.

— Afinal você agora não é mais Charles Noel Brown. Agora você é George Henry Lamson e aprenderá a importância de um nome.

Charles Noel Brown, Charles Noel Brown, Charles Noel Brown, Ele repete mentalmente, surpreso por Sarah Simpson saber o seu verdadeiro nome.

Então ela encontra *History of Religious Ideas*, volume 1: *From the Stone Age to the Eleusinian Mysteries*, de Mircea Eliade, e volta a sentar a seu lado.

— Eu sei que você se diz cético. Quando acabar de ler o livro do dr. King, leia esse. Vou ler pra você apenas um conceito que já se apresenta aqui no prefácio: "O sagrado é um elemento na estrutura da consciência, e não uma fase na história dessa consciência. Nos mais arcaicos níveis de cultura, viver como ser humano é em si um ato religioso"...

George observa quase hipnotizado os lábios de Sarah se moverem.

— Vou fazer um chá. Você toma?

George faz sim com a cabeça. Sarah põe a água pra ferver.

George a observa com paixão. Sarah separa algumas de suas raízes. Rala as raízes.

Curiosamente John King foi também o nome que o serial killer "Carl" Panzram usou quando esteve em Nova York. Carl Panzram foi Carl Baldwin, Jack Allen e Jefferson Baldwin no Óregon; Jeff Davis no Idaho; Jefferson Davis na Califórnia e em Montana; Jeff Rhodes também em Montana; e John King e John O'Leary na Maçãzona.

Charles "Carl" Panzram nasceu em Minnesota, era filho de John e Matilda Panzram, imigrantes prussianos. Carl Panzram era alcoólatra e foi detido várias vezes, quando jovem, por roubo e furto.

Ele fugiu de casa quando tinha catorze anos. Jesus fode Jesus!

Carl diz ter sido estuprado por um grupo de mendigos nessa época.

Carl roubava e sodomizava as suas vítimas.

Ele costumava dizer: "Vou comer a sua bunda", "Vou foder o buraco da sua bunda", e comia. Depois os matava. Ele atacava apenas homens e rapazes. Carl, ou John King, foi enforcado em 5 de setembro de 1930 no Kansas pelo assassinato de vinte e duas pessoas.

— Vai logo, seu imbecil, eu já teria enforcado uma dúzia de homens, enquanto você está brincando — Carl Panzram gritou ao carrasco enquanto faziam os procedimentos da execução.

Foram as suas últimas palavras.

Sarah entrega a xícara a George.

— Como você sabe tanto de mim?

— Ora, George, faço parte dos Cães. Eu também estou encarregada de cuidar de você.

Cuida de mim, Sarah, cuida..., pensa Charles.

Ao primeiro gole o chá parece horrível, mas aos poucos o gosto vai se tornando agradável.

— Eu não sei nada sobre você.

— O que quer saber?

— Tanta coisa.

— Vamos lá, por exemplo?

— Seu nome. Seu verdadeiro nome.

— Trudi, Trudi Stephens.

— Muito prazer, Trudi Stephens.

— Muito prazer, George. Que mais quer saber?

— Como fez essa cicatriz no joelho?

— Ah, isso foi quando eu era menina. Foi no Barrington River, Rhode Island, Providence. Eu mergulhei e havia uma bicicleta no fundo. Bati meu joelho e ganhei a cicatriz. Satisfeito?

— Não. Quero mais.

— Mais?

— Mais. Quero saber mais sobre você.

— Bom, tem uma coisa engraçada. Dizem que H. P. Lovecraft tentou se matar quando jovem se atirando de bicicleta no mesmo rio em que machuquei o joelho. E ele também sofria de... Cheguei a pensar que contraí a doença ao bater o joelho em sua bicicleta.

"Eu tenho a doença de H. P. Lovecraft."

— Preciso de mais...

— Hum... deixa eu ver... Ah, tem uma história interessante sobre o meu tataravô. Alpha Otis O'Daniel Stephens. Ele estava a bordo do barco a vapor *Sultana*. Embora pouca gente saiba, esse foi o maior naufrágio da história da América. A caldeira explodiu matando mais de mil e oitocentas pessoas queimadas ou afogadas. E, apesar da catástrofe ter sido muito maior que a do *Titanic*, o caso é pouco conhecido porque aconteceu poucos dias após a morte do presidente Lincoln. E isso ofuscou o caso.

— Isso foi em 1865?

— Isso, abril de 1865. Satisfeito?

— Não.

Trudi tem um acesso de riso.

— Vai, a última pergunta. Preciso trabalhar.

— O que você leva pendurado no pescoço?

— Meu pingente?

Sarah puxa o cordão rústico e do meio de suas tetas compridas surge uma pequena imagem de cobre que George já tinha avistado mas não conseguira identificar.

— É Osíris.

Sarah diz que a pequena peça usada como pingente tem entre mil e quinhentos e três mil anos. Afirma que isso só poderia ser confirmado por datação de carbono.

Diz que veio de um túmulo.

Explica que eram colocadas junto ao morto para que Osíris fizesse um julgamento justo. A miniatura era a prova de que o falecido amava Osíris.

E que diferentemente de Deus, que julga os vivos e os mortos, Osíris só julga os mortos.

10

Osíris
e/ou
Eu sou tão pequenino

Segunda-feira, 10 de setembro de 2007

George acorda com a cabeça pesada. Sente o cérebro inchado.

Não se recorda do fim da noite.

A amnésia alcoólica de sempre.

Leva um tempo até Ele reconstruir sua vida antes de abrir os olhos.

Leva tempo para identificar onde está. Então Ele se lembra. Então percebe que está no colchão. No chão de Red Hook. Não avista Sarah no loft. Estou nessa cidade de bosta! Levanta com certo esforço e caminha em direção ao banheiro.

Enquanto caminha, constata algo diferente em sua percepção.

As cores parecem mais vibrantes, os sons mais nítidos. São 9 a.m. e o sol já está rachando lá fora. A porta está fechada. Sarah faz um estranho barulho lá dentro. Parece que vomita.

— Tudo bem? — George pergunta.

— Tudo — ela responde depois de uns segundos.

George precisa mijar.

— Acho que bebi um pouco demais ontem —. ela fala.

— É, acontece.

— Você quer usar o banheiro, ou dá tempo de tomar um banho rápido?

— Pode tomar — George fala segurando o bigulim.

Ele ouve o som do chuveiro.

A bexiga parece que vai explodir, mas então Ele sente o perfume, talvez do shampoo, e imagina Sarah no banho. O som quase desenha o corpo de Sarah. É perceptível quando a água rebate em seu corpo. Há uma sutil diferença sonora quando atinge diferentes partes. O som quase desenha seu corpo na mente de George.

Então Ele põe água pra ferver.

— Você quer um café?

— Não, não, vou tomar chá.

Trudi Stephens, Trudi Stephens, Trudi Stephens.

Essa garota é bacana.

Só para constar, Trudi Stephens não é homônima de nenhuma assassina em série. Trudi é homônima de uma atriz pornô inglesa que inclusive é sua sósia. Mas George não sabe disso e nunca saberá, assim como não tem consciência de que ontem sonhou que novamente lhe arrancavam os dentes.

Ele permanecia passivo na cadeira do dentista enquanto vários homens uniformizados extraíam todos os seus dentes e os nomeavam.

Este vai se chamar Trudi, este Sarah, este Melanie, este pontudo será Sheryl, e este Mary Jane Jackson, este outro se chamará Ann Bilansky, e este que está meio podre será Hannah Ocuish, este Suzi Barbecue, este Tereza Pussycat, Karen Babydoll, Rachel Sasquatch, Jessica Tweetytis, Jessica Tweetytis e Jessica Tweetytis.

Então Sarah e/ou Trudi abre a porta do banheiro enrolada na toalha.

As pupilas de George e/ou Peanuts e/ou Albert se dilatam até cobrirem toda a íris.

Ele sorri com expressão abobada.

Trudi sorri de volta e diz que esqueceu de separar as roupas.

George entra e mija. Não consegue mijar direito. Demorou tanto que a bexiga pesa sobre a próstata fazendo com que o bigulim apenas goteje. Tanta coisa passa em sua mente agora.

Sarah cantarola algo. Algo que lembra música medieval. Um tipo de folk talvez. Um folk apocalíptico.

Algo como a música que tocava no carro quando ela o trouxe pra cá. Para Red Hook, Brooklyn. Ele resolve entrar no banho. Sarah deixou um aparelho de barbear ao lado do shampoo.

Desses aparelhos descartáveis. George se excita com o cheiro do shampoo que agora é o cheiro de Sarah. Mesmo assim evita se masturbar. Quem sabe hoje à noite... Se guarda para Sarah.

Pega o aparelho e aos gritos pergunta para Sarah se pode usar o seu aparelho.

Ela grita:

— É claro.

George passa a toalha no espelho da pia para desembaçar.

Enche a cara de sabão e começa a raspar a barba.

O aparelho entope várias vezes.

Ele tem que passar o dedo nas lâminas para tirar o excesso de pelos.

Numa dessas erra o sentido e corta o indicador da mão direita.

Cinco pequenos cortes. Pequenos cortes dolorosos.

Ele também se esqueceu de separar a roupa.

Sai do banheiro barbeado.

Sarah está de costas, na escrivaninha, lendo seus manuscritos.

George pega uma muda de roupa na mala e volta ao banheiro.

Ele se acha mais jovem ao olhar seu reflexo.

Depois de vestido, Ele toma o café instantâneo de pé ao lado da pia.

George quer ir até o parque fumar seu cigarro, mas não quer incomodar Sarah. Por outro lado acha deselegante sair sem avisar. Enche mais uma xícara com a água que ainda está morna e prepara outra dose de Bustelo. Bebe numa golada e fala baixinho:

— Vou até o parque e já volto.

Trudi/Sarah não responde.

Ele desce os lances de escada, cruza a porta de ferro, atravessa a rua. Mal saiu do banho, já está suado. Trinta graus. Outono.

Acende o cigarro e segue fumando pela lateral do parque até a Deli Grocery Inc. para comprar o jornal. Dessa vez Ele pega o *New York Times*.

Lê uma matéria sobre as drogas e os países pobres sentado num banco do parque. Então George avista uma criatura familiar que se aproxima a passos largos. O sujeito usa uma camisa de flanela xadrez, apesar do calor, ajeita os cabelos compridos com as mãos enquanto se aproxima. As conexões se fazem na mente de George e o resultado vem rápido feito uma equação + + + = John Tawell.

De imediato George se lembra até da enigmática frase dita por Tawell quando ele o deixou no JFK na quinta-feira 23 de agosto: "Das inúmeras formas que o Diabo assume, a de Deus é sua preferida".

Então Tawell dá uma piscadela e estende a mão.

— E aí, companheiro? Ficou engraçado com a cara limpa.

— E aí, John?

— Quem te autorizou?

— Quem me autorizou?

— A tirar a barba?

— Eu achei que não tinha problema...

— Não é assim que as coisas funcionam. Você deve nos consultar.

— O.k. Farei isso da próxima vez.

Vai tomar no buraco do seu cu, George pensa.

— Me mandaram para cuidar de você. Você entende isso, não é mesmo?

George assente.

— Pois é, você fica vulnerável sem a barba. Você está em Nova York, bicho. Aqui é um lugar de circulação. Alguém pode te ver e te reconhecer e aí você torna o nosso trabalho mais difícil.

— Tá certo.

— Está quente pra porra por aqui, hein?

— Demais. Quente demais.

Então Tawell começa com o papo que George tanto temia.

Tawell diz que veio cuidar da preparação e orientação espiritual de George.

Santa bosta. Jesus fode Cristo, George exclama mentalmente.

— Passei no apartamento e Sarah me disse que você estaria aqui. Se deu bem, hein?

— Me dei bem?

— Puta potranca, essa Sarah.

Então Tawell diz que os encontros se darão às quintas. Todas as quintas.

George não queria passar por isso. Pensa se Sarah não poderia ajudá-lo a se livrar dessa roubada. Agora o magrela ajeita os cabelos e o cavanhaque ao mesmo tempo. Então diz que o instalaram ali perto. E observa:

— Isso aqui parece o cu do mundo, hein?

Diz ainda que Red Hook só tem chupadores de pica. John Tawell ainda solta um monte de bosta de touro antes de dizer que precisa ir.

— Preciso cuidar de umas coisas — ele diz antes de piscar para George e se afastar.

Mas ele volta.

— Eu já ia me esquecendo, pediram para te avisar que o seu dinheiro já está liberado. Depois te passo as informações precisas. Mas já está numa conta no seu nome. Seu nome de proteção.

— Poxa, legal.

Aí ele vai.

George acende outro cigarro e volta a ler o *New York Times*.

George não gosta de John Tawell. Ainda lê uma matéria sobre a homossexualidade no reino animal antes de voltar ao apartamento. Mesmo sem que se dê conta, passam em sua mente cigarras lésbicas a ziziar, corvos gays a crocitar, arapuás a foder o cu um do outro em alternância, e por aí afora. Tudo muito rápido. Tão rápido que seu consciente nem consegue apreender.

Quando volta, encontra Sarah mergulhada nos livros.

Sem muita opção George segue lendo o Dr. King e entende que Rá, ou Ré, nascido de sua própria vontade nas águas primordiais, e/ou segundo a teologia solar de Heliópolis o deus Ré-Atum-Khepri, masturbou-se e criou Xu, a umidade e as nuvens e Tefnut que compõem a atmosfera.

E eles foram o primeiro casal divino e geraram Geb, a Terra, e Nut, o Céu.

E o Céu e a Terra estavam unidos, mas Xu, a Atmosfera, os separou porque essa união aprisionou Rá, o Sol.

Liberto, Rá quis puni-los por seu descuido e, ciente de que Nut estava grávida e carregava quatro filhos no ventre, proferiu que seus filhos não poderiam nascer em nenhum dos doze meses do ano.

Mas Toth interveio e criou os epagômenos, ou os cinco dias adicionais, e os filhos de Nut nasceram nesses dias, bem como Hórus.

O primeiro foi Osíris, depois Seth, Néftis e Ísis.

E, quando Osíris nasceu, ouviu-se o grito que anunciou:

— O Senhor de toda a Terra nasceu.

E Osíris se casa com sua irmã Ísis.

E Osíris era tão amado que despertou a fúria e o ciúme de seu irmão Seth.

E Seth o matou, o esquartejou e jogou seu corpo desmembrado no Nilo.

Mas sua irmã e esposa Ísis e sua irmã Néftis o encontraram e recolheram seus restos, só não recuperaram o seu pênis, que foi comido por um peixe.

Mesmo assim Ísis, a Grande Feiticeira, conseguiu ser fecundada pelo deus morto e castrado e assim nasceu Hórus.

E em honra de seu pai Hórus confrontou Seth e nessa luta Seth lhe arranca um olho, mas Hórus vence. E Hórus desce ao País dos Mortos e oferece seu olho a Osíris e isso põe a alma de seu pai em movimento e Osíris ressuscita.

E Osíris se torna o Deus dos Mortos.

E, quando Osíris renasce ao receber o olho de Hórus, ele adquire o conhecimento.

Osíris morreu por desconhecer a natureza de Seth, mas agora, renascido, ele sabe.

E com o tempo Osíris, que será sempre representado imóvel, inerte, mumificado pois foi o único deus egípcio morto de forma violenta, será penetrado por Rá.

E Rá repousa em Osíris e Osíris repousa em Rá.

Assim, Osíris, assassinado e desmembrado por Seth, reconstituído por Ísis e reanimado por Hórus, se torna o Juiz dos Mortos, o Senhor da Justiça e está no centro do mundo.

"Vivendo ou morrendo, eu sou Osíris. Penetro em ti e reapareço através de ti; definho em ti e em ti creio… Os deuses vivem em mim porque vivo e creio no trigo que os sustenta. Cubro a terra; vivendo ou morrendo, sou a cevada, ninguém me destrói. Penetrei na Ordem… Tornei-me o Senhor da Ordem, emerjo na Ordem."

De alguma forma, Osíris também é o filho mais velho de Deus, como Lúcifer.

E ele representa o sol. A luz.

E eles seguem o dia lendo. Num determinado momento Sarah olha para Ele e começa a rir. George fica sem graça e pergunta por que ela ri.

— A barba — ela diz. — Você ficou engraçado sem a barba.

E eles seguem lendo.

Às vezes os olhares se cruzam porque, em pequenos intervalos, um cuida do outro. E, quando anoitece, Sarah se volta para Ele e diz:

— Vou fazer um chá pra gente.

— Legal.

— Você falou com o Tawell?

— Falei, sim.

— Sujeito engraçado.

— É verdade.

George olha a bunda de Sarah enquanto a água ferve. Então ela se vira de repente e George fica sem graça.

— Posso te falar uma coisa, Sarah?

— Claro.

— Eu não queria ter que frequentar essa parada.

— Essa parada?

— Você sabe, esse culto ou sei lá como vocês chamam.

— Isso faz parte e é uma etapa importante. Além disso não é um culto.

— Eu não sei como vocês chamam, mas eu não consigo entrar nesse jogo. Eu não consigo acreditar em Deus, em nenhum tipo de deus ou, sei lá, energia criadora consciente.

— Eu te entendo, mas isso é porque você tem a visão simplista que a maioria das pessoas recebe. Com os Cães Alados você conhecerá um conceito muito diferente e muito mais realista.

— Mesmo assim isso, esse tipo de ideia, não entra na minha cabeça.

Sarah sopra a xícara para esfriar antes de entregar o chá a George. Então ela retoma:

— Sabe, George, é um pouco cedo para eu te dizer isso, mas...

— Mas?

— A única coisa que posso dizer é que as pessoas, a grande maioria, reza para o deus errado. As pessoas têm uma interpretação invertida das antigas Escrituras.

— Invertida? Será que você está tentando dizer o que eu estou pensando?

— Será? Dê uma chance a eles. Depois você decide e se posiciona. E o mais bonito nessa história toda é que lá lhe será revelado seu verdadeiro nome.

Eles terminam o chá.

— Eu ia voltar ao trabalho, mas chega, né? Estreou um filme que estou louca pra ver. Que acha da gente pegar um cineminha?

— Poxa, acho ótimo.

Em sua antiga vida George jamais iria ao cinema numa segunda-feira. George seguia as regras.

Sarah solta um "oba!" feito menina.

— Então vou me arrumar.

— E que filme é esse que você quer ver?

— *Eastern Promises*, do Cronenberg.

O que passou pela cabeça de George, pela cabeça de Charles Noel Brown, Albert Arthur Jones, George Henry Lamson, vulgo Ele, vulgo nosso George, tem a ver com a misteriosa frase que lhe foi revelada quando jovem por seu colega de escola Keith Bryan, vulgo Tripinha, aquele que conhecia o som de todos os animais, sobre o filho mais velho de Deus.

O que passou pela cabeça de George foi que talvez Sarah estivesse tentando dizer que a maioria das pessoas ama o segundo filho de Deus em vez de amar e cultuar o primeiro. Provavelmente por isso Sarah colecionava tantos títulos sobre o Demônio.

||

E eles foram ao cinema em Manhattan.

Mas George não conseguiu prestar atenção no filme.

Ele espreitava Sarah e/ou Trudi.

Às vezes George movia lentamente o braço até encostar

na pele fria do braço de Trudi. E isso, esse pequeno gesto, acelerava o seu coração e inflava seu bigulim.

E, além de sentir o batimento do coração aumentar, de repente lhe parece que o tempo disparou e se expandiu ao mesmo tempo.

Desde que deixou o Setor de Estratégia Corporativa e Sustentabilidade na Land O'Lakes, desde que deixou Minneapolis para embarcar no que acreditava ser uma grande aventura ou algo mais estimulante, não vivia algo tão excitante.

Na verdade fazia muito mais tempo do que isso.

Sua vida sempre foi uma sala de espera com vista para o passado, mas agora havia algo desbloqueando toda aquela energia aprisionada, ao menos Ele começava a pensar dessa forma.

Nem mesmo o fato de voltar a beber foi tão libertador quanto estar ao lado de Sarah Simpson e/ou Trudi Stephens.

George não conseguia parar de olhar Sarah com o canto dos olhos e discretamente roçar, lentamente, seu braço no dela.

O filme acaba e Sarah pergunta se ele gostou.

Ele diz que sim.

— É um ótimo filme — Ele solta.

Aí George convidou Sarah para conhecer o Jake's Saloon. Aquele da garrafa reluzente que pisca, pisca, pisca. E Sarah, que veio dirigindo, diz para George assumir o volante. E Ele assume.

Fazia tempo que não dirigia.

Isso fez com que Ele se sentisse bem.

Estavam em Manhattan e George se sentiu no comando, literalmente.

Estes sapatos de vagabundo estão desejando passear exatamente através do coração autêntico dela, Nova York, Nova York.

George estaciona na frente do bar. Entra triunfante.

Orgulhoso da companhia de Sarah.

Sempre frequentou o Jake's sozinho e agora estava tão bem acompanhado.

Eles pegam uma mesa. Mal sentam, George passa o cardápio para Sarah enquanto, ao mesmo tempo, pede a sua dose de Chivas.

E, antes que ela escolha, George pede o Jake's Chicken Fingers. Sarah diz que está sem fome. Jura que acabou de comer um lanche em casa.

George pediu o Jake's Chicken Fingers porque Ele é assim: se vai a um restaurante e gosta de um prato, esse será seu pedido, sempre.

E George cumprimentou seu garçom amigo e perguntou o seu nome sem lembrar que da outra vez ele já havia dito se chamar Thomas Baal.

E para a sua surpresa Thomas Baal volta e lhe entrega a fonte do computador.

George não entende, jura que a havia deixado com Bennett.

De qualquer forma vai ser um pedacinho de bolo poder voltar a usar o seu MacBook. Quando chega o prato, George insiste para que Sarah prove do Dedos de Galinha, diria o Google Tradutor.

E, apesar dela dizer que está sem fome, a insistência é tanta que ela acaba provando. No terceiro copo George sente certa indisposição e se torna melancólico.

Se sente febril.

Ele fala, por alto, sobre Sarah Jane.

Comenta o fato dela ter se esquecido dele e do quanto isso o magoou.

Então Sarah diz que precisa ir ao banheiro e demora uma eternidade.

George pede outra dose, mas por alguma razão Thomas Baal não adquire o buraco de bunda em sua cara.

Quando Sarah volta, ela diz estar cansada e sugere irem embora.

George aceita.

George volta dirigindo. Já passa da meia-noite e eles percebem dois grandes fachos de luz que se lançam aos céus.

A luz brota de onde foi um dia o World Trade Center, mimetizando o fantasma das torres gêmeas. Há seis anos ocorreu o atentado.

É Sarah quem percebe as luzes e aponta para elas, mostrando a George.

Ele encosta no meio-fio para observar.

Depois de um tempo eles seguem seu destino.

E eles têm o mesmo destino.

Então voltam a falar sobre o filme. Pela primeira vez ao volante, George deixa Manhattan para trás enquanto cruza a ponte do Brooklyn.

Como os povos que você se encontra em gostaria de plantar meus pés na ponte de Brooklyn. O que uma bela vista céu olha para você a partir da ponte de Brooklyn, na voz de Sinatra.

Sarah realmente não parece bem. Está abatida, pálida e muito mais quieta.

Quando George observa de forma mais atenta a pele de Sarah, vê que não está apenas pálida. Está esverdeada.

Ao chegar em casa, Sarah se tranca no banheiro.

Enquanto espera, George se aninha no sofá.

George também não está muito bem. Sofre calafrios. Fraqueza.

E, involuntariamente, adormece antes que Sarah deixe o toalete.

Antes de dormir, ouve sons estranhos vindos do banheiro.

Tenta levantar para ver se está tudo bem, mas o sono não deixa.

George sonha que está doente.

Acorda gelado e assustado. São 3 a.m.

A noite está menos quente, talvez seja isso, Ele pensa.

Sua pele está arrepiada.

Então Ele sente algo se mover bruscamente na penumbra do quarto.

Salta da cama com medo. Ele nunca sabe de que forma vai parar na cama.

Ele quase sempre adormece no sofá, mas, quando desperta, está na cama.

A princípio, ainda mal acordado, pensa no sobrenatural.

Mas os ruídos continuam e a presença parece sólida.

Mal teve tempo de reconstruir sua existência e se situar no tempo e no espaço.

Agora acha que foi só uma impressão, mas então, de repente, o barulho recomeça. Mais alto e real. Talvez sejam ratos, raciocina.

E nesse instante, com a vista mais acostumada à escuridão, Ele vê a massa escura que se retorce.

Se for um rato, é gigante, desproporcional.

Mesmo não querendo acordar Sarah, Ele acende a luz.

Porque o calafrio se transforma em pavor.

A massa salta do chão e dobra de tamanho.

George solta gritinhos como uma menininha enquanto dá saltos para trás.

Nesse instante o cérebro decifra a aparição e um grande corvo preto voa para fora. Só então Ele se dá conta de que Sarah já foi embora.

George fecha a janela e apaga a luz.

Precisa de um cigarro e de uma dose, mas não quer beber sozinho.

Queria que Sarah estivesse lá.

Queria brindar com ela.

Sarah é tão legal. E bonita. Sarah é tão bonita e tem aqueles peitões incríveis.

E Sarah não implica com a sua bebida, ao contrário, Sarah bebe com Ele.

E a Sarah é uma boa companheira.

De qualquer forma Ele salta a janela sozinho, enche o copo e acende um cigarro. George brinda em silêncio até esvaziar a garrafa.

Enquanto contempla os dois fachos de luz que se projetam do outro lado do rio.

11

O esquecimento será lembrado

e/ou

Nasce o Senhor de toda a Terra

Terça-feira, 11 de setembro de 2007

Um dia triste para a cidade.

Infelizmente o tempo mostrará a Nova York e ao mundo, em breve, que o Onze de Setembro foi brincadeira de criança quando comparado com o dia 18 de dezembro de 2027.

Dessa vez George acorda no sofá.

Não se lembra e jamais recordará como terminou a noite.

Nunca terá certeza se Sarah realmente apareceu na laje para beber com Ele ou se isso foi um sonho. De qualquer forma Ele bebeu um bocado e depois dormiu. Na verdade apagou.

Quando acorda, vê Sarah mergulhada em seu trabalho.

Ao sentar no sofá para calçar os chinelos, Ele sente o cérebro inchado e a cabeça latejando. Então segue os passos da nova rotina que se cria.

Diz um bom-dia baixinho para não desconcentrar a sua companheira de quarto, bota água para ferver, enquanto isso mija e escova os dentes ao mesmo tempo.

Depois toma um Bustelo.

Nem precisa se vestir, pois dormiu vestido.

Novamente sussurra:

— Vou fumar no parque.

Compra o *New York Times* na Deli e se acomoda no banco do parque Coffey. Além das matérias que comentam o sexto aniversário dos atentados, lê que a China assina um acordo para proibir o uso de tinta com chumbo nos brinquedos exportados para os Estados Unidos.

O tabloide destaca que a data é também o aniversário histórico do presidente das Filipinas, Ferdinand Marcos, que morreu em 1989.

Depois do terceiro cigarro, George atira o jornal na

lixeira e se prepara para voltar para casa, quando sente algo que o paralisa. Uma sensação intensa.

Tudo se torna espetacularmente nítido.

Todos os sentidos se aguçam e fazem com que George sinta o que Ele definirá um dia como hiper-realidade. Então essa sensação o detém ali no parque. O faz passar um tempo maior observando tudo em detalhes nítidos e intensos.

Aos poucos a impressão perde intensidade.

Enquanto viveu aquilo, tudo se acalmou.

Foi parecido e ao mesmo tempo oposto à sensação de se embriagar.

A diferença é que, quando começa a beber, sob o efeito ansiolítico do álcool sente as nuvens que turvam seus pensamentos se dissiparem ao mesmo tempo que os detalhes vão perdendo seu contorno.

Nesse sentido o efeito é contrário, mas mesmo assim Ele o relaciona àquilo que prova agora. George volta à Deli para pegar um café e depois se acomoda no banco.

Quer refletir um pouco sobre essa rápida experiência.

Fuma outro cigarro, sentindo que está ali, presente, de uma forma muito particular e intensa. Depois volta ao apartamento.

Para passar o tempo, procura um novo livro.

Ao encontrar *Infernal Dictionary: Enhanced English Translation*, de Jacques Albin Simon Collin de Plancy, a escolha é feita.

Se instala no sofá e acredita que é a literatura que precisava para se aproximar de Sarah/Trudi e/ou Trudi/Sarah.

Logo na folha de rosto lê o subtítulo: "Quadro geral do imaginário, simbólico e fantasioso dos seres, personagens, feitos, aparições, da chamada magia branca e negra, Inferno, adivinhações, ciências secretas, prodígios, tradições e contos populares, e crenças sobrenaturais".

Ele segue lendo o dicionário como se fosse um romance.

E logo se desaponta, pois acreditava que o livro tratasse apenas do Demônio. Julgava ser uma espécie de catálogo que disporia em ordem alfabética todos os nomes dos habitantes do Inferno.

Mas não, o dicionário é a maçaroca que se propõe a ser, como bem diz o longo subtítulo.

O livro fala de Aaron, mágico grego que viveu nos tempos do imperador Manuel Comneno, o Nigromante, e que ele teria, de acordo com estudos das *Clavículas de Salomão*, legiões de demônios sob o seu comando.

Então, em seguida, no segundo verbete, surge o primeiro demônio, Abaddon, o Destruidor, chefe dos demônios da sétima hierarquia.

Então vem Joana Abadia, jovem feiticeira da vila de Silbourre, Gasconha.

E segue com Aban, Pedro de Aban; o léxico diz: "Veja Aponio".

Então é Abaris, seita do grande sacerdote de Apolo... Abdelazis, Achabisio, astrólogo do século x. George lê mais algumas páginas e é interrompido pela risada de Trudi.

— O que você está procurando aí? — ela pergunta.

Ele diz que queria aprender mais sobre os demônios. Diz que pensou que o livro fosse uma lista ordenada apenas pelos nomes.

Trudi ri novamente, então salta da cadeira e começa a procurar algo nas pilhas de livros. Ela usa uma camiseta regata e em sua busca, nessa forma debruçada, boa parte de seus longos peitos se revela a George que transborda de desejo.

— Quer que eu ajude a procurar? — Ele pergunta.

— Pode ser — ela diz.

— E o que estamos procurando?

— Um livro chamado *Legenda infernal*, de Christine Papin.

Enquanto procuram o volume, alguns títulos chamam a atenção de Trudi e ela começa a fazer outra pilha, dizendo a George que aqueles podem ser úteis para Ele.

O primeiro a ser separado é o *Compendium Maleficarum*, de Francesco Maria Guazzo. Partindo da obra de Miguel Psclo, seu tratado demonológico.

Guazzo destina parte do trabalho à classificação dos anjos caídos.

Trudi sobrepõe mais um à pilha, dessa vez é o *Daemonolatreiae Libri*, de Nicolas Remy, publicado em Lyon em 1570.

Esse título quase substituiu o *Malleus Maleficarum*, compilado e escrito pelos inquisidores dominicanos Heinrich Kraemer e James Sprenger, e publicado em 1487, tamanha a sua respeitabilidade.

Enfim, passados mais de quarenta silenciosos minutos Sarah solta um "aqui!".

Enquanto procuravam, os dois se perdiam nos textos que folheavam.

Sarah entrega o livro a George.

É um belo de um catatau, um tijolão mesmo.

A capa traz uma impressionante imagem medieval de 1372, do tratado educacional mais popular da Idade Média, de autoria de Geoffroy de La Tour Landry, representando a Vaidade.

Na imagem uma jovem, no canto esquerdo da gravura, penteia os cabelos em seu aposento enquanto no lado direito vemos o Diabo abrindo a bunda com as duas mãos para mostrar o cu.

O sentido educativo da imagem se dá no reflexo, pois, enquanto a jovem se mira no pequeno espelho ovalado, o que reflete e o que vemos não é o seu rosto, e sim, e tão somente, o buraco da bunda do Diabo.

Para espanto de George quando por curiosidade procura o rosto da autora, encontra na orelha da quarta capa a foto da jovem Trudi Stephens.

Só para constar, Christine Papin e Léa Papin foram duas criadas francesas que assassinaram a esposa e a filha de seu empregador Monsieur Lancelin em Le Mans, na França, em 2 de fevereiro de 1933.

Esse incidente teve uma influência significativa sobre os intelectuais franceses Jean Genet, Jean-Paul Sartre e Jacques Lacan, que, procurando analisá-lo, o consideraram um símbolo da luta de classes.

Na noite do crime, Monsieur Lancelin deveria encontrar a esposa e a filha para jantarem na casa de um amigo, mas elas não apareceram.

Preocupado, ele voltou para sua casa, mas não conseguiu entrar, pois as portas estavam trancadas por dentro. Ele batia e ninguém atendia, por isso, intrigado, resolveu chamar a polícia.

O que eles encontraram foram os corpos de Madame Lancelin e de sua filha.

Elas haviam sido golpeadas com um martelo até o ponto de se tornarem irreconhecíveis. Para se ter uma ideia do estado em que foram encontradas, um dos olhos da menina estava caído a alguns metros de seu cadáver.

E os dois olhos de Madame Lancelin foram arrancados.

As armas utilizadas pelas irmãs assassinas foram uma faca de cozinha, um martelo e uma jarra de estanho.

Christine foi condenada à morte, depois teve a pena comutada em prisão perpétua, e finalmente foi transferida para um asilo para doentes mentais em Rennes.

Morreu em 17 de maio de 1937.

Léa foi sentenciada a dez anos de prisão.

As irmãs foram presas separadamente.

Christine ficou extremamente angustiada por não poder ver Léa, ao ponto de as autoridades abrirem uma exceção permitindo que ela visse a sua irmã.

Na visita Christine se lançou sobre Léa e falou com ela de maneira que sugeria uma relação amorosa, sexual.

Em julho, Christine tentou arrancar seus próprios olhos e teve de ser colocada em camisa de força.

O livro de Christine Papin e/ou Trudi Stephens é exatamente o que George procurava. Além de trazer todos os nomes das criaturas abissais, como o título propõe, traz a Qliphoth infernal, Árvore da Morte, e a correspondência entre demônios e letras, números, cores, odores, e ainda os selos e símbolos, e naturalmente os correlatos astrológicos.

George fica realmente fascinado com o achado.

Apesar de tratar tudo isso como um monte de bosta de touro, Ele acredita que o estudo pode aproximá-lo de Trudi.

Para George, tanto essa história de ETs quanto o interesse pela demonologia e ocultismo são coisas que atraem pessoas carentes de autoestima, renegados que tentam chocar os outros e deter algum conhecimento fútil para impressionar e ameaçar as pessoas cujas realizações ou mesmo postura os façam lembrar de sua pequenez e inferioridade.

George está realmente incomodado com a questão que se aproxima e que parece inevitável, as tais reuniões e pretensa iniciação da qual sabe que não poderá escapar.

Ele só queria fugir de sua vidinha mediana e ter uma identidade nova, numa cidade nova, tão nova que traz isso no nome.

Mas o livro de Trudi realmente ganha a sua atenção e o diverte.

Em certo capítulo ela chega a agrupar hierarquicamente, comparando e assinalando, as diferentes classificações que variam entre diversos autores e demonólogos.

Dessa vez George não segue o livro como se fosse um romance.

Salta de um livro para outro. Às vezes se perde em algum verbete ou nos capítulos ilustrados.

Descobre que, segundo o compêndio de De Plancy, Satanás não é o soberano do Inferno; é Belzebu quem manda e deve reinar até o fim dos tempos.

De Plancy afirma que, entre os príncipes e grandes dignitários, Belzebu, fundador da Ordem da Mosca, é o chefe supremo do Inferno, e Satanás, o príncipe destronado, chefe do partido de oposição.

Eurinomo, príncipe da Morte, Grã-Cruz da Ordem da Mosca.

Moloch, príncipe do País das Lágrimas.

Plutão, príncipe do Fogo, governador das regiões inflamadas.

Pan, príncipe dos íncubos, e Lilith, dos súcubos.

Leonardo, grande senhor do Sabbath, cavaleiro da Mosca.

Balberinto, o grande pontífice, dono das alianças; Proserpina, princesa soberana dos espíritos malignos.

Depois segue para os ministros de despacho, encabeçados por Adramelek, o grande chanceler.

Astarot, tesoureiro, cavaleiro da Mosca; Nergal, chefe da polícia secreta; e, acreditem, Leviathan, grande almirante.

E pasmem: Belfegor, embaixador na França...

Mamom na Inglaterra, Belial na Itália, Rimmon na Rússia, Thamuz na Espanha, Hutgin na Turquia e Martinet na Suíça.

Essas patentes citadas por De Plancy se desdobram da catalogação feita por Berbiguier.

Alexis Vicente Cárlos Berbiguier, de Terra Nova de Ahym, natural de Carpentas, recebe um imenso verbete no *Dicionário infernal* de De Plancy.

O Dom Quixote dos Duendes, assim foi apelidado.

Berbiguier tinha essa tendência, chamemos de mania, de categorizar tudo em sua volta.

E em 1821 publicou um tratado intitulado *Os duendes, e/ou Nem todos os diabos estão no outro mundo*, no qual, além de revelar as hierarquias infernais, relaciona todos os seus inimigos terrenos.

Berbiguier afirma que os duendes, que nada mais são do que criaturas infernais, "perturbam a ordem pública, com suas visitas noturnas, destroem as colheitas, promovem tempestades, afetam as influências planetárias, lançam o granizo, desregulam a ordem das estações e do clima, desunem as famílias, subornam as casadas e as donzelas, e causam mortes clandestinas".

Berbiguier estimula o tabagismo, afirmando que a fumaça prejudica a saúde dos duendes.

Ele pertenceu a uma família rica, e seu infortúnio começou quando sua empregada o pôs em contato com uma cartomante que lia o tarô.

Esse evento teria sido o gatilho, de acordo com sua autobiografia, o inferno que acompanharia o resto de sua vida.

A partir desse dia, ou, melhor dizendo, dessa noite, Berbiguier passou a ser atormentado pelos duendes.

Ele os descreve como sendo criaturas pequenas, muito escuras, quase negras, e peludas. Quase uma boceta que anda, diria Paul Kenneth Bernardo.

De qualquer forma essas criaturas passaram a atormentar cada vez mais o sr. Berbiguier, e de forma cada vez mais ameaçadora e violenta.

Isso chegou a tal ponto que ele deixou a Espanha e se mudou para a França na esperança de viver em paz. Mas não conseguiu. As criaturas, que não o deixavam dormir, continuaram causando acidentes e até mesmo mordendo suas pernas enquanto buscava refúgio nos confessionários de Notre-Dame.

Na França ele trabalhou num escritório de loteria e, em seguida, foi administrador de um hospício.

Desesperado, Berbiguier procura o célebre Professor Pinel, isso mesmo, Philippe Pinel, considerado por muitos o Pai da Psiquiatria. Mas descobre com horror que o próprio Pinel havia se tornado um representante do demônio Belzebu.

Então Berbiguier começa a descobrir a imensa conspiração que se arma a sua volta e passa a desmascarar muitos outros e inclui seus nomes em suas publicações.

Ele denuncia Moreau, um mágico parisiense, como sendo

o embaixador Belzebu. O médico Nicolas Avignon é Moloch. O boticário Prieur, avatar de Lilith, princesa dos Súcubos; e seu filho Etienne. E a lista quase não tem fim.

Todo aquele com quem tivera um desafeto fará parte dessa catalogação infernal. "Leprechauns estão por toda parte: na forma de uma serpente ou uma enguia, um estorninho ou um beija-flor, eles o privam de suas faculdades intelectuais, lhe tiram o sono, trazem o vento que quebra o seu guarda-chuva, eles são a causa de entorses e incendeiam celeiros e castelos, tornam os homens impotentes e molestam meninas", afirma Berbiguier.

Mas o livro de Trudi e/ou Christine Papin é menos fantasioso.

Apenas lista e relaciona as entidades.

Sempre embasado nos estudos dos demonólogos anteriores.

A lista é mais sintética e precisa. E inclui um dado que não é mencionado em nenhum outro compêndio. Esse dado é a vocalização ou o som animal que cada demônio apresenta em sua aparição.

Dos demônios inferiores e servis, Trudi organiza os seguintes: Aariel e/ou Asyriel, o Intruso, duque, serve ao rei Asyriel apenas durante o dia e comanda vinte legiões. Canta feito o canário.

Abadir e/ou Abachir, o Avarento, o servo de Asmodeus, assobia feito a capivara.

Abael, o Jovem, o rebelde, servo da corte de Dorochiel, chia como um camundongo.

Abahin e/ou Ahabhon, o Empírico, arquidemônio de ninguém mais ninguém menos que Astarot e Asmodeus. Crocita feito coruja.

Abalam, o Furioso, rei infernal, que cucula como o cuco, é, junto com Beball, o Astuto, servo de Paimon. Abariel, o Galante, que também pertence às ordens do dia e encontra coisas perdidas, roubadas ou escondidas, cuincha feito javali.

Abas, o Ardiloso, demônio da mentira e do embuste, trissa igual ao morcego.

Abbnthada, o Carismático, citado na hierarquia de Harthan, o Ciumento, um demônio agradável porém ciumento. Pode ser atraído pelo perfume dos hemerocales e soluça como o juriti.

Abdalaa, o Belo, provavelmente versão arábica de Abdullah, certas vezes é descrito como um anjo, "o servo de Deus", literalmente. Guincha feito um porco.

Abelaios, o Invisível, detém o poder da invisibilidade e atende ao demônio Almiras e regouga feito a raposa.

E assim segue.

Então Trudi se aproxima de George, que está absolutamente imerso no livro, trazendo uma xícara de chá e o cinzeiro.

— Fume aqui, você está tão envolvido — ela diz.

Ela parece feliz e orgulhosa por ver nosso George tão envolvido com o trabalho que escreveu em sua juventude.

Depois do chá e de dois cigarros Ele diz que vai tomar banho, na verdade Ele quer usar o banheiro porque, mesmo bebendo com regularidade, seus intestinos não estavam funcionando.

Faz três dias que chegou a Red Hook e dessa vez a coisa vai.

George caga fininho feito um peixe e a merda sai esbranquiçada.

Enquanto faz a barba, lembra que finalmente poderá usar o computador.

É isso que faz ao deixar o banheiro.

A máquina leva muito tempo para carregar as configurações e, quando por fim está pronta, George abre o Safari e acessa o email.

Está ansioso, é a chance de saber se deram por sua falta, mas para a sua surpresa aparece a mensagem: "O Google não reconhece o email".

Tenta várias vezes e a mensagem é sempre a mesma.

Ao ouvir George bufando, Trudi pergunta o que está acontecendo. Ele explica. Ela diz que talvez a conta tenha sido encerrada devido ao seu sumiço.

Ele não se convence. Parece agitado.

Será que a polícia encerrou sua conta?, se pergunta. Será que estão investigando seu desaparecimento? E se o encontrarem? Será punido?

Pensa que precisa ligar para Sheryl, sua esposa. Sheryl Kornman.

Sabe que, segundo os Cães, não pode fazer isso.

Será que foi apagado de sua memória da mesma forma que aconteceu com sua tia Marie Marguerite Fahmy?

Então Ele diz a Trudi que precisa do carro.

Diz que o uísque acabou e dará um pulo em Manhattan para buscar mais.

Trudi diz o.k.

Ele pega as chaves e deixa o Brooklyn para trás.

Já na ponte pega um engarrafamento terrível.

Suas mãos estão trêmulas. Ele sente ansiedade misturada a uma sensação incômoda. Um mau presságio.

Sua verdadeira intenção, além de realmente comprar umas garrafas, é parar num telefone público e ligar para Spok.

Depois de entrar em Chinatown, Ele sobe a Bowery varrendo as vitrines em busca de uma *liquor house*.

Resolve perguntar a um pedestre com cara de bebum e a figura indica uma loja no número 250 da East Houston Street.

Pedaço de bolo.

Não dá outra, ele estaciona em frente.

Pega duas garrafas de Chivas 12 anos e, antes de voltar para o carro, caminha até uma cabine telefônica.

Primeiro liga para a sua casa, só para conferir.

A secretária diz, na voz de Sheryl: "Você ligou para Sheryl e Charles, no momento não podemos atender. Deixe o seu recado que retornaremos. Obrigada".

O velho recado.

Foi estranho ouvir o nome Charles se referindo a Ele.

Talvez se alguém o visse na rua e gritasse: "Charlie", Ele não se daria conta de que o chamavam.

Mas, se gritassem: "George", isso o faria procurar quem o chamava. Embora use esse nome há tão pouco tempo, ele parece lhe caber melhor.

Parece fazer mais sentido.

Naturalmente George não deixou recado.

Em seguida discou o número do celular de Sheryl e para a sua surpresa ela atendeu.

É difícil descrever a sensação que atravessou George quando Ele ouviu a voz de Sheryl. Foi como se pela primeira vez na vida tivesse ouvido uma voz humana. Uma voz familiar.

E Ele até tentou falar, mas não conseguiu. Não conseguiu interpretar se o que sentiu foi saudade ou arrependimento.

Fosse o que fosse, aquilo o deixou mudo.

George sentiu um vazio que nunca tinha sentido. Intenso.

Sentiu como se sua vida sempre tivesse sido desnecessária.

Sentiu que nunca teve personalidade.

Pensou que, de fato, sempre foi levado pela correnteza.

Nunca teve iniciativa.

De algum modo viveu de forma parasitária, feito um demônio menor.

Apenas se aproveitando das situações.

Profundamente desorientado, Ele voltou ao Buick Lucerne e acendeu um cigarro. Fumou perdido em tudo que se passava. Tonto.

Pensava de forma tão rápida que seu coração chegou a disparar.

Então, da forma como sempre fez, lembrou de Sarah Jane. Seu refúgio mental. E esse pensamento o arranca do carro e o conduz novamente à cabine telefônica.

George enfia um monte de moedas.

Primeiro Ele disca no Auxílio à Lista. Quando a telefonista atende, Ele diz:

— Preciso do número de Sarah Jane Makin, Minneapolis, Minnesota.

— Aguarde um momento.

Em seguida a moça vomita o número.

Curiosamente, embora nosso George nunca venha a saber disso, a telefonista que o atende e que lhe fornece tão preciosa informação se chama Irina.

Irina Viktorovna Gaidamachuk. E ela é homônima da assassina em série russa que até 2010 terá matado a marteladas e/ou machadadas dezessete idosas com idade entre sessenta e um e oitenta e nove anos.

A telefonista só saberá disso em 2012, quando a assassina Irina for presa.

Irina que é alcoólatra se fazia passar por assistente social para entrar nos lares das idosas e executá-las para conseguir uns trocados para sua vodca. A telefonista Irina é alcoólatra.

De qualquer forma Sarah atende, e dessa vez não parece brava.

Há tristeza em sua voz e talvez por isso ela não desligue quando nosso Peanuts se identifica.

— Alô?

— Olha, Sarah, me desculpe, mas não consigo entender como um momento tão significativo pra mim, que dividimos juntos, pode não significar nada pra você.

George se surpreende com a reação de Sarah.

Dessa vez ela nem xinga nem desliga o telefone. Ela diz:

— Eu me lembrei de você.

— Sério?

Sarah faz uma pausa dramática. Depois continua:

— Você tinha uma cara engraçada. Sempre andava com o Peter Matthews.

— Isso! Isso mesmo!

— Ele ficou cego. Você sabia?

— Claro, sei...

— Consegue imaginar o que é isso?

— É horrível. Deve ser horrível...

— O que podemos tirar da vida a não ser o que vemos?

— É verdade.

— O que fica além disso? Como é feita a lembrança de um cego?

— Poxa! Não sei *dixer* — escapa.

— O que você quer?

— Você está bem? Sua voz me parece triste.

— Eu estou triste.

— Não fique.

Silêncio.

— Por favor, não fique triste. Quer saber? Eu também me sinto triste hoje.

Silêncio.

— Eu carrego você em minhas lembranças com tanto carinho. Nada.

— Eu queria te ver.

— É. E por quê?

— Porque eu preciso disso para poder seguir.

— Meu marido me deixou.

— Sinto muito.

— Aquele corno filho da puta, chupador de pica, me largou.

— Nem sei o que dizer.

— É o meu quarto marido.

— Sinto muito.

— O que você quer?

— Quero ver você.

— Onde você está?

— Estou longe, mas isso não importa. Se você deixar, vou até você.

— Eu queria estar longe.

— Você lembrou da gente, digo, de quando estivemos juntos no Medicine?

— Hum-hum.

— Lembrou? Mesmo?

— Hum-hum.

— Foi o dia mais incrível da minha vida.

— Foi a sua primeira vez, não é mesmo?

— Foi.

— É por isso. É só por isso. Se tivesse sido qualquer outra, você também se lembraria.

— Não é verdade. Quer dizer, me lembraria, mas não da mesma forma.

— Onde você está?

— Em Nova York.

— Uau!

— É... longe...

— Nunca estive em Nova York. Deve ser bacana.

— Bem...

— Meu pai também ficou cego.

— Sério?

— Mas foi por causa da diabetes.

— Sinto muito.

— Mas ele já estava velho e bebia feito um gambá. Os gambás regougam, diria Keith Bryan.

— Sinto muito.

— Bebia feito um filho da puta e era diabético.

— Ééé... Não é fácil...

— Se você estivesse por aqui, a gente podia se ver hoje.

— Eu vou. Se você topar se encontrar comigo, vou para aí essa semana mesmo.

— Você quer mesmo trepar, hein?

— Não. Não é só isso... Não é assim...

— Sabe por que o Floyd me deixou?

— Eu não faço ideia.

— Porque ele se meteu com aquela vagabunda da Faye.

— Faye?

— É. Uma garçonete vadia do café Fireroast. Você sabe, aquele da 37th Ave.

— Sim, claro…

— Vocês são todos iguais. São fracos e fazem qualquer coisa por uma boceta. São capazes de pôr tudo a perder por causa de uma vadia qualquer.

— Não é bem assim…

— Se você estivesse por aqui, hoje seria o seu dia de sorte.

— Eu vou. Amanhã mesmo.

— Estou falando de hoje. Estou falando de agora. Se você estivesse aqui a-go-ra, eu ia dar muito pra você.

— Eu vou.

— Muito.

— Amanhã mesmo eu vou.

— A gente ia foder muito!

— Eu vou. Juro.

— A gente ia foder pra caralho.

— Eu vou!

— Preciso desligar.

— Me espera!

Sarah desliga.

Floyd Tapson, o ex de Sarah, é homônimo de um suspeito de assassinatos em série que agia em Minnesota e na Dakota do Norte.

Floyd estuprava e matava jovens retardadas.

Ele é suspeito dos assassinatos de Carla Beth Anderson, de vinte e três anos; Renae Lynn Nelson, de vinte e dois; e Kristi Nikle, de dezenove.

Já a garçonete Faye é homônima da assassina em série

Faye Copeland, do Missouri. Ela e o marido, Ray Copeland, foram presos pelo assassinato e roubo de quatro homens.

Foram condenados à morte, mas Ray escapou do carrasco morrendo de causas naturais na prisão em outubro de 1993.

Faye teve a sentença de morte comutada em prisão perpétua em 1999, mas morreu na prisão em 30 de dezembro de 2003.

Então George volta ao carro, mas não dá partida.

As palavras de Sarah ecoam em sua mente e o deixam extremamente excitado.

"Se você estivesse por aqui, hoje seria o seu dia de sorte."

"Se você estivesse aqui a-go-ra, eu ia dar muito pra você... Muito."

"A gente ia foder muito!"

George não se aguenta. Tira o pau pra fora e bate uma punheta ali mesmo, no carro.

E Ele esporra muito no tapete plástico do veículo.

Então Ele apoia a cabeça no volante e é tomado por um vazio.

Um vazio tão vazio.

Depois de uns minutos Ele pega um chumaço de lenço de papel no porta-luvas, limpa o assoalho e segue para "casa".

Muita coisa passava por sua cabeça.

Sentimentos e pensamentos desordenados se misturavam e o deprimiam.

Sem que Ele conseguisse entender, lágrimas corriam por seu rosto e pingavam em suas calças.

O trânsito para o Brooklyn estava melhor.

George encostou na Atlantic Avenue, abriu uma garrafa e deu um gole demorado.

Secou o rosto na camisa e voltou para a Verona Street.

Como havia imaginado, Trudi estava mergulhada em seu trabalho.

Ele encostou a porta suavemente para não incomodar.

Pegou gelo no freezer e encheu um copo.

Curiosamente o cérebro não abanou a rabiola.

George sentou no sofá. Se sentia um ser miserável.

"Alô? Alô? Alô?" Foi isso que Sheryl disse. Assim mesmo. Repetiu três vezes na mesma entonação.

Para Ele pareceu que ela estava surpresa.

Como se nunca tivesse recebido um telefonema em toda a sua vida miserável.

Havia algo triste em sua voz.

Será que ela estava preocupada com Ele?

Talvez, como Trudi, só estivesse concentrada em seu trabalho.

Por falar em Trudi, nesse momento ela olha para George e o vê de olhos fechados e com um copo nas mãos.

— Tudo bem com você? — ela pergunta.

— Eu não sei.

Ela se aproxima, senta a seu lado e com a mão fria acaricia a mão de George.

— Que foi?

— Eu não sei.

— Fala comigo.

— Juro que não sei. Me deu um vazio, sabe?

— Não fica assim, querido.

Querido? Isso ecoa em sua mente.

— Pode parecer estranho o que eu vou falar, mas sei lá...

— Fala. Fala comigo.

— Eu meio que senti falta...

— De sua rotina?

— Oi?

— Da sua vida? Da sua antiga vida, é isso?

— Não. É mais estranho. Eu senti falta da minha ex-mulher.

Então, agora Trudi segura a mão de George com as duas mãos.

Suas mãos pareciam abraçar a mão de George.

— Que lindo isso.

— Não tem beleza nenhuma nisso. É triste, isso sim. A gente mal se aguentava, já tínhamos nos separado e eu nem gostava dela. Aí, do nada, me deu essa coisa.

— Isso é lindo, Charlie.

E eles ficam ali por um tempo.

Sentados.

De mãos dadas.

As mãos de Trudi segurando a mão direita de Charles.

E George sentiu que aquele momento tinha algo a ver com a eternidade.

George realmente sentiu, talvez pela primeira vez em sua vida, a eternidade.

E parecia que tudo estava bem.

Lá, naquele momento, percebeu que tudo estava bem.

George sentiu, naquele instante, que flertava com a eternidade, que tudo em todo o Universo fazia sentido e estava em paz.

E passou no fundo de seus pensamentos, mais rápido que um estouro de luz, aquilo que Sarah lhe falou sobre o conceito de Jean Bodin.

"Não podem existir dois infinitos."

E associou o infinito ao eterno.

E isso o fez sentir, por um átimo, a presença de Deus.

12

As águas da amargura
e/ou

A lei

Quinta-feira, 13 de setembro de 2007

Em todo o tempo que se passou desde que George fez as suas ligações, Ele esteve mergulhado no livro de Trudi/Sarah/Christine e aprendeu que Abezithibod, o Rancoroso, habita o mar Vermelho e afirma ser filho de Beelzebub e ronca feito peixe. Abgoth, o Inexorável, atende aos que foram roubados, para que se faça justiça, e turturina feito a rola.

Aboc, o Gozador, da hierarquia do Norte, braço direito do rei infernal Baruchas, gargalha feito a seriema.

Abriel, o Etéreo, que serve ao príncipe Dorochiel, comanda quatrocentos espíritos subordinados e zumba feito a vespa.

Abrulges, o Vingativo, demônio violento de péssimo temperamento, rosna feito cão furioso.

Abuchaba, o Noturno, é servo de Harthan, rei dos espíritos da Lua, e por isso uiva como cão.

Abutes, o Desmedido, servo de Asmodeus e Astarot, também trissa feito morcego.

Acham, demônio da quinta-feira, chalra feito o tucano.

Achol, o Andrógino, governador do reino infernal de Symiel, comanda sessenta entidades menores e berra feito veado.

George retomou a leitura em ordem alfabética do livro.

Já não salta as páginas. E Acquiot, o Melancólico, é aquele que rege os domingos e gorjeia como sabiá.

Acreba, o Inflexível, um dos vinte duques, presta serviço a Barmiel, comanda as horas da noite e cigarreia feito cigarra.

Acteras, o Sósia, também duque de Barmiel, rege as horas do dia e bale feito cordeiro.

Acuar é o setentrião, um dos vários serventes dos representantes dos quatro pontos cardeais, Oriens, guardião do Leste;

Paimon, guardião do Oeste; Ariton, guardião do Norte; e Amaimon, do Sul. Acuar grasna feito o jacu.

Adan, o Decidido, obedece ao príncipe Usiel e só atende à noite e relincha como cavalo.

Adirael, o Obscuro, é servo de Beelzebub e por isso zoa feito mosca.

Adon, o Calado, também obedece a Oriens, Paimon, Ariton e Amaimon, porém é silencioso.

Afarorp, a Fadiga, é também servo dos príncipes das direções cardeais e assobia como o melro.

Afray, o Tormento: "o vento sopra seu nome" e sua voz é o uivo do vento. Agaliarept também é chamado de o Calado, comanda a Segunda Legião e serve a glória do imperador Lúcifer. É guardião de segredos e soluça feito a patativa. Agapiel, o Ingrato, serve ao príncipe do ar, Icosiel, e farfalha como as asas do morcego.

Agasaly, o Galante, servo de Paimon, fala como papagaio.

Agateraptor, o Fedorento, também tem o privilégio de seguir Belzebu e/ou Beelzebub e, pelo mesmo motivo, zune.

Agchoniôn, o Primoroso, tem corpo de homem e cara de besta e guincha como sagui.

Agei, o Condolente, serve os mestres infernais Astarot e Asmodeus e estridula feito pica-pau.

Agibol, o Mesquinho, servo de Amaimon, chia feito o gambá.

Aglafys, o Conhecedor, também serve a Paimon. Aglas, o Cobrador, servo de Gediel, estrila feito grilo. Aglasis, o Mago, trina como o corrupião.

Agor, o Gatuno, servo de Malgaras, mia tal qual o gato.

Agra, o Baixo, servo de Gediel, brame como elefante.

Agrax, a Temperança, servo de Asmodeus, martela como araponga.

Aherom, o Irritante, berra feito bezerro.

Akanef, o Alado, grasna feito a cegonha.

Akesoli, aquele que causa dor, servo do rei infernal Amaimon, berra igual ao búfalo.

Akium, o Certeiro, serve a Beelzebub e zumbe como abelha.

Akoros e/ou Abarok, aquele que fez a torre ruir, ruge como o leão.

Akton, aquele que quando voa se torna Sabaôth, causa dor nas costas dos humanos e orneja igual ao jumento.

Enquanto o dia avança, a cada momento George parece mais aflito e inquieto.

Ora anda de um lado para o outro do loft, ora retoma a sua leitura.

Então, ainda cedo, antes das 2 p.m., Ele desiste de tentar resistir e apanha a garrafa.

Hoje é o tal dia em que Ele precisa ir à reunião esotérica.

— O que você está fazendo? — Trudi pergunta.

— Nada, vou tomar uma dose — George diz.

— Não. Não faça isso.

Trudi se levanta e, com delicadeza, tira a garrafa de sua mão.

— Ah! Essas seitas e religiões malditas, sempre colocando tudo em forma de proibição e pecado — confabula George.

— Isso vai afetar teus sentidos e te distanciar da experiência. Eu garanto a você, vai ser diferente de tudo que já vivenciou em relação a crenças ou religiões.

— Se eu não posso beber, não vejo diferença.

— Acredite em mim. Na volta eu celebro com você.

George se joga no sofá, irritado e frustrado.

Logo se levanta e resolve ir fumar no parque.

E é isso que faz.

Há três pensamentos que se alternam em sua mente.

Seu pequeno carrossel.

Suas pequenas questões.

E George está amargo.

E a amargura amarga seus pensamentos.

E quando arremessa a bituca na lixeira,

tentando fazer uma cesta incandescente,

enquanto a brasa do cigarro voa na direção da cesta de lixo,

George prova uma epifania brutal.

Talvez porque haja nessa trajetória algo do infinito.

E feito Marie Marguerite Fahmy,

sua tia-avó,

sua mente começa a arquitetar essa percepção feito uma fábula.

E nosso bom e velho George volta acelerado e eufórico ao apartamento.

Abre a porta num rompante e começa a falar:

— Trudi, acho que posso explicar o que sinto!

Sarah se assusta.

— É isso! Sabe o big bang?!

Sarah faz sim com a cabeça.

— Então, é isso! Imagine o big bang. Imagine essa história de que não era nada, apenas uma pequena esfera. Uma pequenina esfera flutuando na inexistência. Boiando no nada…

"Eu sou tão pequenino", diria McPee.

— O.k. Então não era nada. Nada era nada. Por alguma razão, ou por falta disso, só havia essa pequena coisinha flutuante. E aí, talvez por vontade própria, talvez por não conseguir mais se conter, ela explode! Bum! Está me acompanhando?

— Sim, claro.

— O.k. Então dessa explosão partem inúmeras formas de energia. Não é bem isso… Deixa eu tentar ser mais claro: essa explosão espalha a matéria que estava contida ali dentro. E, dependendo da região que cada uma toma, ela se transforma. E essa energia que esteve aprisionada durante a eternidade, muda. De alguma forma, antes da explosão, era tudo a mesma coisa. Tudo o mesmo nada, certo?

— Vá em frente.

— Muito bem. Esse fenômeno, aquilo que estava e sempre esteve contido, se espalha, certo? Por força da física, ou seja lá o que for, essa energia se alastra para todas as partes e, em função desse descontrole, as coisas se expandem com velocidades diferentes. Para direções diferentes. E ao se romper, talvez pelo próprio estado do nada, uma dessas, digamos, energias é lançada numa velocidade surpreendentemente maior. E ela é mais iluminada e veloz. E se distancia de forma muito mais desmedida, enquanto o resto dessa parte se espalha lentamente. E essa diferença cria o tempo e não cria o espaço, mas alcança o espaço, ou, melhor ainda, os espaços. Toma o espaço e, assim, o espaço se faz. Apesar disso ocorrer em direções, digamos, aleatórias, de forma mais uniforme essa energia mais iluminada e rápida se distancia cada vez mais. Enquanto todo o resto que é muito menos veloz cai quase que em câmera lenta.

Enquanto teoriza, George gesticula com as mãos tentando ilustrar essa dispersão.

— Muito bem. Digamos que aquela energia mais iluminada, mais veloz, se distancia absurdamente das demais e segue em linha reta para partes muito distantes desse infinito. Desse infinito que não era nada. O.k.?

— O.k.

— Muito bem. Essa energia branca, que em função da explosão foi expelida para muito mais longe, sozinha e muito mais iluminada, seria, ou melhor, se tornaria, o que vocês chamam de Deus.

George olha para o teto. Parece perder o raciocínio.

— Tudo bem, querido. Estou acompanhando.

O "querido" o traz de volta.

— Pois bem. Essa parte desse nada, ou seja lá o que for que estava lá aprisionado, se distancia e, quanto mais ela avança, mais rápida ela se torna. E ela nunca mais poderá ser alcançada. Jamais!

— Deixa eu ver se entendi...

— Calma, eu ainda não terminei.

— Desculpa. Continue.

— Certo... Então essa partícula, energia ou coisa, quanto mais se distancia, mais acelera. Enquanto o resto, todo o resto, se torna cada vez mais lento e escuro enquanto se espalha para regiões diversas. De qualquer forma isso que é muito mais escuro e lento do que aquilo que agora chamarei de Deus, cai. Enquanto aquilo que é Deus, sobe. Sobe, em direção extrema e oposta. E, quanto mais se distancia, mais rápido se torna. E, quanto mais avança, mais expande o infinito. Digamos que... de alguma forma, nessa ideia que me ocorreu, o infinito era limitado. Deus, em sua projeção, o expandiu e, segundo a teoria do big bang, continua aumentando essa *infinitude*. Continua e continuará aumentando e expandindo o infinito. Sei que pode parecer paradoxal e tudo, mas esse infinito é apenas um conceito humano, certo?

— Que bom que você começa a entender Deus.

— Calma. O que quero dizer é que, desde que se separou no espaço, ele deixou de ter qualquer relação com o que ficou. Entende isso? A cada centímetro que avança, ele deixa de ser o que era.

— Mas, pelo que você diz, tudo deixa de ser o que era...

George não dá tempo para que Trudi conclua. E segue:

— E quanto mais ele avança, mais se diferencia do que ficou para trás.

— Entendo, mas...

— Quanto mais ele avança, ele *se* e *nos* transforma.

— Certo.

— E nós, que não éramos, ou não sabíamos que éramos enquanto dormíamos na pequena esfera, na verdade deixamos de ser, ou nos tornamos efêmeros, porque ele explodiu. E provavelmente ele explodiu porque, enquanto estávamos naquela pequena coisa, a única que existia num infinito menor, enquanto estávamos lá, dormentes, nos sentíamos, mesmo que sem essa consciência, bem. Nós nos sentíamos bem. Nós nos sentíamos bem não sendo. Percebe?

Não dá tempo de resposta.

— E era bom estar lá. E lá estaríamos sempre se a esfera não tivesse se rompido. E talvez ela tenha se rompido porque lá era bom. E enquanto nos aninhávamos de tão bom que era. E por isso nos roçávamos uns nos outros. Porque era bom. E talvez, talvez, o nosso atrito, esse atrito de quem se aninha porque é bom, esse atrito tenha iluminado essa partícula e feito com que ela despertasse, explodisse e nos deixasse para trás.

George parece olhar para algo que não está lá, enquanto reflete.

— Cada vez mais para trás. E enquanto ele avança, quanto mais avança, mais ele se transforma. E nessa medida cada vez somos menos do que fomos. Deus já não tem nada a ver com a gente. Ele rompeu nosso conforto e continua avançando. Enquanto nós caímos. Lentamente. Nós e o resto de tudo que se tornou essa substância escura.

Trudi o observa com expressão abobada.

— A cada minuto Deus está mais diferente e distante do que somos.

Trudi demora a encontrar palavras.

— Sei que é difícil... é difícil explicar, mas é isso. É isso, Trudi...

— Mas, então, o que você diz é que Deus existe.

— Talvez. Mas a cada instante ele tem menos relação conosco.

Então George sai do êxtase.

Parece exausto.

Trudi está calada. Pensativa.

George se larga no sofá.

E enquanto Trudi reflete, enquanto tenta assimilar, George adormece.

E naquele instante Ele deixa de ser Charlie, Albert ou George.

Mas precisamos nomeá-lo. Então diremos: George.

E George segue apagado.

Em sua minúscula esfera.

Quando o interfone toca.

São 7 p.m.

Trudi atende.

— É John Tawell — ela diz, enquanto sacode George.

George abre os olhos.

Parece voltar de um lugar muito distante.

Então Ele balança a cabeça em negação.

Balança a cabeça, bufa e olha de forma sarcástica para Trudi.

Como se dissesse: "Sério?".

Trudi estende a mão e ajuda George a se levantar.

Ele desce os lances de escada sonado e vazio.

Para a sua surpresa, quando abre a porta avista, ao lado de John, Bennett Clark Hyde. E isso enche George de alegria e esperança.

Seu amigo Bennett.

A primeira relação que desenvolveu em Nova York.

Seu parceiro, o camaleão de bigode.

— Santa bosta! Como é bom te ver, meu velho — George exclama.

— Eu estava com saudade de você, meu amigo.

Eles se abraçam.

Dessa vez de forma menos desajeitada.

Se abraçam feito amigos que não se veem há muito tempo.

E Bennett pergunta:

— Preparado?

— Não.

— Tudo bem. Vamos nessa — Bennett diz sorrindo.

Ele indica com a mão onde o carro está estacionado.

Tawell dá um tapinha nas costas de George e repete:

— Vamos nessa.

Param ao lado de uma van preta e Tawell corre a porta traseira para George entrar. Ao entrar, Ele vê que o motorista é Henry Colin Campbell.

O negro que conduzia o caminhãozinho do Mister Softee.

E Henry pergunta:

— Como vai, parceiro?

E, por mais estranho que possa parecer, George se sente enturmado.

Tem estado há tanto tempo deslocado que se sente entre companheiros.

— E como vão as coisas?

— Caminhando, você sabe...

— Claro que está tudo bem. Ele divide o apartamento com Trudi Stephens! — diz Bennett.

— Porra! — emenda Henry.

— Ela é bacana, não é mesmo? — pergunta Bennett.

— A Trudi é demais.

— Agora eu vou ficar mais tranquilo e a gente volta a almoçar de vez em quando. Como nos velhos tempos.

— O tal figurão já foi embora?

— Foi. Agora posso voltar a cuidar de você, hahaha.

— É engraçado, não é? A gente se conhece há menos de um mês e realmente parece muito mais tempo.

— É verdade.

||

Henry dirige alguns minutos ali mesmo pela região de Red Hook, Brooklyn. George não repara no trajeto.

Henry para a van na entrada do que parece ser um galpão abandonado.

Tawell, que estava sentado na frente, desce, abre um cadeado muito grande e empurra o portão duplo para dentro do pátio de estacionamento.

Espera a van passar e volta a fechar o portão.

O carro estaciona nos fundos do prédio.

A noite está quente e abafada.

Eles deixam o veículo enquanto Tawell destranca uma pequena porta na ala norte do prédio.

— O.k., pessoal, ainda é cedo. Então vou fumar um cigarrinho com meu amigo George antes de entrarmos. Nós já alcançamos vocês.

Sabendo que Bennett não fuma, George brinca:

— Vai querer um cigarrinho?

— Quero.

— Sério?

— Sim. Vou fumar um cigarrinho com você.

George passa o maço e então acende os cigarros.

Primeiro o de Bennett, depois o próprio.

Fumam enquanto se afastam da entrada.

Caminham pelo pátio. Bennett puxa conversa.

— Relaxa, meu velho. Curte a experiência.

— Você sabe que não engulo essa coisa de religião.

— Já te disse que isso não tem nada a ver com religião.

— Que seja. É uma seita, ou coisa que o valha.

— Também não é seita. Somos uma irmandade.

— Que bosta — ironiza George.

— Somos uma irmandade que combate a ignorância. É só isso.

— Isso é uma das coisas que mais me incomoda nessas organizações que vocês dizem que não são religiosas. A arrogância.

— Arrogância?

— Quem são vocês para julgar o que é ignorância?

— Dá uma chance, meu velho. Viva essa experiência antes de julgar.

— Vocês criam regrinhas e simbolismos secretos e acham que quem não conhece suas crenças é ignorante. Por favor, Bennett...

— Você vai entender.

— Será? Talvez eu seja ignorante demais para isso.

— Para com isso, meu irmão. Dá uma chance.

— Estou dando. Não estou aqui?

— O que pregamos aqui é o amor.

— Nossa! Que original!

— Não buscamos a originalidade.

— Mesmo assim, o que vendem as outras religiões?

— É claro. Porque o amor é o único laço que pode unir o que foi dividido.

— Por favor, Bennett...

— Pregamos o amor e a liberdade de pensamento.

— Desde que pensem igual a vocês.

— Aqui, George, nós reunimos o que está disperso. E, feito isso, compartilhamos entre os nossos irmãos.

— Que seja. Vamos acabar logo com isso.

George arremessa a bituca, sem epifanias dessa vez, e caminha em direção à entrada.

— Espera, George. Com o tempo você entenderá que o que fazemos aqui é transformar o simbólico em real.

— Vamos lá, Bennett. Vamos fazer isso agora.

— Aqueles que não fazem parte do que somos, sentem pouco. Você vai expandir a sua sensibilidade. Vai viver de forma mais intensa e plena. Compreender o que parecia difícil.

— Puta merda, Bennett...

Mas então Bennett diz algo que ganha a sua atenção.

— George, meu velho, aqui você vai acalmar o que busca no passado. Vai aprender que assim se deu a criação do mundo. Através da divisão.

— Eu entendo isso, Bennett, sério. Falava sobre isso hoje mesmo com Sarah.

Então Bennett complementa:

— "E a dor da divisão é como nada."

George procura refletir. E Bennett o surpreende com outra citação:

— "A alegria da dissolução é tudo."

Talvez, se George tivesse arremessado a bituca nesse instante, ocorresse outra epifania.

E aí eles deveriam acrescentar nas advertências dos maços de cigarro: "Arremessar bitucas causa epifanias".

Ao entrar, George pode ouvir um murmúrio de vozes.

Tawell os espera.

Então ele pisca e gesticula para que o acompanhem.

Eles seguem Tawell pelo imenso galpão mal iluminado, cheio de correntes que descem do teto, maquinário e esteiras do que parece ser uma antiga fábrica de enlatados.

Então Tawell destranca outra portinha no fim do corredor.

George avista uma escada íngreme.

Eles sobem dois lances.

Há outra porta, e novamente é Tawell quem a destranca.

Ao lado da porta há um sofá de couro.

Tawell pede a George que os aguarde ali enquanto eles se preparam.

George imagina que é hora deles vestirem as suas fantasias. E está certo.

Passados alguns minutos Tawell volta vestindo uma túnica preta com avental bordado com símbolos e um chapéu em forma de cone.

George descreveria o "templo" como uma sala retangular ampla, sem janelas, cujo fundo, semicircular, aponta em direção ao oriente.

No centro do semicírculo, entre quatro colunas, um painel com uma figura que George julga ser o filho mais velho de Deus.

Uma balaustrada divide essa ala.

As paredes são azuis com elementos e detalhes ornados em dourado, preto e vermelho.

No teto uma pintura das constelações e o Universo.

Uma enorme estrela prateada está centralizada no afresco.

Ele está atento a tudo. Repara em cada elemento.

Sabendo que tudo ali representa algo, Ele conta cada uma das representações.

Nós, folhas, triângulos, colunas, livros, árvores, galhos, caveiras, incontáveis animais que azoinam, zumbem, rugem, charlam, cantam, rugem, mugem e miam. E ainda uma série de outros ornamentos.

Há também vinte e cinco pessoas fantasiadas em trajes com sutis diferenças e posicionadas em diversos pontos da sala. Todos homens. Os que não estão nos altares, estão posicionados numa espécie de arquibancada.

E o que George descreveria como três altares forma um triângulo isósceles.

No chão, entre os altares, um hexagrama.

De qualquer forma o que George assistiu não foi uma cerimônia comum.

Fizeram em homenagem a sua presença um rito de Apresentação.

Um dos oradores falou sobre um palácio.

Disse haver quatro portões nesse, simbólico, palácio.

Mas advertiu que, para entrar nele, é preciso cruzar as quatro portas ao mesmo tempo.

Falou sobre aquilo que não é um nem muitos.

Pronunciou-se sobre o amor sob vontade.

Mencionou os arcanos superiores do tarô.

Argumentou sobre as árvores da eternidade.

Pregou sobre a importância de certos números e de suas combinações.

Mas, por fim, disse que todo número é infinito.

E que não existe diferença entre eles.

Instruiu que a Grande Entidade não deve ser adorada.

Pois é Ela quem adora.

Avisou que Ela não deve ser buscada.

Pois é Ela quem encontra.

E que essa Grande Entidade não condena o uso do álcool ou das drogas.

Anunciou que toda noite deve ser celebrada. Com abuso e excessos.

Testemunhou que há um poço no qual residem as dúvidas.

E, apontando para George, atestou:

— Nós não buscamos converter ninguém. Nós buscamos os escolhidos.

E sentenciou:

— Você, meu irmão, é o Único Sagrado. O Escolhido.

Terminaram a cerimônia gritando, três vezes, em uníssono:

— Tu és como sempre foi!

— Tu és como sempre foi!

— Tu és como sempre foi!

E por fim:

— Malditos eles! Malditos eles! Malditos eles!

Mas nada disso impressionou nosso bom e velho George.

Para Ele era mais do mesmo.

A mesma pretensão e arrogância.

A balela de sempre.

Tantas promessas de revelações e no fim um monte de metáforas que só tornam as coisas mais complicadas.

E orações, naturalmente.

E palavras de encantamento e de proteção.

George sai da cerimônia absolutamente calado.

É notável que aquilo tudo não o tenha impressionado.

Quando o carro estaciona na Verona, devolvendo George a sua casa, Bennett o acompanha até a entrada do prédio. Entrega as informações sobre a sua nova conta. O dinheiro, tirando a porcentagem da mordida dos Cães, está liberado. Os vinte por cento de taxas administrativas.

Depois tenta entender o silêncio de George.

— Você entrou mudo e saiu calado.

George não responde.

— E aí? Não quer dividir suas impressões?

— Sabe, Bennett, para mim, quando alguém quer ensinar algo a alguém, ele simplifica. Simples assim.

— Calma, meu velho. Você precisa ir compreendendo e decifrando os mistérios.

George ri.

— Foi o seu primeiro dia...

— Se alguém tem algo a dizer, ele deve, simplesmente, dizer.

— Você quer mais do que lhe foi revelado? Tá certo. Somos assim. Somos insaciáveis de conhecimento.

— Vocês podem até acreditar que são algo mais que uma seita fajuta cheia de perdedores e idiotas que se julgam sábios.

— Pega leve, George. Nós o convidamos, poxa vida.

— E eu fui. Não fui?

— Dê tempo ao tempo.

— Quanto mais tempo eu der, menos sentido fará. Boa noite.

13

Malditos eles

e/ou

Vênus, Astarot e Asmodeus

Sexta-feira, 14 de setembro de 2007

George acorda.

Estranhamente Trudi e/ou Sarah não está em sua escrivaninha.

Não está em casa.

Não estava lá para celebrar como havia prometido.

Curiosamente George não sente vontade de beber.

Passa um tempo deitado no sofá.

E realmente não bebeu ontem à noite.

Talvez porque a seita tenha dito que era permitido.

George repensou a sua teoria.

Lhe ocorreu que Ele havia expressado a sua ideia de Deus.

Mas Ele não pensou sobre o mal.

A reunião dos Cães o fez teorizar sobre isso.

George pega uma das malas e enche de roupas.

Prepara um café instantâneo.

Confere o passaporte e os documentos.

Mesmo que a sua intenção seja pegar um voo nacional. Ao menos por ora.

Depois do café, entra no banho.

E, embora George nunca vá se lembrar disso, Ele sonhou.
Era inverno
no sonho.

E o sonho repetia a rotina de seus dias em Red Hook.

Ele ia ao parque para fumar um cigarro.

Nevava.

O sonho tinha uma aura de realidade muito convincente e nosso George não desconfiou que aquilo fosse um sonho.

A neve se acumulava em montes enormes.

Desproporcionais.

Desmedidos.

Absurdos.

Ele seguiu caminhando com esforço porque seus pés afundam na neve.

Não havia ninguém nas ruas.

E então surge um homem que caminha sobre a neve como se o seu corpo não tivesse peso.

O homem tem uma cara engraçada e anda sobre a neve como Jesus fazia sobre as águas.

Admirado, George para.

O homem olha diretamente para Ele e diz:

— Meu nome é Toni.

Toni veste um casaco ocre e calças marrons.

Ele fala num inglês fluente.

— Olá, Toni — diz George.

— Lembra do Medicine? — Toni pergunta.

Claro que George lembra.

— Às vezes eu gostaria de esquecer — George diz.

— Não, George, o que eu quero que você lembre é de um episódio mais antigo que você viveu no lago.

Aí George está correndo para entrar num elevador.

O elevador está lotado.

Ele precisa empurrar as pessoas para poder entrar.

As portas se abrem no nono andar.

Há infinitas portas.

George entra num quarto.

Há uma taça de vinho no criado-mudo.

É um hotel. Ele reconhece isso.

Um homem com cara antiga, como se tivesse saído de um filme de gângster dos anos 1930, veste um avental pesado e começa a fazer truques com um baralho.

— Escolha uma carta — ele diz.

George olha para o radiorrelógio que está ao lado da taça: 1h17 p.m.

George puxa um dez de paus.

Ao sair do banho, Ele se surpreende com a presença de Sarah.

Ela não está na escrivaninha como de costume.

Está em pé ao lado da pia.

Esperando por Ele.

— Queria te pedir desculpas por ontem. Tive um imprevisto.

— Não tem problema.

Sua expressão não bate com o que diz.

— E essa mala?

Ela aponta com a cabeça para a mala ao lado da porta.

— Eu também tive um imprevisto.

— Mesmo? Mas está tudo bem?

— Sim. Preciso fazer uma pequena viagem.

— Os Cães sabem disso?

— Claro. Expliquei ao Bennett e a Tawell.

— E o que eles disseram?

— Eles entenderam. Como disse, preciso cuidar de um imprevisto.

— E para onde você vai?

— Minneapolis.

Sarah faz uma cara estranha.

George finge não notar.

— Me diz: como foi ontem?

— Exatamente como eu previa.

— Eu não acredito nisso.

George não diz nada. Quando Ele pega a mala, Trudi segura o seu braço.

— Que está havendo, Charles?

— Nada. Por quê?

— Eu sei que você ficou chateado. Eu tinha prometido que estaria aqui quando voltasse, mas, como já disse, tive um imprevisto.

— Você já falou e eu já entendi. Preciso ir agora.

— Eu te daria uma carona até o aeroporto. Mas não posso.

— Vou pegar um táxi.

— Não, Charles, não posso deixar você ir.

— E por que não?

— Você não vai sair daqui.

— Sério? E o que vai fazer para impedir?

— Eu sei que eles jamais deixariam você voltar a Minneapolis.

— Eu não preciso da autorização deles. Nem de ninguém.

— Você sabe que não é assim que as coisas funcionam.

— Dá licença.

— Ainda é muito cedo para você voltar a Minneapolis.

Docemente George se desvencilha da mão de Trudi.

— Foi legal conhecer você, Sarah.

— Você não pode ir. E sabe disso.

— Você foi a melhor coisa que aconteceu comigo nessa viagem.

— Não posso deixar você ir.

— Deviam incluir uma tarde de conversa com você nos pacotes turísticos de Nova York.

Ela não sorri.

— Você não pode ir.

— Por quê?

— Porque você vai colocar a sua segurança em risco.

— Realmente eu não sei o que vai acontecer comigo. Não sei o preço que vou pagar por desaparecer. Não sei se cabe alguma ação penal, não sei… mas vou descobrir e pagar por meus atos. Imagino que, se eu for incriminado, devo pagar prestando algum tipo de serviço à comunidade. Não acho que esteja cometendo algo grave.

— Por favor, Charles...

— Ah! Eu pensei uma coisa ontem à noite.

— Pensou?

— Ontem eu falei sobre Deus, não é mesmo?

— Sim. Você falou coisas importantes a respeito. Por isso achei que você ia gostar da reunião e se identificar com eles.

— Não... Aquilo não me tocou...

— Você ia falar sobre o que pensou ontem a respeito de Deus.

— É. Na verdade eu falei de Deus. Mas não falei sobre o seu assunto preferido.

— E qual é o meu assunto preferido, Charles?

— Embora eu esteja voltando para casa, prefiro que você me chame de George.

— O.k., George, qual é o meu assunto preferido?

— "George" faz mais sentido para mim quando estou com você. Entende?

— Posso entender.

— É isso.

— E sobre o que você não falou ontem?

— Sobre o mal.

— E o que foi que você pensou sobre isso?

— Eu pensei que o mal, que você tanto gosta e estuda, naturalmente também estava contido naquela pequena esfera. Sabe? Você sabe do que estou falando. Da teoria que ilustrei ontem.

— Claro. O mal também estava lá. E?

— O mal seria a partícula que se tornou mais escura e que caiu mais fundo.

— Entendo.

— Mas não de forma proporcional. Ele não tomou a

mesma distância e velocidade do bem. Não é proporcional. O mal está muito mais perto do que somos, entende?

— Estou acompanhando.

— Bom, é isso. O mal não está tão distante nem é tão diferente do que somos.

— Entendo, George.

— E Deus, como eu disse, não tem mais nada a ver com a gente. E a cada instante, quanto mais avança, transforma e se distancia, menor é a sua relação conosco.

— E o mal?

— O mal precisa da gente. Não só porque tem a natureza mais semelhante à nossa.

— E por que mais o mal precisa da gente, George?

— Você lembra daquela historinha piegas de Cristo na praia?

— Não sei se conheço essa história.

— Claro que conhece. É uma historinha bem piegas e apelativa. Ela fala de um homem que andava na praia. E sempre ao lado das suas pegadas havia outras. E essas pegadas surgiam ao mesmo tempo que o homem deixava as suas. Mas, num certo momento, ele se revolta e pergunta por que elas sumiam nos momentos mais difíceis do trajeto. E Cristo teria respondido que nesses momentos ele estava carregando o homem no colo. Conhece, não é mesmo?

— Sim, George. Conheço essa história.

— Pois bem. Apesar de todo o apelo e cafonice, ela me deu uma imagem.

Sarah olha para Ele, esperando. Ela parece diferente. Fria.

— É isso. Digamos que o trajeto de Deus fez as pegadas. Certo?

Ela continua a olhar para Ele.

— Nós somos as pegadas. Quer dizer, se mudasse de metáfora. Se, em vez de falar sobre a pequena partícula e o infinito, eu dissesse que a praia representa o infinito e as pegadas a trajetória. Nós seríamos esse vestígio do trajeto de Deus. O.k.?

— O.k., George.

— O mal precisa da gente. Para poder seguir Deus. Entende?

— Mas o mal também é pegada?

— Não. O mal é outra coisa. O mal é algo que nem chega a ser. Não dizem que o mal quer alcançar o bem? Então ele nos usa. Ele nos usa porque somos vestígios de Deus.

— Entendo.

— Somos apenas o seu rastro. E ele nem se importa com isso. Quem se importa com as pegadas que deixou para trás?

— Um criminoso.

— Oi?

— Um criminoso se importa. Porque um criminoso não quer deixar vestígios. Um criminoso não quer deixar rastros.

— É verdade. Mas suponho que Deus não seja um criminoso. Ainda mais sabendo que não pode ser alcançado, ele não se importa com isso. Com o vestígio.

— Então somos o seu vestígio.

— Isso. E às vezes, quando está muito quente, o mal se abriga em nós. Ele deita nessas pegadas e descansa.

— Entendi. Você soube ilustrar muito bem o seu pensamento.

— O que o mal não sabe é que nunca vai conseguir alcançar Deus. Porque, quanto mais ele anda, mais longe está. E mais rápido. Como disse ontem.

— E nada pode apagar esse rastro, George?

— Como assim?

— Eu não sei, mas, por exemplo, uma chuva. A ventania. Não existem momentos em que as pegadas se apagam?

— É só uma metáfora.

— E em sua metáfora não existe mau tempo.

— Sei lá. Não pensei sobre isso.

— Estou pensando agora. Com você, George. E o que me ocorre é que, caso as pegadas se apaguem, onde ficaria o mal?

— Acho que ele ficaria na última pegada. A última que ainda não se apagou.

— Você acha que, caso isso acontecesse, o mal faria o caminho inverso?

— Acho que não. Acho que ele permaneceria ali. Dentro de nós. Esperando.

— Entendi.

— O que te faz pensar que ele tomaria o caminho inverso, Sarah?

— Só estou pensando com você.

— Por que ele andaria no sentido contrário?

— Porque ele é o mal. A antítese.

— Mas qual seria o interesse dele em ir no sentido contrário se ele sabe que estaria cada vez mais distante?

— O que te faz pensar que o mal, sendo de outra natureza conforme você falou, quer alcançar Deus? Você realmente acredita no que a Igreja diz, não é mesmo?

— Já disse que não acredito em nada disso. Só estou pensando. Só estou tentando teorizar sobre essa ideia que me ocorreu.

— Mas não é isso que as religiões pregam? Que o mal tem inveja de Deus? Que o Diabo não passa de um invejoso que queria ser Deus?

— Sim, é isso que falam. Mas eu não estou falando isso.

— Claro que está.

— Não, não estou.

— Muito bem. Então o que você está tentando dizer com essa metáfora? Não disse que o mal nos segue para encontrar Deus?

— Disse, mas não disse que ele quer encontrá-lo para ser o que Deus é. E não teria como. Não dá para alcançá-lo. Já falei isso.

— Tudo bem. Vamos supor que o mal não saiba disso. Vamos supor que o mal não saiba que não pode alcançar Deus, certo?

— Certo.

— Muito bem, George. Então o mal não sabe que não pode alcançá-lo. Não é essa a minha questão. A questão é: se o mal tenta alcançar Deus, qual é o objetivo? O que ele faria se o alcançasse? Ele tomaria o lugar de Deus? O que ele faria?

— Provavelmente. Eu não sei.

— Pense, George. O que ele faria se o alcançasse?

— Acho que ele tomaria o lugar de Deus, mesmo. Sei lá.

— Mas, se, como você disse, o mal é tão diferente, por que ele quereria se tornar o que não é?

— Eu não sei, já disse. Talvez por isso mesmo. Porque ele quer ser.

— E, se ele não é Deus nem a pegada, o que ele é?

— Ele não é nada. Ou não é nem uma coisa nem outra.

— Isso é totalmente cristão. Esse seu pensamento é totalmente, como diriam vocês, maniqueísta. Por que você acha que, se ele não é nem uma coisa nem outra, ele não é nada?

— Por isso… Sei lá!

— George, pense um pouco. Se o mal é de natureza oposta à do bem, por que ele seguiria seus passos? Por que diabos ele seguiria as pegadas no mesmo sentido? E veja que essa sua metáfora é plana. Você imagina um caminho, uma praia. E ela é plana.

— É. Porque assim é mais fácil imaginar o infinito. O caminho, sei lá.

— Mas, George, você não pode pensar no infinito dessa forma. Não faz sentido pensar o infinito como se fosse um trajeto plano e reto.

— É só para ilustrar.

— Não, George. Se você vislumbra o infinito dessa forma bidimensional, não faz ideia do que é o infinito.

— É mais fácil pensar dessa forma, entende? Não quer dizer que penso o infinito assim...

— O.k. Vamos voltar à ideia do mal seguir Deus. Se o mal, segundo a própria Bíblia, não é muito mais do que a busca do conhecimento, por que ele seguiria essa direção? Pense um pouco. Pense comigo, o que há no sentido oposto? Aonde chegaríamos se buscássemos o começo das pegadas e não o fim?

— Chegaríamos ao ponto de partida... Sei lá.

— Não lhe parece um ponto muito mais relevante? Digo, nessa sua história.

— Chegaríamos... mas aí teria que voltar ao meu pensamento anterior. À tal da esfera minúscula.

— E você não disse que lá era bom? Não disse que era agradável? E que, desde que ela se partiu, nunca mais fomos felizes e tranquilos?

— É, mas é só uma teoria. Uma imagem para tentar explicar o que penso.

— Mas você percebe que, se o mal caminhasse nessa direção, ou buscasse essa origem, em vez de, como você disse ontem, *se* e *nos* modificar, ele estaria *se* e *nos* aproximando de sua e de nossa verdadeira essência?

— É... dessa forma... dessa forma que você coloca, parece fazer sentido. Mas não é isso. Não estou conseguindo ser muito claro.

— Você não disse que, quanto mais Deus avança, menos importância nós temos para ele? Ou menos semelhança nós temos com ele?

— É claro que você vai tentar defender o mal. Você e a sua turma adoram os demônios.

— Eu só quero que você reflita sobre o que você considera ser o mal.

— Não é isso que estamos fazendo?

— Quero que você reflita sobre isso numa outra ótica, que não seja a do bem.

George parece confuso.

— Seguindo o seu raciocínio, nessa metáfora da praia, o que acha que o mal encontraria se caminhasse no sentido contrário? O que encontraria se seguisse as pegadas no sentido inverso?

— O ponto de partida, é claro.

— E o que seria isso? Por que e de onde surgiu essa caminhada?

— Não sei. Preciso pensar.

— Pense. Ontem não falaram sobre os quatro portões de um palácio?

— Sim. E falaram mais um monte de bobagens também.

— Você sabe que essa história do palácio é também uma metáfora, não sabe?

— Sei.

— É sobre isso que essa metáfora fala. Ela diz que não podemos compreender nada se entrarmos por uma das portas. Não foi isso que disseram?

— Foi.

— Pois é isso. É preciso entrar pelas quatro portas ao mesmo tempo. É preciso refletir de forma muito mais abrangente.

— O.k., entendi.

George se mostra envergonhado.

— O que o mal encontraria se fizesse o caminho contrário, George?

— Vamos mudar de assunto. Preciso pensar mais sobre isso, mas não agora.

— Eu também quero falar de outras coisas com você. Pode ser?

— Vamos lá.

— Quero falar em primeiro lugar sobre os maniqueus. Depois quero falar sobre a sua viagem. Pode ser?

— Fale.

— Você sabe quem foram os maniqueus?

— Sei que eles foram um povo antigo que acreditava no bem e no mal.

— Muito bem, vamos lá. É claro que existem inúmeras teorias sobre Mani ou Manes, o.k.? Vou falar sobre o que acredito e que é fruto de minhas pesquisas. Se você pesquisar, vai encontrar um monte de controvérsias quanto ao local e o ano de seu nascimento. O que eu acredito é que ele nasceu em meados dos anos 200 d.C., na Babilônia. Tudo bem?

— Vá em frente.

— Muito bem. Ao contrário do que a Igreja católica nos fez pensar, os maniqueístas, seguidores de Mani, não eram extremistas. Eles não dividiam o bem e o mal. Ao contrário, Mani teria dito, e o interessante é que tem muito a ver com o seu pensamento, que o mal é o bem no lugar errado e no tempo errado. Percebe a semelhança?

— É. Tem tudo a ver com o que eu falei.

— Pois bem. E ele disse ainda:

"Tudo que vejo de mau ao meu redor, faz parte de mim. A periferia e o centro são ambos meu Eu."

— O.k.

— Santo Agostinho fez parte dessa ordem, sabia?

— Não, e na verdade não sei se isso faz alguma diferença.

— Tá legal. O que vou dizer agora talvez faça. Os maniqueus não negavam o mal. Não havia essa dicotomia que lhes imputaram. Eles mantinham, sim, dois altares. E faziam oferendas e sacrifícios, tanto ao deus bom quanto ao deus mau. E, mesmo que haja um pensamento ingênuo e simplista em suas teorias, o que eles buscavam era o Uno. Buscavam equilibrar o que era o mesmo. Era o mesmo. Estava apenas separado no tempo e no espaço. Certo?

— Você quer que eu diga "certo", mesmo?

— Como assim?

— Você está falando igual a essas professorinhas medíocres.

— Nossa! Precisa falar assim?

— Porra! Eu estou entendendo... não precisa ficar perguntando. Não sou tão burro quanto você pensa.

— Não precisa ficar agressivo. O que quero dizer é que a Igreja não entende e tampouco aceita o pensamento dos maniqueus. E queria que você entendesse o real sentido do maniqueísmo. E eles cruzaram dois portões do palácio ao mesmo tempo. O que os Cães Alados pretendem é te instruir a cruzar os quatro portões.

— Podem esquecer. Eu não vou frequentar aquela baboseira.

— É você quem decide.

— Isso mesmo. Sou eu quem decide.

George empurra a mala e senta no sofá. Tira um cigarro e acende ali mesmo.

— De hoje em diante sou eu quem decide a porra da minha vida!

— Faça isso. Mas faça isso sem *se* e *nos* colocar em risco.

George faz uma careta.

— Não sei o que você pretende fazer para me impedir, mas vai ter que fazer logo. Porque eu vou só fumar esse cigarro e partir.

— Você não pode fazer isso, George.

— Veremos. Estou realmente curioso para ver. Você disse que queria falar duas coisas. Aproveite esse tempo. Qual é o outro assunto, Sarah?

— Quero falar justamente sobre a sua viagem.

— Fale.

— O que acha que vai encontrar em Minneapolis?

— Eu já disse. Vou resolver uma coisa que deixei para trás.

— Imagino que você saiba que não vai encontrar o que busca.

— Isso eu vou descobrir logo logo. Hoje mesmo.

— Você não pode acreditar que vai encontrar o que busca. Não é possível que você acredite nisso.

— Já está tudo certo. Eu vou chegar em Minneapolis e resolver algo que deixei pendente há mais de trinta anos.

— Você sabe que a Sarah Jane que vai encontrar já não tem mais nada a ver com a que ficou no passado, não sabe?

George se levanta furioso.

— Filho da puta!

Sarah o encara com piedade nos olhos.

— O filho da puta do Bennett não tinha o direito de falar da minha intimidade a vocês.

— George, você parece um menino.

— Filho da puta, fodedor de mãe do caralho! Chupador de pica!

— George, você não é mais o menino que era quando isso aconteceu.

— Você não tem o direito de falar sobre isso comigo.

Então ela diz algo que o choca e o enfurece ainda mais.

— George, a vida tem que ser mais do que isso.

George arremessa a bituca pela janela.

E, enquanto a fuzila com o olhar, pega a mala e sai do apartamento batendo a porta com força.

Está realmente ultrajado.

Quando deixa o prédio e anda pela Verona Street em busca de um táxi, ouve Trudi gritando o seu nome.

Dobra à esquerda na Dwight.

Cruza duas quadras até a Dwight se fundir com a Columbia.

Segue alguns metros até a Hamilton Avenue.

Um táxi se aproxima.

Faz sinal.

O carro encosta.

O motorista tem traços orientais. Japonês, George rapidamente supõe.

— JFK, por favor.

Em dois momentos Ele se desculpa com o taxista. Praguejava.

— Desculpa, meu amigo. Não é com você.

— O.k. Tem dias que são difíceis, não é mesmo?

— É. Eu estou puto.

— Sei como é isso.

— Acabei de ser traído, você sabe.

— Que merda, cara!

O taxista tem um sotaque carregado.

— De onde você é?

— Sou do Brazil.

— Caramba...

— É...

George não imaginava que existissem nipo-brasileiros. Fica realmente surpreso. Pensa que talvez o motorista esteja brincando.

— Sério mesmo?

— O quê?

— Você é brasileiro?

— Sim.

— Caramba!

— É.

— Qual o seu nome?

— Takeda.

— Takeda?

— Isso. Yasuo Takeda.

Santa bosta!, pensa George.

Então Takeda diz que mais de um milhão e meio de descendentes de japoneses vivem no Brazil. Diz que o Brazil abriga a maior colônia japonesa fora do Japão.

George fica boquiaberto.

Takeda conta sobre o *Kasato Maru*.

O navio que aportou em São Paulo em 18 de junho de 1908.

Takeda fala sobre o bairro da Liberdade.

George fica tão surpreso que as informações acabam abrandando a sua ira.

Então é a sua vez:

— Sabe, Takeda, eu sou de Minneapolis, Minnesota.

— Bacana.

Naturalmente George queria falar sobre Richard Dean Anderson.

Mas imagina que os brasileiros nunca ouviram falar de MacGyver.

Mesmo assim Ele arrisca.

Imagina que Takeda já esteja na América tempo suficiente para saber quem é MacGyver.

— Sabe com quem eu estudei lá em Minnesota?

— Não. Com quem?

— MacGyver.

— Santa bosta!

— Você conhece?

— MacGyver! É claro! Nós amamos o MacGyver.

— Sério? E eles conhecem o MacGyver no Brazil?

— Ô! Muito famoso no Brazil. Nós amamos o cara.

— Sério?

— Sério.

George se enche de orgulho. Seu "quase" colega de classe é famoso no Brazil.

— Faz tempo que você vive aqui, Takeda?

— Cinco anos. Agora em novembro vai fazer cinco anos.

— E onde você mora?

— No Queens.

— E o Rio de Janeiro, como é?

— É bacana, é bacana.

— E as mulheres brasileiras, hein?

— É... Sabe, eu nunca fui ao Rio. Mas o Rio é bacana.

Outro choque para George. Como um brasileiro pode não conhecer o Rio?

Takeda explica:

— Minha família era muito pobre, sabe?

— E onde você vivia?

— Eu sou de Cuiabá.

— Cuiabá?

— Isso. Conhece?

— Não. E é bonito lá?

— Bonito, bonito.

— Cuiabá — George repete.

— Só que é quente lá.

— Quente?

— Quente, quente.

— Eu odeio o calor.

— Mas é bonito. Quando for para lá, tem que conhecer a Chapada.

— Chapada?

— É. É tipo o Grand Canyon...

— Deve ser bonito. Eu também nunca fui ao Grand Canyon.

— Também não conheço pessoalmente.

— E Cuiabá é bonito?

— Bonito, bonito. Só que, se for lá, não pode comer a cabeça do pacu.

— Não?

— Não pode. Se você estiver em Cuiabá e comer a cabeça do pacu, não volta. Fica por lá. Vira pau-rodado, hahaha.

George viaja. Imagina o Canyon brasileiro.

— Em Cuiabá a comida é muito boa. É disso que sinto mais falta.

— Acredito. Eu nem me apresentei. Meu nome é George.

— Prazer, George. Está indo viajar a passeio ou trabalho?

— Estou voltando para resolver a minha vida, entende?

— Claro, George, entendo, entendo.

— Eu gostei de você, Takeda.

— Obrigado, obrigado. O senhor também é muito legal.

— Você bebe, Takeda?

— Ah! Quem não gosta de uma birita, não é mesmo? Apesar do problema da tal enzima, né? Hahaha.

— Enzima? Que problema?

— Ah, os orientais ficam vermelhos, né?

— O que você acha da gente dar uma paradinha para beber alguma coisa?

— Hahaha, não posso, né? Estou trabalhando.

— Eu pago o seu dia.

— Que que é isso...

— Sério. Eu gostei de você e estou precisando comemorar. Quer saber o que estou indo fazer em Minneapolis, pra valer?

— Quero, sim, George.

— Eu estou indo para Minneapolis comer uma bunda.

— Que que é isso, George! Hahaha. Deve ser uma bunda e tanto...

— Pode apostar, meu velho.

— Você é engraçado, George.

— Estou indo lá comer um belo de um buraco de bunda.

Apesar de toda a insistência de George, Takeda diz que não pode ir beber com Ele. Então George faz uma oferta que julga irrecusável.

Convida Takeda para ir com Ele para Minneapolis.

Diz que paga as passagens e todas as despesas.

E que ainda o levaria ao One-Eyed Jack's.

O levaria lá, por sua conta, para Takeda comer uma bela de uma bunda.

Takeda agradece de coração, mas diz que precisa trabalhar e que no fim da tarde vai buscar a filha na escola.

Quando Takeda estaciona em frente ao aeroporto, George pergunta:

— Você é casado com uma brasileira?

— Não, não. A minha mulher é filipina.

Então George, que tem a doença do papai, entrega uma nota de cem dólares a Takeda e diz para ele ficar com o troco.

Naturalmente Yasuo Takeda é homônimo de um assassino.

No dia 7 de fevereiro de 2000, Yasuo Takeda estacionou o carro na frente de uma delegacia em Tóquio.

Ele entrou no prédio e pediu que um policial o acompanhasse até a sua van.

Ao chegar lá, o policial encontrou os quatro corpos dos familiares de Takeda sentados no banco de trás.

Lá estavam a sua mãe, de oitenta anos, um filho de seis, a filha de quatro, e sua esposa, de trinta e oito anos.

Eles os executou exatamente nessa ordem.

Todos foram estrangulados.

Então Takeda os acomodou sentados no banco traseiro e, feito um taxista, os conduziu até a delegacia.

||

Mal desce do carro, avista Bennett na entrada do aeroporto.

Isso traz de volta a sua fúria.

Ele caminha em sua direção como se fosse atacá-lo.

— Calma, meu irmão, me ouve primeiro.

— Você não tinha o direito de fazer isso comigo!

— Me escuta.

— Sai da minha frente, sua fatia de merda!

Bennett estende o celular.

— Só escuta o que a Sarah tem a dizer, por favor.

— Eu não quero saber.

— George, isso vai mudar a sua vida.

— Não me venha com essas ameaças.

George faz um gingado com o corpo e ultrapassa Bennett.

Bennett se adianta e procura caminhar ao lado de George, que anda apressado.

Todos que olham para eles, riem.

Acham que estão fazendo graça.

— Por favor, meu amigo, apenas escute o que ela tem a dizer.

George avança para um guichê da Delta Airlines.

— Bennett, se você não se afastar, eu vou chamar um segurança.

— Eu não posso deixar você ir.

Então George perde a cabeça e empurra Bennett com força.

Bennett se desequilibra e cai de bunda no saguão.

Um segurança avança rápido e imobiliza George numa gravata.

O luto e o medo estão ainda muito presentes. Há três dias se relembrou o Onze de Setembro. Há tensão em Nova York.

É sexta-feira, o aeroporto está lotado.

O segurança é um novato que se chama Jablonski. Phillip Carl Jablonski.

Bennett se levanta desajeitado e pede que ele solte o amigo.

— Está tudo bem, está tudo bem! Ele é meu amigo.

Mais dois seguranças se aproximam.

Um deles é mais prudente.

Pede ordem.

— Ele vai te soltar, mas quero que o senhor fique calmo e colabore, o.k.?

George tenta fazer sim com a cabeça.

— O senhor está me entendendo?

— Sim — George fala com a voz rouca. Com a garganta apertada.

— Pode soltá-lo, Jablonski.

Jablonski solta George lentamente, apreensivo e desconfiado.

George massageia o pescoço. E se explica:

— Está tudo bem, oficial. Eu vou comprar minha passagem e partir. Eu realmente conheço esse homem. Tivemos um pequeno desentendimento e eu acabei perdendo a cabeça. Me desculpem.

George só não quer perder o voo.

— O.k. Vou pedir para que me acompanhem até a sala de segurança. Preciso de seus documentos.

Prontamente Bennett entrega seus documentos.

O oficial mais experiente se chama Elton. Ele recebe os documentos e os segura em sua mão direita sem verificar. Seus olhos estão atentos aos movimentos de George.

George mexe a boca agitado. Leva um tempo até que Ele consiga falar.

— Olha, oficial, eu estou realmente com pressa. Preciso pegar o próximo voo para Minneapolis. É urgente.

— Entregue os seus documentos, senhor, e nos acompanhe, por favor.

Bennett sinaliza com a cabeça para que George colabore.

De forma totalmente inesperada George dispara feito um foguete.

O novato Jablonski tenta alcançá-lo.

Mas ele não tem chance.

George não é apenas um fugitivo. George é um homem que não pode ser detido.

George é o homem que volta.

George é o homem que está pronto para resgatar o seu passado.

George é o homem que volta para aquele buraco de bunda, do qual, na verdade, nunca conseguiu sair.

Ele cruza a entrada do aeroporto e se dirige ao estacionamento.

Quando um policial à paisana o derruba de bruços.

Jablonski o alcança enquanto Ele é algemado e recebe voz de prisão.

— O.k., o.k., eu me entrego.

— Já é tarde para isso — diz Jablonski sem fôlego.

Quando o levantam, há uma multidão apavorada o observando.

George causa pânico.

Todos acreditam que um terrorista foi detido pelos bravos oficiais de justiça.

Ninguém sabe o real motivo de sua captura.

George é levado para uma pequena sala que fica no subsolo do aeroporto.

Ele procurou Bennett no trajeto, mas nem sinal dele.

Ele gritava:

— Bennett! Bennett!

Bennett pode explicar que tudo aquilo é só um mal-entendido.

Mas George não o encontra.

George espera na sala. Algemado com as mãos para trás.

A propósito, só para constar, naturalmente Jablonski é homônimo de um assassino em série americano. Phillip Carl Jablonski, da Califórnia.

Jablonski foi acusado em 22 de abril de 1991 da morte de Fathyma Vann, de trinta e oito anos, em Indio, Califórnia.

Jablonski atirou na cabeça da moça depois de violentá-la.

Além disso ele escreveu, com uma faca, "eu amo Jesus" na bunda dela.

E fez mais um monte de mutilações no corpo de Fathyma. Além de arrancar as orelhas e os olhos da pobre infeliz.

No dia seguinte foi a vez de sua esposa, Carol Spadoni Jablonski, de quarenta e seis anos de idade, e de sua sogra, Eva Peterson, de setenta e dois.

Jablonski as executou com tiros, facadas e asfixia.

E, antes de acabar com a sogra, ele violou o buraco de sua bunda.

Phillip Carl Jablonski já tinha matado a sua primeira esposa, Melinda Kimball, em 1978. Em Palm Springs, Califórnia.

Jablonski também foi acusado do assassinato de Margie Rogers, de cinquenta e oito anos, em Grand County, Utah, em 27 de abril de 1991.

Depois de alguns minutos entra Elton. O policial mais sensato.

Ele também tinha um homônimo. Elton Manning Jackson foi preso em 1997 pelo assassinato de doze homossexuais. Os corpos de todas as vítimas foram encontrados ao lado de estradas em Chesapeake, Virgínia.

Elton traz dois copos de café e deposita na mesa ao lado dos documentos de George.

— Eu vou tirar as algemas, mas preciso que você colabore, o.k.?

— Eu vou colaborar. Prometo.

Depois de retirar as algemas, Elton lhe entrega o copo descartável.

— Muito bem, George. Levantamos a sua ficha. Você está limpo. Então me diz o que foi que aconteceu.

— Me desculpe, oficial. Eu estou estressado. É só isso.

— Bennett não quis prestar queixa contra você.

— É claro que não. Ele é meu amigo. Quer dizer...

Elton espera, mas George não completa a frase.

— Vocês vão me liberar?

— Você precisa se acalmar, George. Sua atitude podia ter feito as coisas saírem do controle. Você entende?

— Claro. Eu perdi a cabeça. Foi só isso.

— Você desviou nossa atenção. Isso põe em risco milhares de vidas. Percebe?

— Sim, senhor. Me desculpe. Eu só posso me desculpar.

— Eu vou deixar você aqui. Vou deixar você refletir um pouco. Quem sabe você não tem algo mais para nos contar.

— Não. É isso. Eu perdi a cabeça, mas já estou calmo...

Elton sorri de modo irônico. E sai da sala.

George sabe que o observam através do grande espelho que toma quase toda a parede à direita. Mas não é apenas por isso que se comporta. De alguma forma tudo aquilo o esvaziou. Toda a expectativa se esvaiu.

George pensou no que Trudi disse quando Ele deixou o apartamento.

No fundo o que mais o deprime agora tem a ver com o que ela disse. É claro que Ele sabia. Sabia que não era mais aquele menino. E que jamais iria encontrar o que de fato deixou naquele dia no Medicine. Esse é o paradoxo. Apesar de saber, existe algo que o faz esquecer. Algo que faz com que tudo pareça possível. Não sei se devemos chamar de esperança. É outra coisa.

No fundo, todos sabemos que vamos morrer um dia.

Mesmo assim, no fundo, bem no fundo, algo nos faz sentir que isso não é verdade.

Porque carregamos um pouco da eternidade e do infinito em nós.

Isso é parte de nossa essência.

Parte do que nos constitui.

E esse sentimento é diferente do sentimento de esperança.

A esperança é só um desejo.

Isso, essa outra coisa, não é desejo.

Nem certeza.

É, e será, o que sempre foi.

III

Anoitecia quando liberaram George.

Depois de um longo chá de cadeira.

Bennett o esperava.

— Vamos voltar para casa, meu amigo.

George estava vazio.

A vida deveria ser mais do que aquilo, mas não era.

O que Ele viveu no Medicine foi justamente a ilusão de que a vida pudesse ser outra coisa. Algo maior, mais prazeroso e mágico.

Aquele momento mudou o garoto e criou o homem.

Viver aquele momento foi como cruzar um portal.

Agora George estava vazio.

Bennett o levou para a Verona Street.

E pela primeira vez subiu com Ele.

E Sarah/Trudi o esperava.

E abraçou George quando Ele entrou.

Mas George não reagiu ao abraço.

Trudi abraçou Bennett também.

E serviu uísque para ela e para os amigos que voltavam.

Mas George não quis.

Uma coisa fria havia tocado sua alma.

Algo frio anestesiou seus sentidos.

Ele apenas se jogou no sofá.

Enfiou a cara numa almofada.

E apagou.

Antes de deixar a vigília, pôde ouvir Sarah dizer a Bennett:

— Acho que chegou a hora.

— Mas Ele nem foi preparado ainda.

— Mesmo assim. Acho que Ele precisa disso. Ele está desabando.

— Bom... então devo ir.

— Vou deixar Ele descansar um pouco.

— O.k.

Bennett esvazia o copo e vai.

Enquanto dormia, George teve um sonho estranho mas que não era estranho enquanto sonho. Mas Ele nunca se lembrará disso.

Novamente Ele sonha com aquele que caminha sobre a neve.

Toni é seu nome.

E Toni fala, de forma fluente:

— De cada dez são três.

Toni diz que há uma voz medonha que se faz ouvir em inúmeras mentes. E adverte George de que a cadela está no cio.

E que, quando ela abre os olhos, muitos morrem.

IV

George acorda assustado.

Sarah está lá.

Olhando para Ele.

E ela o olha de uma forma como nunca olhou.

— Está tudo bem? — Ele pergunta.

— É você quem deve dizer.

— Droga!

— Que foi?

— Nada.

Ela continua a olhar. Há aflição em seu olhar.

— Por que você praguejou?

— Nada.

— Fala comigo.

— Nada. Eu só não queria acordar.

— Que triste ouvir isso.

George dá de ombros.

— Eu estou cansado. Eu devia ter dito quem eu sou de verdade. Sabe? Devia ter dito isso para os policiais. Assim acabava com tudo isso. Pagava o preço e voltava para casa. Por que vocês não me deixam em paz?

— Se você quiser ir, pode ir.

— Até parece.

— Pode ir, George. Se é isso que quer.

— É isso que quero! Será que vocês não entendem?

— Eu só queria te provar uma coisa. Por isso pedi para que Bennett o trouxesse de volta.

— Então vai. O que quer provar?

— Você lembra da história do Tonto?

— Tonto?

— É. Sobre o artigo que li do professor Mikhail Popkov.

— Ah! A história do gato.

— Isso.

— Que é que tem?

— Eu não queria que você partisse sem conhecer os outros andares.

— Sei...

— Queria te levar à cobertura, me entende?

— O.k. Então vamos lá.

Então Sarah se põe de pé.

— Se você vir a vista da cobertura, pode ter uma noção melhor. Mas isso deveria acontecer aos poucos. Andar por andar. Só que eu sei que, se deixarmos você ir, você irá. Irá embora. E, se for embora, nada poderá ser revelado a você.

— Fale de uma vez.

Então Ele percebe algo.

Algo que tem mais a ver com a natureza dos sonhos.

Sarah parece estar justaposta.

À imagem de Sarah parece se sobrepor outra imagem.

— De onde venho, costumamos dizer: Qua'ka naat.

E Sarah assume outra forma.

Gelatinosa.

Translúcida.

De aparência úmida e pegajosa.

George, feito Tonto, deixa o primeiro plano.

LIVRO III

E/OU

QUA'KA NAAT

14

Brazil

e/ou

A tua consciência é o teu obstáculo

Mato Grosso, Brazil, 24 de agosto de 2017

Dez anos depois. Agosto de 2017.

Cuiabá, Mato Grosso, Brazil.

É noite. Faz trinta e três graus.

George está comendo escaldado no Choppão.

O escaldado é um prato de origem indígena. Uma espécie de sopa que leva frango, muitos ovos cozidos, farinha de mandioca crua, tomate, massa de tomate, cebola e cebolinha picada, pimentão e sal. O prato é servido com pão como acompanhamento.

O Choppão é um restaurante tradicional da região. George está sentado com três pessoas na parte de fora do bar. Escorre e pinga suor de seu rosto. A cara está vermelha, quase púrpura. George respira com dificuldade. Engordou vinte quilos na última década. Além da gordura há o inchaço. George tem bebido cada vez mais. Está agora com cinquenta e nove anos.

A tradição no restaurante é comer o quanto puder. Por isso os garçons não param de encher os pratos até que você desista. Mesmo quando isso acontece, eles ainda tentam despejar uma concha. George bebe uísque e cerveja.

Sentado a sua frente está Julio. Julio Pérez Silva é professor de inglês. É o único dos três que fala o idioma. Mesmo assim todos acompanham balançando a cabeça o que George diz. Julio vai traduzindo aos poucos para os amigos.

Eles riem muito. Tratam muito bem do Gringo. Atual apelido de George.

No Brazil eles sofrem do que poderíamos chamar de "contrário de xenofobia".

Os brasileiros têm muita admiração e respeito por quem é de fora.

Talvez porque seja um povo com pouca autoestima. E nosso George, o Gringo, viveu em Nova York. Os brasileiros têm um fetiche por essa cidade em particular.

Além de George e Julio, estão à mesa Ernesto e Pedro.

Muito animado e visivelmente alcoolizado, Julio traduz para os amigos algo que George acabou de dizer:

— E ele comeu o cu do ET.

Eles choram de rir.

Pedro entende um pouco o inglês. Mas é incapaz de formular uma frase no idioma. Quando diz algo, a pronúncia é péssima, e geralmente é uma pequena alteração de alguma letra do Pink Floyd. "The dark side of the mind", "The dark side of the soul", "The dark side of the luck", "Wish you were there". Coisas do tipo.

George só conhece "bom dia", "quanto custar isso", "bunda", "escaldado", alguns números, "branquinha", "Boazinha", "amigo" e "por favor".

Por sorte, quase todas as noites Julio o leva para jantar.

Assim Ele não fica igual ao gringo da piada que só sabia dizer "feijoada".

Faz um mês que George está em Cuiabá. Julio já lhe apresentou ventrecha de pacu, mojica e a fabulosa farofa de banana.

Quando não está com Julio, Ele come no McDonald's que fica perto do hotel.

E, por falar em piada, caso George entendesse português Ele teria ouvido uma boa hoje no almoço. Ele estava na fila do McDonald's e na sua frente havia dois garotos de onze anos. Eles vestiam o uniforme da escola e pareciam bons meninos. Um deles disse:

— Olha, com dois reais a mais dá para pedir a batata rústica.

O outro retrucou:

— Com dois reais, eu como a sua mãe e ainda *sobra* dois reais.

Ah! Os brasileiros...

Naturalmente Julio Pérez Silva é homônimo de um assassino em série chileno. Os crimes aconteceram num município com nome bastante peculiar que fica em Iquique, na região de Tarapacá, Chile. O nome do lugarejo é Alto Hospicio.

Julio ficou conhecido como o Psicopata de Alto Hospicio.

Todos que o conheceram diziam que Julio era gentil e solidário, não tinha vícios e ajudava os vizinhos. Ele só parecia ameaçador quando jogava futebol. E jogava muito bem.

Julio jogou pela primeira vez no clube El Esfuerzo, e mais tarde na Equipe Sênior de Iquique. Foi nomeado para representar a cidade num campeonato em 1999.

Julio Pérez Silva matou catorze meninas com idade entre catorze e dezessete anos. Depois de estuprá-las, ele as executava socando a cabeça delas.

Julio se tornou o assassino em série mais brutal da história moderna chilena.

Ele adorava seus cães e sempre falava deles. Tinha três: *el* Nacho, *la* Duquesa e Filho, que era o que mais ele amava.

Já Ernesto Picchioni é homônimo do Monstro de Nerola.

Ernesto Picchioni confessou seus dezesseis assassinatos depois de ser denunciado à polícia por sua esposa. Ernesto foi condenado à prisão perpétua. Suas filhas Carolina e Gabriela foram enviadas para a Casa das Irmãs Calasanzianas de Roma.

O lugar era destinado aos órfãos filhos dos condenados. Lá, Carolina aprendeu a costurar, fazer rendas, bordados e outros paramentos para enxovais de núpcias.

Numa visita à cidade, Robert Wilbraham Fitz Aucher, um inglês magnata e trambiqueiro, se encantou com as meninas e resolveu adotá-las.

Quando Fitz Aucher morreu, de ataque cardíaco, em 1956, Carolina Picchioni, a filha caçula do Monstro, herdou dois milhões de dólares, se tornando a menina mais rica da Itália.

E Pedro é homônimo de Pedro Pablo Nakada Ludeña, El Apóstol de la Muerte. Assassino em série peruano que, embora reivindique vinte e cinco assassinatos, foi condenado apenas por dezessete.

O Apóstolo da Morte foi condenado a trinta e cinco anos de prisão.

Ludeña matava suas vítimas com uma pistola 9mm acoplada a um silenciador que ele mesmo fez usando um chinelo de borracha. Ludeña alegou que, instruído por Deus, estava limpando a Terra.

Ele executava viciados, prostitutas, homossexuais e criminosos.

‖

Há poucos dias, bêbado, em outro bar, George contou a Julio o que viveu nesses dez últimos anos.

Embora incrédulo, Julio achou a história toda muito bizarra e engraçada.

George estava sozinho num boteco tentando pedir ao rapaz que o atendia que pusesse apenas três pedras de gelo em seu uísque. Mas o rapaz não entendia. Sendo professor de inglês, Julio explicou ao rapaz o que George pedia. Na verdade, de professor Julio não tinha nada, mas falava a língua por causa de um intercâmbio que fizera na juventude. Julio passou um ano na Nova Zelândia.

Muito agradecido pela ajuda, George o convidou para sentar e tomar um trago com Ele. Julio, bom brasileiro e admirador dos estrangeiros, aceitou o convite com alegria.

Foi aí que a conversa começou:

— De onde você é?

— Minneapolis, Minnesota.

— Uau!

— É... uau! Hahaha.

— E o que faz aqui em Cuiabá?

— Essa é *um* excelente pergunta.

Julio espera a resposta, mas George interrompe o assunto e grita ao atendente:

— Duas *branquinha*, por favor. Boazinha.

Ele esquece totalmente sobre o que conversavam.

— Onde estávamos mesmo?

— Eu perguntei o que o traz a Cuiabá.

— Ah! É isso. Eu tinha um grande a-mi-mi-go. Um grande amigo... Paul. Mas Paul está morto. Paul morreu.

— Sinto muito.

— É. Todos nós sentimos. Você sabe com quem eu estudei lá em Minneapolis, Minnesota?

— Não. Com quem?

— Richard Dean Anderson. Eu estudei com Richard Dean Anderson.

— O nome não me é estranho.

O garçom traz a pinga.

— Richard Dean Anderson, o MacGyver.

— Santa bosta!

— Pois é. Eu estudei com MacGyver, Jesus fode Cristo, MacGyver. Eu estudei com ele.

— Que demais.

— É, mas Paul está morto. Paul Kenneth Bernardo, meu grande amigo.

— E ele vivia aqui? Você veio para o seu funeral, é isso?

— Não, não. Ele morreu há mais de dez anos. Pobre Paul. Bom sujeito.

— Lamento por sua perda.

— Bah! Fazer o quê? Mas é isso. O Paul disse ter visto umas coisas estranhas. Umas coisas que na época eu pensei: que bobagem. Entende? Eu pensei: que bo-ba-gem.

— E o que foi que ele viu?

— Répteis.

— Répteis?

— É. Répteis do espaço.

— Santa bosta! Dizem que eles estão por aí. Reptilianos, não é mesmo?

— Apesar deles não gostarem que a gente os chame assim, é isso que são.

— E você os viu?

— Se eu os vi? Se eu os vi? É isso que você me pergunta? Quantos anos você tem, meu jovem?

— Vinte e nove.

— Bom, então acho que você já é homem o bastante para saber. Sim, senhor.

— Sério mesmo?

— Juro pela minha alma.

— Caramba! E por isso você veio?

— Também. Eu amei uma garota, você sabe. Mas ela partiu. Ela teve que partir, você sabe. Ela deixou este plano. Ela foi... ela foi... ela foi... para o céu.

— Poxa, sinto muito.

— Doce Jesus... eu sinto tanto por isso...

George começa a chorar. Julio põe a mão em seu ombro tentando confortá-lo.

— Meus pêsames.

— Oi?

— Do que foi que ela morreu?

— Não, ela não morreu. Ela teve que partir.

— Mas você disse que ela deixou este plano.

— Sim. Ela era um deles, você sabe.

— Quê? Você namorou uma reptiliana?

— Namorei. Eu a amei.

— Caraca!

— É. Caraca mesmo. Eu comi a bunda dela.

— Sério?

— Estou te falando. Eu comi o buraco da bunda dela.

— Hahaha! Que demais.

— É. Que demais. E sabe por que ela deu o buraco da bunda pra mim?

— Por quê?

— Porque ela também me amava. Os reptilianos não fazem sexo anal.

— Hahaha.

— Sabe por que os reptilianos não fazem isso?

— Não, por quê?

— Porque é assim que eles se reproduzem. Pelo buraco da bunda.

— Que maravilha!

— É. É isso mesmo. Uma maravilha. Mas ela teve que partir.

Nesse momento George se levanta, caminha até a rua, olha para o céu e grita:

— Sarahs! Sarahs! Sarahs! Saibam que eu as amei! Eu as amei, Sarahs! Estejam onde estiverem, saibam disso. Vocês foram muito generosas comigo.

Então Ele volta à mesa e pede mais duas:

— Duas Boazinha, amigo!

— Sarah era a sua amada?

— Eu amei duas Sarahs. Eu as amei, mas elas se foram.

— As duas eram reptilianas? Eram do espaço?

— Não. Só uma. A outra era de Minneapolis. Mas morreu.

— Nossa. Quantas perdas.

— Envelhecer é isso, meu amigo. Envelhecer é isso. Perder. Minha primeira Sarah, ironicamente, morreu de um câncer no buraco da bunda. A gente também aprende isso quando envelhece. É tudo uma piada.

Julio olha para George com tristeza e compaixão.

— Como diria a minha segunda Sarah: Qua'ka naat.

— Essa que era do espaço?

— Essa mesma.

— E de onde ela veio?

— Astrum Argentum. Ela veio de Astrum Argentum. A Grande Estrela Prateada.

— E como eles são?

— É difícil descrever...

— Não são como dizem? Você sabe, cinzentos, pequeninos e com olhos grandes?

— Não. Isso é o traje espacial deles. As pessoas são muito ignorantes quanto a isso.

— Puxa. Nunca tinha pensado que aquilo podia ser um traje.

— É. É a mesma coisa que alguém ver um astronauta e achar que ele está pelado.

— Demais. Saquei.

— Eles nem são pequenos. O traje os diminui. É uma tecnologia realmente avançada. Isso é só para eles caberem nas naves. Você sabe, discos voadores. Mas posso garantir pra você que eles são diferentes. Bem diferentes. Essa foi uma coisa importante que aprendi com eles. Uma coisa é o que as coisas aparentam ser e outra é como elas vibram. Entende?

— Acho que sim.

— É difícil entender a aparência deles. Além do mais eles são seres interdimensionais. Então, quando eles se manifestam, quando assumem a forma original, porque eles também se manifestam em forma humana; então, quando você olha para eles, parece uma imagem com dupla exposição. Mas eu te digo: eles lembram os lagartos. Na verdade eles se assemelham mais com anfíbios. Eu não sei se uma lagartixa é réptil ou anfíbio. Para mim parecem mais anfíbios. E tanto os machos quanto as fêmeas têm longos peitos. Umas tetonas mesmo, compri-i-das. Dentro de cada teta há um coração. Eles também têm outro coração na cabeça. Aqui atrás.

— E você encarou? Cara, você é muito macho mesmo, hahaha.

— É o que eu disse. Uma coisa é a aparência, outra é a forma como ela vibra. Se você vence a aparência, bingo! Aí então pode conhecer as maravilhas do Universo. Não dá para descrever o que é tocar e ser tocado por um desses seres. Mas a primeira impressão não é agradável. Eles lembram algumas dessas criaturas que vemos em *Star Trek*. Um pouco mais gelatinosos e translúcidos. Só que, quando você os toca, ou é tocado por eles, tudo muda. O que a gente prova quando isso acontece é uma sensação de amor. Amor pleno. É difícil explicar. E a aparência é isso. Eles parecem uma mistura de um ser humano sobreposto por uma grande lagartixa meio transparente. Julio, você já amou?

— Quem nunca amou?

— É. A gente sempre cai nesse truque.

— E elas engravidam pela bunda, é isso?

— Isso mesmo.

— E ela deu a bunda para você?

— Ô se deu.

— Você... a engravidou?

— Ela deu muito aquele buraco de bunda pra mim. Afinal nós nos amávamos. E, é claro, tivemos dúzias e dúzias de ovos.

— Ovos?

— É. É assim que as crianças nascem em Astrum Argentum.

— Que maravilha! Então você tem um monte de filhos?

— Dúzias e dúzias deles. Eu já fui casado antes, mas a minha primeira mulher era fraca. Não podia ter filhos. E então, quem diria? Dúzias e dúzias de filhotes. Meninos e meninas, meio humanos meio lagartos.

— E onde estão os seus filhos? Foram com ela?

— Não. Eles vivem em Nova York. As crianças da Estrela Prateada crescem rápido. Mas elas são diferentes. São frias. Essas não amam. Não conseguem. Elas são independentes.

— No que mais eles são diferentes?

— Em muitas coisas. Muitas coisas.

— Por exemplo?

— Eles não comem.

— Não comem?!

— Não.

— Nada?

— Vou tentar te explicar. Apesar de botarem ovos, eles também são mamíferos. Depois de chocar os ovos, a mãe amamenta os filhos durante o equivalente a um ano terreno. Depois disso eles têm que escolher o Babo.

— Babo?

— É. Babo. Cada criança tem um Babo. O Babo é uma mistura do que entendemos como padrinho e xamã. Qua'ka naat, podemos dizer. E, quando um Babo assume esse... vamos chamar de apadrinhamento, ele defeca na boca da criança.

— Credo! Santa bosta!

— Literalmente. Porque esse excremento vai alimentar a criança pelo resto da vida. Ela continuará excretando aquilo e se alimentando dessa excreção. Nunca mais precisará comer outra coisa. É sempre essa porção. Esse bolo fecal, poderíamos dizer.

— Puta merda.

— Eles não perdem tempo com isso. Pode imaginar? Quanto tempo ganharíamos se não tivéssemos que nos preocupar com a alimentação. Isso mudaria tudo. Eles não precisam se preocupar em caçar, cozinhar, não têm medo de passar fome, de ficar sem emprego. Todas essas coisas que giram em torno da existência humana. Terrena. Aqui, tudo, todos os seres, sejam humanos ou não, vivem em torno disso. Em torno dessa preocupação tão básica. Só por isso eles já seriam muito mais avançados que nós. Eles têm muito mais tempo. Muito menos preocupações.

— É verdade. Nunca tinha parado para pensar, mas realmente toda a nossa existência gira em torno disso.

— É o que somos. E isso muda tudo.

— Eles bebem água?

— Sim, mas em quantidades infinitamente menores. E gostam de chá. De chá e de uísque.

— Sério?

— É. Eles não produzem destilados.

— E gostam de um goró?

— Gostam. Lá eles produzem uma bebida. Ginhoo'k. É forte. É uma bebida fermentada à base de uma criatura, tipo um inseto, que eles têm por lá.

— Você bebeu isso?

— Bebi.

— E é bom?

— Não. Prefiro uísque.

— E cachaça.

— Sim. E cachaça. Uísque e cachaça. Não há nada melhor do que isso. Essa é outra diferença que eles têm da gente. A forma como comemoram. Por não comerem, eles não têm restaurantes.

— Poxa, é mesmo...

— Nem bares. O Ginhoo'k é distribuído pelo governo. A política deles também é muito diferente da nossa. Mas o Ginhoo'k é mais uma medicação do que bebida. Eles não se reúnem para tomar um Ginhoo'k. Tipo aqui, ninguém se encontra para tomar uma Aspirina, não é mesmo? E isso é curioso. A forma como eles celebram.

— E como eles fazem isso?

— Eles celebram tomando sol. Se reúnem sobre rochas e ficam lá, tomando sol. Eles acham muito ridículo a gente se reunir em restaurantes.

— Ela disse por que eles visitam a Terra? Será que é pelo uísque?

— Não. Eles sabem que o sol de Astrum Argentum não vai durar muito. E eles visitam a Terra faz muito tempo. Eles tentam nos ajudar a pensar melhor. Por outro lado eles fazem como nós. Quando viajamos para fora, não gastamos uma bolada em bebidas no duty-free? Você precisava ver a quantidade de uísque que ela levou.

— Essa história é muito boa. É divertida. E quando a sua reptiliana vai voltar?

— Ela não pode... como é mesmo seu nome?

— Julio.

— Prazer, Julio, eu me chamo George.

Eles apertam as mãos.

— Você sabe que as naves interplanetárias, as grandonas, naves mães, partem daqui, da Chapada?

— Bom, a gente vê muita coisa por aqui.

— Daqui e de Tucumán, na Argentina. Você sabe, Astrum Argentum, Argentina...

— Saquei.

— Pois bem. Eu tenho uma grana e pretendo comprar uma casinha aqui na Chapada.

— Ah! Isso é legal. A Chapada é linda.

— Sabe, Julio, apesar desse calor dos infernos, que não sei como vocês aguentam, vou comprar a minha casinha e esperar.

— Nem a gente aguenta esse calor. E cada ano piora.

— Uau. Isso aqui é quente demais.

— Quanto tempo ela vai ficar fora?

— Ela disse que não vai voltar. Passamos dez anos juntos, em Nova York. Às vezes a gente brigava um pouco. Sabe como é.

— E por que não vai voltar?

— Disse que não pode.

— Mas por quê?

— Por questões até mesmo biológicas. Ela não pode voltar.

— Poxa, isso é triste. Mesmo assim você vai ficar por aqui?

— O que mais eu posso fazer? O que mais posso fazer além de esperar?

Só para constar, o primeiro relato sobre os ETs cinzentos e/ou Zeta Reticuli se deu em 1961. É o célebre caso, amplamente divulgado pela mídia na época, no qual o casal Barney e Betty Hill, de Portsmouth, New Hampshire, alegou ter sido abduzido. O casal afirmou que eles foram abordados por um disco voador na estrada e levados para o interior da nave espacial, onde teriam sofrido dolorosas experiências enquanto os seres espaciais realizavam uma espécie de check-up no corpo deles enfiando um monte de objetos em todos os seus orifícios.

Barney morreu de hemorragia cerebral em 25 de fevereiro de 1969, e Betty Hill morreu de câncer em 17 de outubro de 2004. O caso também é conhecido como o Incidente Zeta Reticuli. Segundo o casal, que trouxe muitos detalhes esquecidos após várias sessões de hipnose, Zeta Herculis seria uma estrela binária na constelação de Reticulum.

15

Agora, Lúcifer caminha sobre a Babilônia

e/ou

O jogo mais perverso

Sábado, 15 de setembro de 2007

Naquela noite Trudi se pôs de pé e começou a se despir. E à sua forma ia se sobrepondo a forma ancestral. Então George vê Sarah/Trudi se transformar. Ele vê aquilo que parece uma enorme lagartixa translúcida e gelatinosa. Com tetas compridas e olhos grandes e escuros. Tetas compridas que escorrem abaixo do que seria o umbigo. Ela não tem umbigo, pois é ovípara.

Aquilo é demais para o seu pequeno carrossel. Ele prova todo tipo de sentimento que já sentiu na vida, ao mesmo tempo. Isso revira seu estômago.

— Caralho, Sarah! O que que cê tá fazendo?

— Eu não quero que você vá embora sem me conhecer de verdade.

— Porra, Sarah! Santa bosta!

George desvia o olhar.

— George, Dóobiu Q'né.

— Porra, Sarah... assim você me fode.

— Dóobiu Q'né.

— Que porra é essa?

— Eu te amo, George. Eu te amo.

Sarah se aproxima ainda mais de George, até tocá-lo. E, ao ser tocado, suas emoções se tornam plenas. Boas. Intensas. Ao ser tocado, George transborda do que entende como amor. Sofre uma ereção que chega a ser dolorosa e esporra em quantidade descomunal. Após o êxtase, Ele relaxa. Sarah/Trudi o abraça. George sente seu próprio corpo se dissolver. Tudo se dá de forma, ao mesmo tempo, instantânea e lenta. Um instante que comporta o eterno. O corpo gelatinoso de Sarah cobre o corpo de George.

Parece que Ele se veste de Sarah. E aí Ele perde qualquer noção de indivíduo e se torna tudo. Pensa que isso é cruzar os quatro portões ao mesmo tempo. E esse tempo, que provou, não pode ser medido.

Quando retomou a ilusão da individualidade, George estava nu. Deitado no colo de Sarah. E Sarah vibrava em sua forma humana. Ela olhava para George e Ele entendia o que Sarah pensava.

— Uau.

Ela riu ao ouvir isso.

— Você está bem?

— Uau.

— Quer um cigarro?

— Quero. Vocês têm cigarros por lá?

— Lá?

— É. Não sei de onde você vem.

Ela ia se levantar para pegar o maço, mas George não deixou.

— Eu pego. É a minha vez de cuidar de você. Sabe o que é mais louco?

— O quê?

— É que essa paz… essa sensação que você… como posso dizer? Me transbordou. Isso que você me fez sentir, não passa.

— Você queria que passasse?

— Não. Claro que não. Mas essas coisas passam. Passam rápido. Esse tipo de sensação é sempre efêmero. Mas agora é diferente. Não paro de sentir. Você quer um cigarro também?

— Quero. Lá nós não temos cigarro.

— E de onde você vem?

— Venho da Estrela Prateada.

— É longe?

— Não para nós.

— Mas para nós é. É isso?

— Isso.

— Nós somos muito diferentes? Não na forma, diferentes, você sabe.

— Existem diferenças. Pensamos de forma diferente.

— Quer que eu faça o seu chá?

— Quero.

George entrega um cigarro aceso para Sarah e vai preparar o chá.

Ela se deita de costas e fuma olhando para o teto. Ela também parece plena e tranquila. Parece ter provado o mesmo ou os mesmos sentimentos.

— Por que inventou toda aquela história de ter nascido em Providence?

— Não inventei isso. Foi preciso que eu nascesse em forma humana para poder compreender pela ótica de vocês o modo como pensam e concebem as coisas. Principalmente os conceitos que mais nos diferenciam.

— Então você quer dizer que viveu tudo isso? Viveu todo esse tempo aqui e em forma humana?

— Não haveria outra maneira de compreender se não passasse por isso. Não teria como entender o conceito de tempo da forma que vocês o entendem. Também não poderíamos assimilar a maneira binária como vocês relacionam as coisas. Nisso nós somos muito diferentes. Apesar de já termos vivido aqui, só podemos alcançar esse tipo de entendimento vivendo na forma humana. Outra coisa, na verdade o que é mais difícil para nós, é separar as letras dos números. Apesar disso ter a ver com o conceito binário, é a parte mais difícil para nós.

— Vocês viveram aqui?

— Sim. Nós fundamos a Babilônia. Depois migramos para o Egito.

— Então isso é mesmo verdade?

— Sim.

— Há muitos de vocês por aqui?

— Alguns. Mas, como disse, o tempo para nós é muito diferente. Tem uma frase, de um de nossos cânticos, que diz: "Qua'ka naat", "Agora, Lúcifer caminha sobre a Babilônia".

George entrega o chá a ela.

— E o que tem de mais nessa frase?

— O "agora". Para nós nada aconteceu ou acontecerá. Tudo acontece. Tudo está acontecendo.

— Tá, essa tal noção de tempo. Isso é impossível de imaginar.

— Meu trabalho tem sido tentar traduzir nossos cânticos. A Babilônia continua de pé em nossa forma de percepção temporal.

— Então vocês também têm, como posso dizer... arte?

— Essa é a parte difícil. Não temos arte. Temos os nossos cânticos. E os cânticos comportam nossas ideias. Temos uma brincadeira sobre isso. Dizemos: "Arte é para os fracos". Você vai aprender sobre isso se frequentar as reuniões dos Cães Alados. Quer dizer, se mudar de ideia quanto a isso.

— Mas esses cânticos não se desdobram em outras formas?

— Não. Tudo está contido neles. São o nosso único livro. Não precisamos de outros. Não fazemos filmes, teatro. Não precisamos de esculturas ou pinturas porque isso não faz parte da forma como pensamos.

— Posso perguntar a sua idade?

— Em termos humanos, eu teria oitocentos anos de idade.

— Uau!

— Hahaha. Muito velha para você?

— Não, você está inteirona, hahaha.

Sarah ri com Ele.

— E quanto tempo vivem em média?

— Alguns vivem até mil e poucos.

— Sério? Então...

— Então?

— Então...

George se aproxima e a abraça. Sarah sorri.

— Já disse que o tempo é muito diferente para nós.

— Bennett também é um réptil?

— Não somos répteis. Não gostamos quando dizem isso.

— Me perdoe. Não quis te ofender, de forma alguma. Bennett é um de vocês?

— Não, Bennett não é um de nós.

— Algum dos membros dos Cães é?

— Não.

— Você poderia tomar aquela forma?

— Claro. Você prefere que eu me manifeste assim?

— Eu queria te ver de novo. Te ver na forma como você é.

Sarah assume a sua forma ancestral. Dessa vez George começa a entender sua beleza. E novamente, ao tocá-la em sua forma estelar, Ele volta a sentir aquela plenitude e aos poucos, abraçado a ela, adormece.

Quando George acorda, Sarah diz que Ele precisa comer. Explica que está perdendo muita energia. E nesse momento, quando George pergunta se ela não precisa se alimentar também, ela conta a história dos Babos.

E eles passam três dias assim. Deitados, conversando e se amando.

Certa manhã, George serve o chá para eles e pede a Sarah que conte uma história.

Ela o deita em suas pernas gelatinosas — durante esses dias Sarah manteve a sua forma ancestral — e diz:

— Eu te falei que venho tentando traduzir nossos cânticos. Mas isso não é nada fácil. Vou contar para você algo que ainda não está pronto mas que venho tentando tornar o que eu chamaria de "narrativa binária". Esse é o grande desafio de minhas traduções. Tornar nossos cânticos acessíveis ao pensamento humano. Tudo bem?

— Tudo, espetacularmente, bem.

— Tá legal, antes preciso te contar um de nossos conceitos. Dizemos isso na forma e nos números de uma palavra: "Qua'ka naat".

— O.k.

— Consegue pronunciar essa palavra?

— Vou tentar. Você pode dizer de novo?

— Qua'ka naat.

— Catanar?

— Quase isso. Vamos lá. Qua'k.

— Qua'k.

— Qua'k-a.

— Qua'k-a.

— Na-at.

— Na-at.

— Isso, muito bem. Agora, ela por inteiro. Qua'ka naat.

— Qua'ka naat.

— Isso mesmo. Muito bom. "Qua'ka naat" quer dizer, mais ou menos, "o que seria". Entende?

— "Qua'ka naat", o que seria. Perfeito.

— Legal, mas, antes de te mostrar a minha tradução, vou te dar um exemplo, o.k.?

— Por favor.

— Temos "Q-efkqhq". Para que possa fazer um paralelo com as coisas como vocês compreendem, "Q-efkqhq" se aproximaria da estrela de cinco pontas na forma como vocês a representam. Então eu diria: "Q-efkqhq, Qua'ka naat, uma estrela de cinco pontas".

— Tudo bem. Não vou repetir, mas juro que entendi.

— Quer um golinho de uísque para acompanhar?

— Não é meio cedo?

— Já disse que entendemos esse conceito de forma bem diferente, hahaha.

— Então deixa comigo.

George enche um copo com uísque. A dose foi tão generosa que, ao jogar duas pedras de gelo no copo, ele transborda.

— Podemos beber juntos? No mesmo copo?

— Claro. Isso é uma das coisas que não temos em nosso mundo.

— Uísque?

— É, na verdade destilados em geral. Fermentamos alguns, Qua'ka naat, insetos, mas não temos bebidas destiladas. Vamos lá?

— Por favor. Estou realmente curioso.

Sarah se levanta e apanha seu caderno.

DAS FÁBULAS REPTILIANAS

Da forma do Qua'ka naat estrela,
a Deusa menor, Nadir Qua'ka naat um súcubo, é Qua'ka naat uma das pontas.
Nadir é sua própria mãe. Por isso, Aquela que já não é.
Ela se forma da flor Qua'ka naat um órgão.
E ele, que estava entre nós,
observa incrédulo.
12 11 7 15
O Qua'ka naat um homem.
Reflete Qua'ka naat o rosto da mãe.
Projetado no tempo.
Duplicado Qua'ka naat diferente se forma.
Norte, este, oeste, sul.
Qua'ka naat um pássaro.
16, 48.
15, 48.
14, 75.

13.

12, 41.

11, 117.

10, 42.

9, 78.

93.

Qua'ka naat teatro.

Qua'ka naat porta de aço.

Mentira.

40 +

Qua'ka naat *vacation*.

Desejo.

Duas letras.

Três.

R164 e Z101

Sobrepõem seu desejo.

33.

F1030.

Na parte externa,

D.E.

Quer jogar e joga Qua'ka naat

o jogo mais perverso.

— Uau! Meus pensamentos estão tão rápidos que não dou conta de assimilar. Fiquei até tonto.

— Quer que eu leia de novo?

— Quero, mas fale mais devagar. Entende? Dê mais tempo para cada frase. Pra ver se consigo absorver melhor. O.k.?

Então Trudi repete, frase a frase, com calma. Quando termina, George está coçando o queixo, com uma expressão de dor e cansaço no rosto.

— Não é fácil. Falta, sei lá. Devia ser mais narrativa.

— Eu tentei uma versão assim, mas acabei me distanciando mais do original. Quer ouvir essa outra versão?

— Vamos lá.

— Tá. Mas antes eu quero te explicar uma coisa. É outra de nossas diferenças. Vocês entendem o pensamento em imagens. Certo?

— Hum… boa pergunta, mas acho que sim.

— Vamos lá, por exemplo: se eu falo "cadeira", o que vem a sua mente é a imagem de uma cadeira, não é isso?

— É. É isso. Acho que é.

— Certo. Mas cada um de vocês vai ver uma cadeira que tem a ver com o repertório individual. Concorda?

— Tá. Concordo. Mas o que você está tentando dizer é que, para vocês, quando ouvem "cadeira", todos imaginam a mesma cadeira?

— É quase isso. Na verdade o pensamento se dá em imagem para que possam compreender. Antes do pensamento ser imagem, ele é outra coisa. Mas vocês não conseguem vislumbrar isso. Então a mente humana converte esse estímulo em imagem. Porque essa é a forma como podem entender. Mas, ao fazer isso, cada um de vocês transforma esse estímulo eletroquímico em algo de seu repertório imagético.

— Entendi, entendi. E vocês não. É isso?

— Isso. Porque nós percebemos esse estímulo. Percebemos e podemos reconhecer aquilo que, para vocês, antecede a imagem.

— Então a imagem é o máximo do que alcançamos. É isso?

— Mais ou menos. Defino isso num dos textos em que estou trabalhando, da seguinte forma: aquilo que antecede a imagem, tem a natureza do Qua'ka naat o que poderíamos chamar de Qua'ka naat números elétricos.

— Número elétrico. O.k. Acho que dá para vislumbrar isso.

— Muito bem. Não é número, mas sim o que antecede o

verbo. Vocês só poderiam entender Qua'ka naat daquilo que mais se aproxima, ou seja, Qua'ka naat um ser matemático. Entende?

— Para falar a verdade, eu estou até zonzo.

— Eu poderia dizer isso de outra forma. Que seria:

1, 48.

2, 48.

3, 69.

4, 44.

5, 63.

6, 58.

7, 42.

8, 78.

— Não, Trudi, aí fodeu. Hahaha. Aí fode de vez.

— Héctor Roberto Chavero, que é um dos nossos, é um de nossos grandes mestres tradutores. Ele viveu em forma humana de janeiro de 1908 a maio de 1992 e, sob o nome de Atahualpa Yupanqui, interpretou vários de nossos cantos em suas músicas. Numa delas ele diz: "Amanhã ao amanhecer, hão de ouvir os camponeses um novo canto nas águas. Metade canto, metade grito".

— Isso é fácil de entender e realmente posso visualizar isso.

— Ele disse também, numa de suas traduções: "Quando falar, procure dizer mais que o seu silêncio".

— Bonito.

— Isso é parte de nosso canto 93.

— Muito bonito. E, sem querer de forma alguma ofender o seu trabalho, o que ele diz, ou a forma como traduz, eu consigo entender.

— Claro. Atahualpa era um grão-mestre. Sou apenas uma tradutora. E citei apenas frases. E suas músicas não eram transliterações fiéis de nossos cantos. Ele os fundia com o pensamento e a compreensão do tempo durante o qual viveu em forma humana. Em meu trabalho, busco traduzir os textos na íntegra.

— Entendi. Assim, é realmente muito mais difícil.

— Então vou ler essa versão mais linear. É o mesmo canto, em outra tentativa:

Daquilo que se apresenta na forma de pentagrama, Nadir é uma das pontas. E Ela te visitará na noite. E em sua visita tombará o teu jarro. Nadir é sua própria mãe. Nadir é Aquela que já não é. Nascida de um órgão em flor. E um homem, que estava entre nós, a observa incrédulo. Espreita pelos orifícios femininos. A semana soa áspera. Aquilo que seria um homem, reflete o rosto da mulher de onde veio. Projetado no tempo. Duplica-se. Diferente se forma. Pelos pontos cardeais. Voa.

É, então, a forma de um pássaro. Toma localizações. Pontos nos quais a energia é mais forte. Mas seu voo é teatral. A porta de aço que avista não é real, mas o detém. O vento soa feito uma palavra de origem inglesa. E produz desejo. Duas letras. Três.

O nome que não pode ser pronunciado. Sobreposto em impressão de vontade. A idade de Cristo. Códice. Lá fora, a doença psíquica quer jogar e joga o jogo mais perverso.

— Não ajudou muito. E esse final, "jogar e joga o jogo"... Precisa melhorar isso.

— Eu sei. Estou trabalhando neles ainda. Não é fácil.

— Eu imagino, só estou tentando ajudar.

— Nós convidamos um artista, um pintor, para que ele tentasse reproduzir os cânticos em imagens. Mas não funcionou. Ele se defrontou com questões estéticas. Isso distanciava as ideias originais. E, mesmo que conseguisse representar, os cantos deveriam ser dispostos numa série de quadros, montados num hexaedro, mas precisariam ser vistos de uma só vez. Não deu certo.

— É, imagino.

— Posso declamar outro? Só um trecho que traduzi?

— Vamos lá.

Qua'ka naat o Homem, que é muitos, foi recolhido das águas.

E Qua'ka naat, naqueles tempos, suas proporções eram imensas.

E ele fez o que vocês chamam de graça.

Qua'ka naat piadas.

E o tempo se alternou.

E a sua língua era viva.

1, 2, 3, 24 e 25.

E quando Ela que era Aquela, que se assemelha, grita,

se fazem Qua'ka naat

meses.

Mas não lhe foi dado amar.

Nem podia.

— É. Assim, em pedaços menores, é mais fácil de acompanhar. O uísque também está começando a ajudar.

— Tentei também desmembrar os textos em pequenos aforismos. E creio que esses são mais fáceis. Por exemplo:

"Tudo acontece, pois o que ocorreu e o que está para ocorrer, acontece."

"E tudo aquilo que não existe, também existe."

— Isso é bem mais fácil. Muito mais próximo do nosso pensamento.

||

Às vezes George pedia a Sarah que assumisse a forma humana. Pois se excitava com seus peitos enormes. O faziam lembrar do desejo antes de poder desvendá-lo. E, quando Sarah assumia essa forma, George passava horas chupando suas tetas. Feito o filhote de uma loba. Ele chegava mesmo a ulular. E na forma humana suas tetas, com bicos de um marrom-escuro avermelhado, apontavam para o sul com tanta graça e beleza que o faziam lembrar as tetas de Taweret. Com os estudos George passou a respeitar cada vez mais a cultura egípcia.

E os peitos de Trudi eram murchos e caídos como os peitos de Taweret e/ou Tueris e/ou Tauret e/ou Taurt e/ou Apet e/ou Ipet e/ou Ipy e/ou Opet e/ou Reret.

A Grande. Deusa egípcia da fertilidade e protetora das embarcações. Aliada de Hórus na luta contra Seth. Esposa de Bes, o Deus anão. Casal de tamanha feiura que espantava os demônios. Taweret, a filha de Rá, mão direita de Osíris e Ísis.

E os peitos de Taweret eram assim, caídos, para mostrar a beleza da maternidade. O alimento de suas crias. E claro, antes de avistar as aréolas de Trudi, George observava o pêndulo de Osíris que a sua amada guardava e/ou que a guardava.

A partir da revelação de Trudi eles passaram muito tempo em profunda harmonia.

Passavam os dias terrenos em paz.

Às quintas, George tentou frequentar os cultos. Mas não deu conta. Fez isso por um mês e meio apenas. Depois desistiu. Não aguentava o que considerava arrogância. Não gostava dos testes pelos quais era obrigado a passar.

Durante o dia, enquanto Trudi trabalhava em suas traduções, George lia. E de tudo que leu, nesses dez anos que dividiram em Red Hook, seu livro preferido foi o compêndio de Christine Papin, pseudônimo de sua namorada.

Mas o tempo tudo desgasta.

Viveram grandes momentos. Tiveram vinte e três filhotes. As crianças da Estrela Prateada não se apegam a seus pais. Tampouco as híbridas. Com um ano de idade já são adultas e assumem formas adultas. George também não desenvolveu amor, nem empatia, por suas crias. As reptilianas põem em média quatro ovos em cada gestação. Em poucos dias, logo depois de chocá-los, elas já se apresentam férteis de novo. Seguindo a tradição estelar, cada uma das suas ninhadas teve um Babo. Os xamãs-padrinhos. E os Babos devem ser cidadãos de Astrum Argentum.

Dessa forma, George teve contato com vários seres da Estrela Prateada. O Babo chega enquanto a mãe ainda choca os ovos. Eles cantam os cânticos em sua língua natal. Um dos fetos será sacrificado ao xamã-padrinho. Ele o come para gerar o bolo sagrado.

E no grande dia do apadrinhamento, depois do cagão, eles festejavam na laje.

Passavam horas ao sol. E bebiam uísque a valer.

Mesmo no dia a dia Charles/George e Sarah/Trudi levavam espreguiçadeiras para a laje e celebravam. Os seres da Estrela Prateada, assim como seus seguidores, os Cães Alados, acreditam que a vida deve ser celebrada com excessos.

No inverno Trudi sofria demais. E eles compensavam os dias frios com mais uísque.

Mas, como dizem, "a intimidade é uma merda", e com o tempo Trudi perdeu o embaraço e passou a se alimentar na frente de George.

E George não achava aquilo bonito.

Era estranho demais para Ele ver a sua garota acocorada na sala cagando na mão e depois comendo aquele tolete mal-cheiroso. Sem a menor cerimônia.

Para Trudi o convívio também era desgastante demais. Em seu planeta natal eles não cultivam o convívio marital. Mas aqui ela precisava manter George por perto. E era cômodo. Mas os hábitos de seu companheiro e seu estreito pensar binário a irritavam profundamente. George não foi o seu primeiro caso terreno. Só que as outras experiências que viveu foram bem mais curtas e com menor convívio.

Dessa forma, aos poucos, quando estavam juntos fazia menos de um ano, oito meses para ser exato, George voltou a pensar em Sarah Jane. E no Medicine.

Trudi tinha os estudos e as traduções que a ocupavam. Os reptilianos amam todos os seres vivos sem distinção. O amor para eles é bem diferente do amor binário em que acreditamos. É algo mais rotineiro. Até mesmo banal, podemos dizer.

Um dia, quando saiu para comprar uísque e cigarro, George parou numa cabine telefônica e ligou para Sarah Jane Makin.

E ela atendeu:

— Alô.

— Sarah Jane? Sou eu, Peanuts.

— Seu fodedor de mãe do caralho! Você disse que vinha, chupador de pica!

— Eu vou. Agora eu vou.

— Vai se foder, seu bosta de touro. Você me deixou esperando. Achei que você fosse diferente, mas vocês…

— Sarah, aconteceu tanta coisa…

— Me esquece, seu merda. Me deixa em paz!

— Sarah, se eu pudesse dizer tudo que passei nesses últimos meses.

— E eu? Faz ideia?

Sarah bate o fone com força.

De qualquer forma foi nela que passou a pensar quando transava com Trudi. Isso aumentava um pouco a sua libido. Aos poucos o estrangulamento foi voltando.

O pau se deformou e George voltou a cagar feito peixe.

III

Quando George resolveu levar as cadeiras para a laje a pretexto de comemorarem dois anos de namoro, Sarah/Trudi pareceu animada. Não podemos esquecer que ela também viveu em forma humana e foi criada dessa maneira. E isso ajudava um pouco. Por ter nascido em Providence, Rhode Island, Sarah/Trudi gostava de ir ao cinema. Por isso semanalmente eles faziam isso. Sarah/Trudi abria exceções e às vezes até o acompanhava a algum restaurante. Por mais repulsivo que isso fosse para ela.

George também tinha o amigo Bennett e eles passavam muitas noites nos bares.

Isso dava uma folga para Sarah também.

E independentemente do lugar, aqui ou na Estrela, o tempo passa. E toda relação é feita de altos e baixos. Muitas vezes também viviam bons momentos.

George nunca conseguiu aprofundar as suas teorias sobre Deus, ou o bem e o mal. Por diversas vezes Sarah tentou ajudá-lo a pensar de forma mais abrangente. Mas, no tal palácio, George só era capaz de cruzar uma porta por vez.

IV

George e Bennett fumam um cigarro em Williamsburg, no Brooklyn. Estão em frente ao Alligator. Seus copos e casacos os esperam numa das mesas. Só saíram mesmo para fumar. Já se passaram três anos desde que Trudi se revelou.

— E aí, meu camarada? Como vão as coisas?

— Bennett, eu reparei numa coisa...

— Que coisa?

— Eu tenho sentido um negócio, é difícil explicar. Não é um apito. É tipo um ruído.

— Você ouve isso?

— É. Quer dizer, mais ou menos. Eu ouço, mas é algo que está dentro de mim. É difícil explicar.

— E quando isso aconteceu?

— Quando eu cheguei em Nova York.

— Sério?

— É. Um ruído. Uma coisa que me cansa, sabe?

— Imagino. Mas é tipo um ruído constante?

— Constante. Aconteceu uma coisa parecida quando eu comecei a trabalhar na Land O'Lakes Inc. Porque uma das máquinas, uma das que batem a manteiga, ela fazia um barulho ininterrupto. No começo aquilo me incomodava demais. Mas com o tempo fui deixando de ouvir. Ela ainda rangia, só que eu não ouvia mais.

— E você se deu conta desse ruído logo quando chegou em Nova York?

— Um pouco depois. Às vezes eu me esqueço dele. Mas ele continua. O tempo todo.

— Talvez você devesse procurar um de nossos médicos.

— Melhor não.

George arremessa a bituca.

— Vamos lá para dentro. Deixamos os nossos copos vazios e sozinhos.

Eles voltam à mesa, pedem outra rodada e seguem a conversa:

— E você e Trudi? As coisas se acalmaram um pouco?

— Poxa! Deve ser a porra da tal febre de cabana, você sabe. O clima fica pesado. Você já pegou uma delas?

— Você diz, pra valer?

— É. Já fodeu com um desses reptilianos?

— Não. Quem me dera. Eu adoraria ver como é.

— Não é fácil, meu velho. Eu garanto a você, não é fácil.

— Mas vocês têm uma relação bacana. Eu sempre achei que a Trudi gosta um bocado de você.

— Ela gosta. Eu também gosto dela. Mas a gente é muito diferente. Porra! E ver ela se alimentando não é bolinho.

— É. Imagino que deve ser estranho. Achei que já tivesse se acostumado.

— Sabe, Bennett, eu preciso fazer uma coisa. Não posso mais adiar isso.

— O quê?

— Você sabe.

— Juro que não sei. O que você precisa fazer?

— Preciso ir ver a Sarah Jane.

— Sério? De novo isso?

— Preciso virar essa página.

— Concordo. Você precisa deixar isso pra trás.

— É por isso que tenho que ir pra lá. Você acha que eles ainda iam criar caso com isso?

— Acho que não. Acho que agora não teria problema. Mas é isso que você quer mesmo?

— É. É o que eu mais quero.

— Santa bosta! Essa mulher é a porra de uma obsessão na tua vida.

— Pode apostar.

Eles bebem por uns minutos em silêncio.

— Você iria comigo?

— Eu?

— É.

— Caralho, George! Por que isso agora?

— Por que não?

— Eu sei lá.

— Vamos juntos? Vai ser divertido. À noite eu te levo pra conhecer a Lucy Storm, lá no One-Eyed Jack's.

— Tá legal, George. Vou falar com os Cães. Se eles acharem que não tem problema, eu vou com você.

Os dois batem os copos.

16

Tristeza

e/ou

Aquilo que te assombra

Minneapolis, Minnesota, sexta-feira, 30 de abril de 2010

Enquanto uma vaca tenta sair de um caminhão capotado numa rodovia em Fond du Lac, Wisconsin; e o presidente francês Nicolas Sarkozy e sua esposa, Carla Bruni, visitam a Cidade Proibida, em Pequim; e o satélite da Nasa mostra a zona atingida pelo vazamento de óleo no golfo do México; e Xangai se apronta para inaugurar a Expo Mundial; e professores chineses recebem treinamento de defesa pessoal; e um temporal devasta cidades no Sri Lanka; e manifestantes antigoverno fazem barricadas na Tailândia; e o presidente dos Estados Unidos, Barack Obama, dá entrevista na Casa Branca; e leões trigêmeos brincam no zoológico do Bronx, Nova York; e judeus fazem peregrinação na sinagoga Ghriba, na ilha tunisiana de Djerba; e o príncipe britânico Harry comanda um helicóptero militar em Shawbury, Inglaterra; e um turista caminha no deserto de Maranjab, no Irã; George e Bennett estacionam o carro em frente a uma casinha branca com telhado escuro na Dight Avenue, Minneapolis, Minnesota.

Ao desembarcar no aeroporto internacional de St. Paul, alugaram um Toyota 4Runner vermelho e levaram dezessete minutos para ir até a casa de Sarah Jane. Eles haviam comprado meia dúzia de garrafas de Chivas no duty-free e, enquanto Bennett dirigia, George bebia e indicava o caminho.

O Google havia lhe ensinado o trajeto. George sabia que atrás do McDonald's da Hiawatha Avenue em Minneapolis, Minnesota, estão os silos da Harvest States e que atrás deles, naquela casinha onde estacionavam agora, na Dight Avenue, vive Sarah Jane com seus quatro filhos.

— Você quer mesmo que eu espere no carro?

— Sim, Bennett. Caso eu entre, você dá uns dez minutos. Se eu não voltar, você pode ir embora. Se eu demorar, é porque as crianças estão no colégio, como suponho, e eu estarei me dando muito bem.

— O.k. Vou dar um tempo. Qualquer coisa, estarei no hotel.

George já tinha feito as reservas no Millennium Minneapolis, 1313 Nicollet Mall. O melhor preço que conseguiu. George estava bancando a viagem do amigo também.

George dá uma golada longa antes de tomar coragem para descer.

Caminha até a porta de Sarah e toca a campainha.

Uma velhinha pequena, mirrada e banguela, com cara sisuda, atende:

— Pois não?

— Bom dia, minha senhora. Eu gostaria de falar com a Sarah Jane.

— Da parte de quem?

— Da minha parte, haha.

George está radiante e um pouco bêbado.

— E o senhor é?

— Charles. Charles Noel Brown. Me chamavam de Peanuts. Estudamos juntos na Robbinsdale Armstrong High School.

— Doce Jesus! Isso foi há séculos.

— Isso é verdade. Como é o seu nome, minha senhora?

— Julianne.

— Prazer em conhecê-la, dona Julianne. A senhora poderia, por favor, chamar a Sarah Jane e dizer que Charles, Peanuts, está aqui?

— Eu me lembro de você. Você não é o filho de Elizabeth Brown?

— Isso! Isso mesmo. A senhora conheceu minha mãe?

— Se eu a conheci? Ora, essa é boa! Quando conheci a sua mãe, ela ainda se chamava Ramsey, Elizabeth Ramsey.

— Isso mesmo. Esse era o seu nome de solteira. Onde a senhora conheceu minha mãe?

A velha faz um gesto com a mão. Como se dissesse: "Deixe de bobagem". George fica apreensivo. Curioso. Então a velha diz:

— A Sarah Jane não está em casa. Vá embora, seu pequeno bastardo!

Ele tenta dizer algo, mas Julianne bate a porta. George fica perturbado com a reação da velha. Começa a suar. Sofre palpitações. Por que a velha o chamou de bastardo? Dessa vez Ele nem toca a campainha, vai até a porta e a esmurra três vezes, com força.

A velha abre.

— Você, de novo!

— Por favor, senhora, eu venho de longe. Tive uma viagem turbulenta, acabei de desembarcar, e estou aqui porque preciso falar com a Sarah. E é muito importante o que tenho a dizer.

— Olha, Charles, eu já falei que a minha filha não está.

Ela tenta fechar a porta novamente, mas George a escora com o pé.

— Eu posso esperar. Não tenho pressa. Aí a senhora aproveita e me conta de onde conhece a minha mãe.

— Você não percebe que eu estou ocupada?

— Eu não vou incomodar. Prometo. Posso até ajudar a senhora no que estiver fazendo.

— Você veio de longe mesmo?

— Vim. De Nova York.

— Então foi Deus quem te mandou aqui. Sarah Jane está no University of Minnesota Medical Center. Ela está morrendo.

— Não diga uma coisa dessas!

— Eu bem que avisei para ela, mas ela tinha a doença do pai. Sarah Jane bebia feito um jumento.

— Mas o que ela tem? É grave?

— Ela está nas últimas. De tanto beber, acabou com um câncer no reto.

— Santa bosta!

— Não blasfeme. Isso não vai ajudar. Se quer mesmo ajudar, me dê um pouco de dinheiro. Tive que hipotecar a minha casa. Vim viver aqui, nesse buraco, para poder cuidar dos meus netos. Aqueles pobres bastardos.

George apanha um chumaço de dinheiro. Nem conta, e entrega para a velha. Está comovido. Emocionado. Perdido.

— Sei que é pouco. Prometo lhe trazer mais antes de partir.

Os olhinhos da velha Julianne brilham. George beija o seu rosto e sai com os olhos embotados. Quando Ele se dirige ao carro, a velha grita:

— Você sabe onde fica o hospital?

George faz sim com a cabeça. Ao entrar no carro, desaba.

— Que foi?

— Sarah Jane está morrendo. Por favor, me leve até a Riverside Avenue. Vamos, eu explico o caminho.

George volta a beber. Até esqueceu de perguntar por que a velha o chamou de bastardo. Embora Ele nunca venha a saber a resposta, Julianne McCrery namorou com um sujeito chamado Andrew John Yellowbear Jr.

Elizabeth Brown, na época sra. Elizabeth Brown, casada com o bom e velho Henry Newton Brown, aquele que realmente estudou com Kofi Annan, o pai de Charles, teve um caso extraconjugal com Andrew John Yellowbear Jr. Ele corneava a velha Julianne. E, embora nosso George nunca venha a saber, Andrew John Yellowbear Jr. é, de fato, seu pai biológico. Assim sendo, George não teria a doença do papai. Mas o fodedor de mãe do Andrew Yellowbear Jr. também era alcoólatra.

Naturalmente Andrew é homônimo de um assassino. Andrew John Yellowbear Jr. foi condenado em abril de 2006 em Thermopolis, num dos julgamentos de homicídio mais notórios do Wyoming, pelo assassinato em primeiro grau de sua filha de vinte e dois meses, Marcela Hope Yellowbear. Marcela foi torturada até a morte durante um período de várias semanas. De acordo com o testemunho da mãe da menina, Macalia Blackburn, que foi sentenciada a sessenta anos de prisão como cúmplice, Yellowbear bateu na menininha, diariamente, usando uma variedade de objetos. O corpo da garota tinha inúmeras fraturas e lacerações quando foi encontrado. Andrew John Yellowbear Jr. foi posteriormente condenado à prisão perpétua sem possibilidade de liberdade condicional.

Julianne McCrery é também homônima de uma mulher que assassinará o filho pequeno. Ela o sufocará, com um travesseiro, em 14 de maio de 2011. Em Hampton, Rockingham County, New Hampshire. McCrery se ajoelhará em cima de seu filho depois de deitá-lo de bruços no chão de um quarto de motel. Ela dirá, aos prantos, em 18 de maio daquele ano, em seu julgamento, que o garoto lutou muito para sobreviver. Depois de sufocá-lo, ela abandonará o seu corpo debaixo de um cobertor verde à margem de uma estrada.

McCrery será presa numa parada de caminhão de Massachusetts quatro dias depois do corpo do pequeno Camden ser descoberto. Ela vai chorar e lamentar muito por seu ato, mas dirá que o garoto se tornou um estorvo em sua vida.

II

Bennett estaciona no pátio do hospital. Antes da parada, passou numa floricultura onde George comprou um belo arranjo de hemerocales.

Ele entra, cambaleando, com as flores na mão e pergunta pelo leito de Sarah Jane a uma enfermeira na recepção. Mesmo notando o seu estado de embriaguez, a enfermeira faz vista grossa, porque sabe que Sarah não vai durar muito. Eles acreditam que ela não passará dessa noite.

— Leito R164 — ela informa.

George procura, mas não consegue encontrar. Outra enfermeira percebe a desorientação de George e o acompanha até o quarto. Ele agradece, mas fica um tempo parado na porta.

Precisa criar coragem para entrar.

Ao avançar com a cabeça, Ele avista uma imensa massa disforme sobre a cama. Careca, Sarah Jane também não tem nenhum pelo em seu corpo, nem cílios. Por causa da quimio. Aquilo sobre o leito parece mais uma enorme massa de pizza descansando. Inchando. Fermentando. É mais fácil ver algo humano na forma ancestral de Trudi do que ali. A pele de Sarah Jane está extremamente oleosa. Parece que ela foi untada. O inchaço faz com que ela brilhe. Sarah está ligada ao tubo de oxigênio. Sua respiração produz um ruído assustador. Era como se Sarah roncasse feito um sapo, bramisse igual a um rinoceronte, assobiasse tal qual o melro, gritasse feito a araponga, azurrasse como o jumento e cuinchasse igual a um porco.

George não consegue dizer nada.

A imagem o violenta. O ofende. Ele se arreganha com aquela cena.

Ele está lá, pela primeira vez em décadas, ao lado da lembrança mais cara e doce de toda a sua existência. E ela se dá de tal forma.

George coloca cuidadosamente o vaso com os icônicos hemerocales ao lado de uma pequena bancada na qual está dependurada a ficha médica de sua antiga obsessão.

Apesar de estar tão aterrorizado, Ele não consegue tirar os olhos daquilo. Está tenso. Não quer ser visto. Não pode ser visto.

E, quando se prepara para sair do quarto, George percebe que os olhos de Sarah o seguem.

George sorri abestalhado e recua devagar.

Sente que ela não o tenha visto de fato.

Como poderia? Aquilo? Aquela aberração monstruosa. Aquilo que desbanca qualquer possibilidade de existência de algo maior. Aquilo que transforma Deus em Diabo.

George sente, ao olhar para aquilo, que, mesmo que ela o tenha visto, jamais poderia reconhecê-lo.

Além de fazer mais de trinta anos que não se veem, aquilo, aquela coisa, não poderia ter consciência.

Então, quando está deixando o quarto, quase em câmera lenta, Ele ouve aquilo sussurrar:

— Fodedor de mãe...

George desembesta pelo corredor.

Foram as últimas palavras dela.

Sarah Jane Makin morreu naquela noite.

Sarah Jane morreu da monstruosa metástase do câncer que nasceu no buraco de sua bunda.

Muitas vezes a vida parece ser apenas um castigo.

III

George e Bennett voltaram ao hotel.

George bebe como nunca bebeu. Tartamudeia ao tentar explicar o que viu. Ele está profundamente devastado.

— Bennett, Bennett de Deus! Não ten-ten-ho como descrever! O horror, o horror!

George não faz ideia de que cita Conrad.

Bennett, que também está pra lá de Bagdá, se põe a chorar. Ele pode intuir o que George sente. Quantas e quantas vezes George não lhe falou sobre a pobre Sarah Jane?

— Eu preciso voltar, Bennett. Preciso voltar para casa. Preciso cuidar da minha pequena Trudi. Preciso estar ao lado dela. Minha pequena. Meu amorzinho. Às ve-ve-zes a gente se cansa das coisas porque esquece do que elas podem vir a ser...

Seguem bebendo e chorando. Por volta das 3 a.m., o garçom do bar do hotel Millennium pede gentilmente aos dois que deixem o recinto. E, mesmo que a sua cara esteja feito um buraco de bunda, George não se irrita. Se desculpa. Os amigos vão para o quarto de George. Sabem que outras garrafas os aguardam. E continuam tomando. Até apagar. Cada um numa cama. Vestidos. Vazios. George é o primeiro a acordar.

Já passa do meio-dia e sua cabeça parece que vai explodir.

Ele procura Aspirinas na mala. Mastiga três de uma vez.

Pouco depois Bennett desperta. George lhe estende o frasco.

Bennett pega água na pia e engole um comprimido.

Pouco depois deixam o hotel em direção ao aeroporto.

Embora Ele tenha prometido à velha Julianne que voltaria com mais dinheiro, Ele não volta. Sabe que seus recursos estão se esvaindo. Embora não tenha contado o chumaço que entregou à velha, havia mil duzentos e cinquenta e cinco dólares lá.

Eles devolvem o carro. Compram as passagens e voltam para Nova York.

Embora George não saiba, Ele nunca mais voltará a sua velha e amada Minneapolis.

Nunca mais, em toda a sua vida.

17

O cajado não guia o rebanho

e/ou

O palácio

Nova York, domingo, 18 de junho de 2017

Como de costume, ao acordar George avista Trudi na escrivaninha.

Ela está em sua forma ancestral. Feito uma lagartixa gelatinosa.

Apesar do calor ela usa um roupão sobre o corpo.

Reclama para si mesma baixinho:

— Que foi?

— É inútil.

— O quê?

— Fazer isso.

— Isso o quê? O que é que estou fazendo, George?

Ele não responde. Não gostou da patada. Levanta e vai para o banheiro com o cérebro inchado. Mija enquanto escova os dentes. Depois bota água para ferver.

— Quer café?

— Não.

George desliga o fogo.

— Quer saber, vou tomar meu café lá na Wolcott.

Há muito tempo Ele não faz isso. Passou a fumar na laje ou no quarto. Nunca mais havia ido ao parque. Nunca mais comprara café e o jornal na *grocery* para ler no banco do parque. Ultimamente George acompanhava as notícias online.

Sente nostalgia ao fazer isso agora.

Acomodado no velho banco, lê sobre um crime violento ocorrido no Paquistão. Lê sobre a nova piada do presidente Trump. Tenta cruzar umas palavras. Acaba desistindo. Fecha o jornal. Pensa em Sarah Jane. Sete anos se passaram desde a sua morte. Mas o choque ainda não passou. Não há um dia em que não pense naquela garota do lago Medicine. Enquanto vivia, Sarah Jane era quase um súcubo. E, embora por um lado os súcubos suguem a energia de seus hospedeiros, eles também os mantêm vivos para que possam se alimentar.

Mas os súcubos também morrem.

George fuma mais um cigarro e volta para casa.

— Eu queria te mostrar a última tradução que fiz.

— Deixa eu ver.

George sempre critica as traduções de Trudi. Sempre citando outros reptilianos que conseguem ser muito mais "narrativos", como costuma dizer. Sarah se justifica dizendo que o que eles fazem não são traduções. Alega que eles misturam os cânticos sagrados com bobagens terrenas.

Trudi tem muito ciúme de Bob Dylan.

Dylan é o reptiliano favorito de George. Ele sempre diz:

— Esse aqui é bom! Esse, sim, sabe traduzir de verdade. De uma forma que nós, pobres terráqueos, podemos entender.

Trudi realmente odeia quando Ele diz isso.

George pega o papel, mas, quando vai começar a ler, Trudi o interrompe:

— Eu preciso ir, George.

— Precisa ir?

— Preciso. Preciso ir.

— Como assim?

— É chegada a hora. Preciso voltar para casa.

— Esta é a sua casa.

— Preciso voltar para a minha morada ancestral.

— Credo, Trudi! Falando assim, parece que você vai morrer.

— Não, George. Eu não vou morrer, mas preciso voltar para a minha Estrela Prateada.

— Mas por quê?

— Porque é hora. É chegada a hora.

George perde o chão. Há dez anos eles dividem o tempo juntos. É claro que às vezes se cansam ou se desentendem. Mas George não pode mais imaginar a sua vida sem ela. Sem

Trudi. Sem a sua garota do espaço. Seu Pudinzinho, como Ele costuma chamá-la. O apelido surgiu por causa da aparência gelatinosa de Trudi. Mas Ele achou "pudim" mais carinhoso e delicado que "gelatina".

— Você não pode partir, Trudi.

— Eu também gostaria de ficar.

— Que vai ser de mim?

— Não seja egoísta. Somos o mesmo.

É impossível para nós, humanos, compreender o conceito de individualidade dos reptilianos.

Embora George não saiba, a partir do momento em que Trudi embarcar em sua nave Ele nunca mais terá notícias dela. Há algo da natureza dos elefantes nos reptilianos. George nunca saberá disso também. Sarah/Trudi precisa partir porque os seres da Estrela Prateada precisam morrer em casa.

Por isso ela precisa partir.

Os dias que antecederam a partida de Trudi voaram.

E eles viveram esses dias em comunhão.

E George elogiou, de forma sincera, a última tradução feita por seu Pudim.

Mas a hora certa os alcançou. E Trudi precisou partir.

Isso se deu no dia terreno de 12 de julho de 2017.

Era terça-feira.

Dez dias depois, no sábado 22 de julho, George embarca para São Paulo, Brazil.

Lá Ele pega um turbulento voo com destino a Cuiabá.

Pazuzu sacudiu o avião até não poder mais.

O velho George deixou Nova York sentindo que não iria voltar.

Jamais.

18

Satan, Deliptorae, Thot e Leviathan

e/ou

O Sol

Cuiabá, 21 de setembro de 2017

O último contato que teve com um reptiliano foi na Chapada dos Guimarães. George dormia em sua pequena casa, Ele de fato comprou uma casinha na região. Fez esse investimento para esperar pela volta de sua namorada.

Nessa noite, às 3:33 a.m., George acorda agitado.

Sente que há alguém em sua porta.

Ele caminha até lá assustado. E pergunta:

— Quem está aí?

— Sou eu, George. Toni.

Toni. Toni era aquele que lhe apareceu algumas vezes em sonho.

Aquele que caminhava sobre a neve, feito Jesus.

Para a sua surpresa, quando abre a porta George avista Toni em sua forma ancestral. Com suas tetas compridas.

— Toni?

— George.

— De onde você vem, Toni? Da Estrela Prateada?

— Sim. Acabo de chegar de Astrum Argentum.

— Você tem notícias de Trudi?

— Eu estou bem.

"Eu estou bem", ele diz. Assim se dá a individualidade em Astrum Argentum.

— O que você quer, Toni? Está tudo bem mesmo? Precisa de algo?

— Você tem uísque?

— Claro. Eu sempre tenho uísque. Entre.

Toni entra. George o convida a sentar. Toni senta à mesa. George apanha a garrafa e dois copos e se junta ao amigo do espaço.

— Nós nunca tínhamos nos visto antes, não é mesmo? Digo, pessoalmente?

— Não. Pessoalmente não.

George serve a bebida.

Toni olha com seus grandes olhos negros nos olhos de George. E brinda.

— Saúde, George.

— Saúde, Toni.

George espera aflito.

— Vamos, Toni, diga!

— Dizer o quê?

— O que você quer.

— Eu?

— É.

— Eu não quero nada. Quer dizer, queria um golinho de uísque. Acabo de fazer uma longa viagem.

— Você voltará para lá?

— Claro.

— Quando?

— Em breve.

— Quando?

— Logo mais. Hoje mesmo.

— Posso ir com você?

— Para Astrum Argentum?

— É. Para onde mais?

Toni ri. Depois apanha a garrafa e completa os copos.

— Você não aguentaria a viagem.

— Claro que eu aguento.

Toni ri de novo.

— Vocês são engraçados. Nós temos uma piada sobre vocês lá em Astrum Argentum.

George fica esperando a piada. Fica esperando qualquer coisa. Qualquer coisa que justifique a visita.

— Não é para você se ofender com isso. Se digo que você não aguenta, é porque você não aguenta. Não tem nada a ver com a sua masculinidade, ou seja lá o que for.

— E a piada?

Toni ri sozinho.

— Vai contar ou não vai?

— Ela não teria graça para você.

— Posso ouvir?

Toni ri sozinho.

— Eu preciso ver a Trudi.

— Olhe para dentro, George. Se olhar para dentro, verá. Além disso não há nada com que se preocupar. Como já disse, eu estou bem.

Dessa vez é George quem completa os copos.

Bebem essa dose em silêncio.

Quando termina, o lagarto Toni se levanta, esfrega as mãos da maneira como os humanos fazem e diz:

— Bom, meu amigo, é chegada a hora.

— Espera aí, Toni. Você não vai embora antes de contar a piada.

Toni ri.

— Tá legal. É quase o mito de Narciso. Nós contamos essa piada por aqui há muito tempo e um engraçadinho acabou plagiando. Quer ouvir mesmo?

— Claro.

— Não vai se ofender, hein?

— Conta logo.

— Um humano olha para um lago escuro. É o lago da sabedoria e ele sabe disso. Ele busca aquilo que está no fundo. Então ele se agacha para espreitar de mais perto. Ao fazer isso, ele acaba vendo o seu reflexo na água. Então ele penteia o cabelo.

— E...?

— É isso. Ele penteia o cabelo e vai embora.

Depois da piada, Toni partiu.

George seguiu bebendo.

Ao amanhecer, Ele arrastou uma cadeira para fora e celebrou à moda dos répteis.

19

A grande Deusa

e/ou

Uma breve nota

Reproduzo agora a última tradução feita por Trudi.

O motivo de sua frustração foi o fato de ter percebido, depois de todos aqueles anos de trabalho, que a única maneira dos humanos compreenderem os cantos da Estrela Prateada seria traduzi-los, individualmente, para cada habitante da Terra.

Essa seria a única maneira de realmente transferir sua essência.

A tristeza que te invade, fere a mim também.
Das coisas que julgas guardar, serei, com os tempos,
esquecida.
Não sou tua ou minha mãe.
Sou o báculo e o açoite de Osíris.
Aquilo que te assombra, também me fere.
O cajado não guia o rebanho.
O cajado só auxilia o pastor.
Segunda-feira; a Lua, Asafoetida e Azlyn.
Terça-feira; Marte, Amducius, Ronove e Lucifuge Rofocal.
Quarta-feira; Mercúrio, Lúcifer e Ronwe.
Quinta-feira; Júpiter, Belphegore, Verrine e Belial.
Sexta-feira; Vênus, Rosier, Astarot e Asmodeus.
Sábado; Saturno, Eurynomous, Ballberit e Terzian.
Domingo; o Sol, Satan, Deliptorae, Thot e Leviathan.
Sou aquela que viu a profundidade.
Sou aquela que despertou a inveja dos deuses.
A tua consciência é o teu obstáculo.

Só para constar, Sarah Simpson era homônima de uma assassina que foi enforcada em New Hampshire, o quinto menor estado dos Estados Unidos, em dezembro de 1739.

Quando o cadáver de uma recém-nascida foi encontrado flutuando num poço em Portsmouth em 11 de agosto de 1739, o reverendo Arthur Browne classificou o achado como "o assassinato mais antinatural" que já vira.

Segundo ele, o crime tinha conotações política, sexual, médica e religiosa. O que o reverendo omitiu, ou disse de forma oculta e cifrada, é que o ato de Sarah Simpson foi um sacrifício à deusa Diana.

Lourenço Mutarelli nasceu em 1964, em São Paulo. Publicou diversos álbuns de quadrinhos, entre eles *Transubstanciação* (1991) e a trilogia do detetive Diomedes: *O dobro de cinco, O rei do ponto* e *A soma de tudo I* e *II*. Escreveu peças de teatro — reunidas em *O teatro de sombras* (2007) — e os livros de ficção *O cheiro do ralo* (2002, adaptado para o cinema em 2007); *Jesus Kid* (2004); *O Natimorto* (2004, adaptado para o cinema em 2008); *A arte de produzir efeito sem causa* (2008, adaptado para o cinema em 2014); *Miguel e os demônios* (2009); *Nada me faltará* (2010); e *O Grifo de Abdera* (2015).

Copyright © 2018 by Lourenço Mutarelli

Grafia atualizada segundo o Acordo Ortográfico da Língua Portuguesa de 1990, que entrou em vigor no Brasil em 2009.

A coleção Amores Expressos foi idealizada por RT/Features

Projeto gráfico
Kiko Farkas / Máquina Estúdio

Imagem de capa
Gabriela Gennari

Foto da p. 330
Marcos Vilas Boas

Preparação
Márcia Copola

Revisão
Thaís Totino Richter
Clara Diament

Os personagens e as situações desta obra são reais apenas no universo da ficção; não se referem a pessoas e fatos concretos, e não emitem opinião sobre eles.

Dados Internacionais de Catalogação na Publicação (CIP)
(Câmara Brasileira do Livro, SP, Brasil)

Mutarelli, Lourenço
  O filho mais velho de Deus e/ou Livro IV /
Lourenço Mutarelli. — 1. ed. — São Paulo :
Companhia das Letras, 2018.

  ISBN 978-85-359-3084-9

  1. Ficção brasileira I. Título
  18-14647   CDD-869.3

  Índice para catálogo sistemático:
  1. Ficção: Literatura brasileira 869.3

[2018]
Todos os direitos desta edição reservados à
EDITORA SCHWARCZ S.A.
Rua Bandeira Paulista, 702, cj. 32
04532-002 — São Paulo — SP
Telefone: (11) 3707-3500
www.companhiadasletras.com.br
www.blogdacompanhia.com.br
facebook.com/companhiadasletras
instagram.com/companhiadasletras
twitter.com/cialetras

Esta obra foi composta pela Máquina Estúdio em Janson Text e Aaux e impressa pela Geográfica em ofsete sobre papel Pólen Soft da Suzano Papel e Celulose para a Editora Schwarcz em maio de 2018

FSC
www.fsc.org
MISTO
Papel produzido a partir de fontes responsáveis
FSC® C019498

A marca FSC® é a garantia de que a madeira utilizada na fabricação do papel deste livro provém de florestas que foram gerenciadas de maneira ambientalmente correta, socialmente justa e economicamente viável, além de outras fontes de origem controlada.